生活在美人鱼的故乡

第二集

张维理 著

北方文艺出版社

图书在版编目（CIP）数据

生活在美人鱼的故乡.第二集 / 张维理著.－－哈尔滨：
北方文艺出版社,2021.11
ISBN 978－7－5317－4719－2

Ⅰ.①生… Ⅱ.①张… Ⅲ.①散文集－中国－当代
Ⅳ.①I267

中国版本图书馆 CIP 数据核字 (2019) 第 297183 号

生 活 在 美 人 鱼 的 故 乡 第 二 集
SHENGHUO ZAI MEIRENYU DE GUXIANG DI'ERJI

作　　者 / 张维理		封面题字 / 张维深	
责任编辑 / 富翔强		装帧设计 / 树上微出版	
出版发行 / 北方文艺出版社		邮　　编 / 150008	
发行电话 / (0451) 86825533		经　　销 / 新华书店	
地　　址 / 哈尔滨市南岗区宣庆小区 1 号楼		网　　址 / www.bfwy.com	
印　　刷 / 武汉市金港彩印有限公司		开　　本 / 880×1230　1/32	
字　　数 / 232 千		印　　张 / 10	
版　　次 / 2021 年 11 月第 1 版		印　　次 / 2021 年 11 月第 1 次印刷	
书　　号 / ISBN 978－7－5317－4719－2		定　　价 / 98.00 元	

序

　　我认识张维理女士是在 2001 年。那时，我任中国驻丹麦大使馆文化参赞。一天，一位短发的中年女士想约我见面，看她很执意要见我，想来是有正经事要谈。

　　她就是张维理。初次见面，觉得她很敬业，谈话直爽，是一位非常干练的女性。她说自己是丹麦著名的联合展览公司 UEG（United Exhibits Group）的中国部经理，公司总裁对中国文化一直很崇拜，想与中

中国驻丹麦大使馆
两任参赞

国开展友好合作。她的到访是想得到大使馆的支持，同时也是向大使馆汇报一下目前该公司中丹交流合作的情况。我当时的想法是，作为一名文化参赞应该鼓励和支持更多的民间机构参与中丹文化交流，所以我表示愿意支持她。在谈话中我了解到，她在丹麦已经生活了十年，是一位刚在丹麦哥本哈根大学法律系毕业的硕士生，对中丹两国的友好事宜很有热忱，可谓爱国敬业。我还了解到，我国卓越的佛教领袖、杰出的书法家赵朴初，是张维理家族的前辈。10年前，她一人在丹麦苦读深造，和很多中国学者一样，克服困难和对祖国亲人的思念，在学习和与丹麦人的交往中不断了解丹麦文化，渐渐融入丹麦社会。就职丹麦联合展览公司是她人生的新起点。2003 年我在使馆举办的庆祝活动中又一次见到了她，她非常感谢

大使馆对她的支持，因为那时候她已经促成了丹麦联合展览公司推出的世界著名美术大师达利的互动展览。此展在北京歌华集团的努力牵头和组织领导下，在北京、上海、广州和武汉四大城市巡回展出了1年，取得了轰动的效果。

张维理女士为人谦虚平实，很有教养，给我们留下了很好的印象。不过我并不知道，她对写作也充满了兴趣和热情。也许是因为她坎坷的经历和精彩的人生旅程，让她有机会记录了她在丹麦学习、奋斗和工作的点点滴滴。这些故事在2007年滴答网上已连载了数十篇。也许这也就是她萌发出版《生活在美人鱼的故乡》的缘由。我想，她一定很想把这些亲身经历告诉大家，与中国读者一起分享她在丹麦生活的甜酸苦辣。

2004年我在丹麦的任期结束后去了非洲，在中国驻坦桑尼亚大使馆又当了多年文化参赞。但我没有想到，15年后，我和张维理女士又一次在丹麦见面了，2015年我再次来到丹麦担任文化参赞。之后我听说，她于2018年出版了《生活在美人鱼的故乡》第一集，是以自述及短篇小说的形式写的，我饶有兴趣地读了这本书。书里描写的一个个生动的小故事，不仅使我回想起我多年前在丹麦生活的许多往事，而且读来亲切感人，如临其景，耐人寻味。

现在，《生活在美人鱼的故乡》第二集即将出版，张维理女士想让我为该书写序言。她觉得，我为她写序言是最自然不过的事，因为我是中国驻丹麦大使馆的两任文化参赞，对丹麦社会和她本人都比较了解，于是我接受了她的请求。前些日子，我又仔细看了一遍已出版的第一集。我觉得，她对生活有着非常细致的观察，通过细腻生动和富有情感的笔触，展现和剖析了一个真实的丹麦社会。听张维理女士介绍说，第二集是描述2008年之后10年的丹麦社会和百姓生活，想必与二十多年前有不少的变化。我期待《生活在美人鱼的故乡》第二集能尽早与读者见面，我希望该书能在茶余饭后带给读者异国他乡的社会风情。

中国驻丹麦大使馆两任文化参赞刘东

2019 年 8 月 1 日

目录

第一章　风景旅游
Kapitel 1　Seværdigheder og rejser

第二章　百姓故事
Kapitel 2　Almindelige mennesker og deres liv

第三章　文化习俗
Kapitel 3 Kultur og skik

第一章

安徒生的墓地
H.C.Andersens grav på Assistens Kirkegård

复活节前，小马发了一封电子邮件给我，短短的两行字却让我看了好几遍，每看一遍，就想起他的话，"张姐，不瞒你说，我很迷信，脚不踩晦气的泥土。"

可今天他却写道："张姐，我读了你的文章，看到了丹麦画家弗兰特斯·亨宁森（Frants Henningsen 1850—1908）的一幅著名油画《一个葬礼》（En begravelse），还看到了你在同一地点拍的那张照片，我心里痒痒的，张姐，什么时候带我进黄墙去看看那个墓地啊？"

油画《一个葬礼》，1883　　黄墙背后是墓地，拍摄于 2007 年

这是他写来的吗？我奇怪地想着。那天小马说，他从来没有对墓地感到过半点兴趣，只是因为被政府强行拆掉的青年楼旧址就在墓地对面，他跟着我沿着那排长长的黄墙去寻找青年楼时，才知道

黄墙背后是一片大大的墓地。当我问他，想不想走进黄墙去看看墓地时，他先是睁大双眼紧盯着我，接着飞速地眨了好几下，舌头在嘴巴里来回动了不少次，才涨红着脸摇着头不好意思地对我说："张姐，不瞒你说，我很迷信，脚不踩晦气的泥土。"我惊奇地看了他一眼，没想到他年纪轻轻却有这种旧思想，我还从没听说过这种说法呢！

我笑着对他说："里面有安徒生的墓碑，你不想进去看看？""不去，不去。"他连连说了两声"不去"，胖乎乎的脑袋使劲摇了两下，稻草般的头发被摇得更乱了，他憨笑着看着我。

没想到现在他的思想改变得那么快，我马上写了封回信，说，什么时候去都可以呀！

2007年4月8日是复活节，许多丹麦人都会拿着鲜花到墓地去"见"他们埋在地底下的亲人，就好比是中国人清明去扫墓一样。还有许多人开车到教堂去听牧师讲复活节的故事。这些是丹麦人的风俗。可是现在的年轻人对这些都很淡漠了。小马4月底要离开丹麦，我们约好了在复活节前去Nørrebrogade（丹麦哥本哈根诺雷布罗区的主要购物街）那里有一长排黄墙，黄墙的背后有块很大的墓地叫阿西斯滕斯公墓（Assistens Kirkegård），占地20公顷，那里也是世界伟大的童话之父安徒生埋葬的地方。

阿西斯滕斯公墓（Assistens Kirkegård）坐落在哥本哈根西北部一个叫诺雷布罗（Nørrebro）的地区，该区建造于1760年，在丹麦很知名，这里交通繁忙，人口众多。它的知名度不是因为这里有富人区和豪华住宅，而是因为那儿居住着来自各个国家和民族的移民，尤其是中东人和东非人。沿街有着他们开的比萨店、快餐店、烤鸡店，还有金银首饰店和服装店。走几步路就有几家蔬菜和水果摊，真是一家毗邻一家。这些小店紧挨在一起，很是热闹，这里有着各种习俗与传统文化。

春天给大地送来了初醒明媚的阳光，它唤醒了沉睡了整个冬天寒冷的泥土。4月刚到，有些人已经迫不及待地在墓地里铺一床毛毯，带着孩子躺在有着露水芳香的草地上，十字架的墓碑给他们带来了精神的安宁。泥地上已经冒出了许多小小的红黄绿紫的野花，树上已经爆出了许多小小的清香芬芳的花苞。

"张姐，我们去找那本石头大书好吗？你上次说，有个家族一家好几代都葬在一本大书的周围，这一定是个有名的大作家的墓地吧。"小马来不及看旁边一排排矮树围起来的坟地和摆放在地上的鲜花说道。

"好啊，我也想找到它，拍一张照片。我猜想那本大书足足有一吨重，是一本打开来的大书，至少有五六十厘米厚吧。"

"噢，该有这么宽吧？"小马张开两臂，直到两臂不能再伸长为止。

"我想不起来了，找吧。"我拿着相机对他说，我的视线扫向前后左右各个方位。

迎面见到一位丹麦老人，我们迎了上去。"对不起，请问，您经常到这里来吗？您了解墓地的情况吗？"

"噢，是啊，我常到这里来，你想知道什么事情？"

"有没有见到过一本石头大书？埋在石头大书墓地的人家是不是很有名望？"我急着问。

"印象不是很深，好像见过。不过这里埋葬着许多有名的诗人和画家，还有一个丹麦历史上有名的官员，他不顾国王的反对，推行解放运动废除农奴制度。那边有座黄房子，就是他的墓。"老头指了指墙内左手拐弯的地方。他忽然想起了什么，又说："顺着牌子指示的方向，去找安徒生的墓地吧。那边出口处有个小屋是办公室，去拿一本小册子，有介绍和说明，你还可以跟着参观的团队听他们讲解呢。"老头指着远远的墓地深处说。

"真的？太好了。谢谢您！"我们高兴地离开了他。

"张姐，丹麦什么事情都和我们相反，大门内没有门房，大门外没有招牌，进门不要门票，如果不是咱们看到这尊耶稣钉在十字架上的雕塑，怎么知道黄墙背后是墓地呢？为什么办公室不设在大门口呢？这样一进墓地就可以拿到小册子，还可以张口问，不是吗？"

"是啊，不要说外国人不知道安徒生的墓地在此地，就连许多本国人都不知道。"我笑着说。

"真是不可思议。"小马又摇了摇胖乎乎的脑袋说。

我们决定先回到大门口，去看那张墓地示意图。

看了示意图才知道墓地按 26 个字母分了地块，A, B, C, D, E……一直到 Z，每个地块都编上了号码，名人的号码是按姓的开头字母顺序编号的，不出名的普通人，当然就不会标上号码。小马脸上露出了尴尬的表情，他看了我一眼，右手拍了一下脑袋说："呵，这里还有学问呢。"

我们站在那儿一边看示意图一边仔细研究起来，感觉好像是来到了大商场一样。我们急切地寻找着自己想去的"名牌店"。可是我们除了知道安徒生的名字以外，其他名人的名字都没有听说过。在示意图最左下面的方位 P-1，我们终于找到了安徒生的墓。

当我们全神贯注地寻找安徒生的墓地时，忽然见到路边有一块矮矮的指示牌写着："安徒生的墓地。"我们顺着牌子上箭头指示的方向走，一路上见到了好几块矮矮的安徒生墓地指示牌，顺着最后的指示牌的箭头，安徒生的墓碑突然展现在我们眼前。这是一个非常简朴的墓碑，没有雕塑，没有照片，只有几行雕刻的文字：Hans Christian Andersen（汉斯·克里斯蒂安·安徒生，1805.4.2—1875.8.4）。

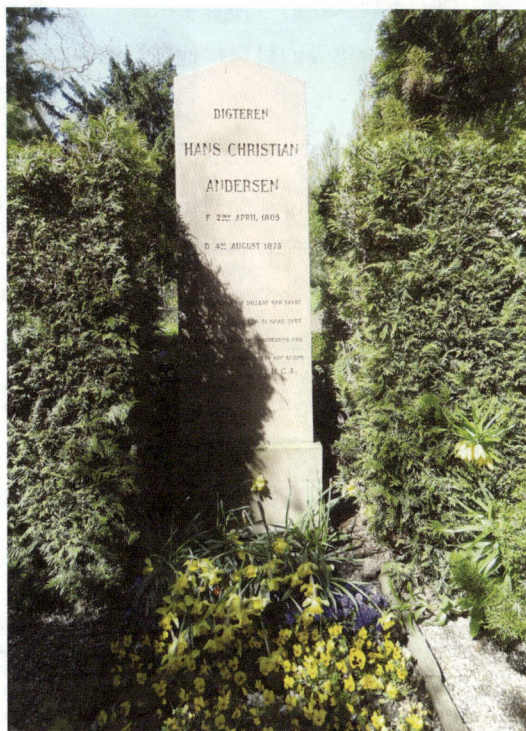

安徒生的墓碑

我知道小马此时有些失望，也许心中还有些辛酸。安徒生的童话故事带给全世界的孩子们无穷无尽的魔力和想象力，可他的墓地和墓碑不能唤起民众对偶像的想象力，他默默无声地安息在这里，日复一日，年复一年。这是不是因为他不想追求人们对他的崇拜呢？他只是一根点燃的蜡烛，照亮了人们眼前的黑暗，却没有留下自己的影子，墓碑上连一张他的照片也没有！

忽见有几个德国崇拜者慕名而来，认真地在拜读墓碑上刻着的文字。我希望，他们不要像我们一样有辛酸感！带着美好的记忆回家乡去吧！也许安徒生希望人们只记住他寓意深刻的故事，而不是他的外貌和名气。

小马和我相对无言地离开了安徒生简朴的安息之地，在离它不远的出口处，见到了老人所说的那个问讯处，一个很小的小屋子。推开关闭的小门，安静的小客厅有一个热心的中年妇女。她从柜台边站起身，给了我们许多小册子，她指着说明书说，这里有游览讲解墓地的时间表。我对着小册子匆匆看了看，才证实了刚才那丹麦老人说的话，这里果真埋葬着好几位著名的诗人和丹麦黄金时代的著名画家和作曲家，还有一些有影响的政治家。

"张姐，这幅油画我在丹麦国家美术馆看见过。"小马指着小册子上的一幅画说。

"噢，是克里斯托弗·威廉·埃克斯伯格（Christoffer Wilhelm Eckersberg）的代表作《镜子前的女人》。我们等一会儿去找找他的墓地吧。"我说。

油画《镜子前的女人》，1841 年

"好啊。"小马点了点头。

我仔细看了看小册子上的说明，忽然又想起了什么，说："哎，你也喜欢西方的油画？不过知道丹麦名画的人很少，你怎么会对丹麦油画感兴趣呢？"

"我在丹麦国家美术馆做过清洁工，没想到美术馆还很大呢，收藏了许许多多世界名画。"

"怪不得，我说呢！哎，我们到 A 地块去看看好吗？那里有两个著名画家的墓地。"我看了一下手中的小册子说。

我忽然又想起了那本石头大书，就忍不住向工作人员询问。热心的工作人员到里屋去了很长时间，拿出来一张照片，我一看，照片上不是我记忆中的那本大书，而是三本竖起来的书。我想起小马一进大门就想找那本书，就对他说：

"小马，很遗憾，不知道编号，就很难找到那本书。"

"没关系，没关系，看来这家人家一定不是什么名人，小册子中没提到他们。"小马又摇了摇他稻草般蓬乱的头，此刻，他的长发倒颇有艺术家的风格。我感到他已经融入丹麦的社会和文化之中，他已不再去想什么晦气不晦气的事了。

走出小屋，我们的脑子一下子就聪明了许多。本来在墓地里兜圈子，走来走去又回到了老地方。现在又一次路过安徒生的墓地，由于知道安徒生墓碑的编号是P—1，就发现了在墓地围栏右角边一个小牌子写着P—1，奇怪，怎么刚才就没注意到呢？小马说，他现在也理解为什么丹麦许多旅游场所都不需要有门房和问讯处。不管是去宫殿还是去自然森林，大门老是敞开着，有的甚至没有门，进门处都有示意图，有详细的说明，不必问，自己去看懂就行。

迎着阳光我们走在两排长长的高入云层的白桦树中间，天空犹如一条蓝色的长带一眼望不到尽头。阳光照耀在每一寸土地上，每一棵老树上，每一尊雕塑上。飘香的清风追逐着在草坪上戏耍的孩子们，和煦的阳光跟随着母亲手推的童车。清风和阳光不仅带给小婴儿们无比的温暖和甜蜜，还让小松鼠从树洞里钻了出来。只见它们趴在高高的树干上眺望着游客们见不到的美丽风景。远处几个花匠正低头创作他们手中美好的艺术品，修剪过的绿树展示着它们最美好的形态。

我注意到了一座很显眼的墓地，对小马说："瞧，三本书的墓碑就在这里，正中那本书是高级法庭法官和他太太的墓碑，旁边肯定是他们的孩子喽。"

法官一家的墓地

"嗨，这三本书肯定象征着法官的判决书，看上面的年月！这些雕塑还是十八世纪的作品呢。"小马惊叹起来。

离开了法官一家的墓地，我们来到了那座漂亮的尖尖的黄房子前。

"张姐，左边有个小牌子，你帮我念一下。"

"彼得·冯·舒尔滕（Peter Von Scholten，1784—1854），国家官员，老百姓为纪念他领导废除农奴制的运动，精心设计了这座墓。"我慢慢地念道。

"噢，还是当官的好啊，给他造了那么好的一个墓，瞧，墓顶上还有一个十字架保佑着他呢！"小马有些心理不平衡地说。我知道小马又想起了安徒生的墓。

"小马，我和你的想法一样，总觉得应该给安徒生建造一个更好的墓，不过，安徒生在哥本哈根有两个大铜像，一个紧靠市政厅旁边，一个在市区的玫瑰宫花园里（Rosenborg Slot）。百姓可以到那里去瞻仰伟人，不是吗？"我安慰道。

我只顾自己说话了，没注意小马眼睛正盯着我看，他想说，但

11

没发出音节来，他想笑，但没发出声响来。

"张姐，我看呢，我是中了你的魔。你让我对墓地产生了兴趣，我真不敢相信，自己居然在墓地里兜来兜去，好不开心！"小马终于笑出声响来。他想了一想又说："我们在这里兜了一个多小时了吧，可一位黄金时代画家的墓都还没看到呢。"

"小马，你知道吧，本来我对黄墙背后的墓地也并不是有很大兴趣的，我是被你的好奇心所感染的，现在不找到那些名人墓碑，我心里也和你一样痒痒的。"我边说边哈哈大笑起来。我收敛起笑容，仔细看了一下手中的小册子，这里共有五位画家的墓，有编号的地块，他们都是丹麦黄金时代的画家。

"小马，有几张画我忘了给你看了。你知道丹麦黄金时代吗？大约是在 1800—1864 年之间。"我指着小册子上的几幅名画说。

"呵，张姐，你还卖关子啊，你怎么早不拿出来呢？有这几张画，再去看他们的墓地，印象就更深了嘛。"

"你忘啦，我们不是在这里转了一个多小时，才找到出口的问询处吗？我是在那里刚拿到这些介绍的。"小马听了会意地点了点头。

我们仔细看了一下手中的小册子，决定先去地块 A。

1. 画家延斯·尤尔（Jens Juel，1745—1802），地块 A - 21。代表作：《尤尔与太太罗西纳》（Self Portrait with wife，1791），珍藏于国家美术馆。

延斯·尤尔的墓地　　　　　　延斯·尤尔作品

2. 画家威廉·马斯特兰德（Wilehlm Marstrand，1810—1873）地块 E-610。他的代表作《罗马城外十月晚上的狂欢》（Lystighed uden for Roms mure på en oktober aften）珍藏于托瓦尔森博物馆（Thorvaldsens Museum）。

威廉·马斯特兰德的墓地

威廉·马斯特兰德作品《罗马城外十月晚上的狂欢》

看到这两块墓地，视觉上的感觉真是不错。前一个是大石棺，后一个是几代合葬。虽然是两百年前的墓地，与安徒生是同一年代的人物，但墓地的外观设计很现代化，美观大气。可下面的墓地，就非常一般了。

3. 画家克里斯托弗·威廉·埃克斯贝尔（Christoffer Wilhelm Eckersberg，1783—1853），地块 C-3。这位大师就是小马刚才提到的《镜子前的女人》的作者，但是他的墓碑却非常简陋和平民化。只是一块石板斜靠在一棵树的根上。因为欣赏这幅名画，我们费力地在墓地里找他的墓碑，我们想象着他的墓碑一定很高很大，可是最终有些为他叹息。

我们没有找到第 4 位画家尼古拉·阿尔比德加德（Nicolai Abildgaard，1743—1809）的墓地，虽然有编号：地块 C-5。他的代表作《受伤的菲洛克忒忒斯》（Den sårede Filoktet）也非常著名，现珍藏于国家美术馆。

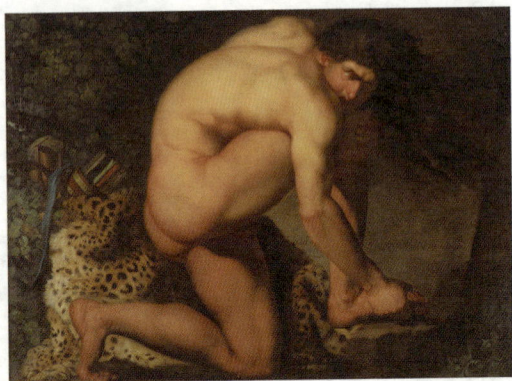

油画《受伤的菲洛克忒忒斯》

由于时间已经很晚了，我们没有再去寻找最后一个著名画家的墓地，我们离开墓地的时候，已经不知不觉在里面兜了两个多小时。

我朝小马看了看，心里在想，小马啊小马，你离开丹麦后，一辈子都不会忘记这黄墙背后的墓地，只希望晦气不要跟随你回到中国！这样你会恨我一辈子的。我想起上次他把头摇得那么厉害，连声说"不去不去"的样子，忍不住大笑起来。他憨厚地看着我，也跟着大笑起来。

"张姐，我不相信迷信说法了！今天我学到的东西太多了，一辈子也忘不了的，谢谢你，张姐！"小马高兴地在墓地里跑起步来。

这个在黄墙背后的墓地有250多年的历史，这里不仅让人们领略丹麦悠久的文化和历史，更是居民休闲、跑步、晒太阳的好地方。可惜的是，我们没有能在短短的两个小时里找到我们想要寻找的名人墓碑和墓址，可小马最近就要回国去了，我答应他，等我有空时再去那里拍照，然后再通过电子邮件将照片发送给他。

5月1日劳动节的早晨，我又来到了墓地。想不到一个月还不到，那里已鲜花盛开。不仅是墓地里，街上到处花树绽放。

街上到处花树绽放

以前总以为，树是高大而绿色的，而鲜花才是五彩缤纷长在泥地上的。当我把名画家的墓碑照片和花树盛开的照片发给小马的时候，他惊喜地回复道："啊呀，张姐，真是太可惜了。丹麦人不必依山傍水，也不必去乡村田园和公共花园，就能看到那么多的大树开花。可为什么大树不早一点儿开花呢？让我也饱饱眼福该多好呀！不知什么时候，我能再见到墓地里杰出名人的墓碑和蓝天下绿树盛开的鲜花呢？"

机会总会有的吧，我对他说。以后有一天你再出国，不要忘了去墓地看看当地的文化和历史。还有，记住5月份，丹麦各种大树鲜花怒放，在大街小巷行走时，不要忘了抬头看看蓝天下多姿多彩的大树！

步行街 Strøget

　　哥本哈根有一条步行街，有 1.1 公里，步行街的一头是皇帝的新广场（Kongens Nytorv）。广场由国王克里斯蒂安五世（Christian V）于 1670 年建造，不用说，广场中央骑在高头大马上的勇猛骑士就是国王克里斯蒂安五世。

　　贯穿城市中心的步行街，另一头是哥本哈根市政厅广场（Rådhuspladsen）。步行街中段呈"丁"字形，延伸出另一条步行街直到市中心最繁忙的火车站（Nørreport Station）。整条步行街在 1962 年被认证为是世界最长的步行街，后来法国西南部的大城市

国王克里斯蒂安五世铜像

波尔多（Bordeaux）有了一条比这里更长的步行街圣凯瑟琳街（Rue Sainte Catherine），所以这个桂冠就被拿走了。

　　每年皇帝的新广场在 5 月份分外热闹，因为哥本哈根市的高中学生毕业了，有的学校就在皇帝的新广场举行毕业欢庆。他们围着皇帝的铜像周围跳跃奔跑，他们爬上皇帝的铜像大声呼叫。他们在疯狂和激动不已之下翻开了人生的又一

个新篇章。

那天,我和上海姑娘娜娜刚巧一同路过那儿,看到一群学生正从一辆装饰得红红绿绿的卡车上下来,一路奔跑冲过我们身旁。我们不由自主地停下了脚步。"张阿姨,他们在干什么?"娜娜惊奇地问。她刚从上海来旅游,从没见过外国孩子那么激动的场面。

狂奔乱跳的男女学生,头戴红边白帽子疯狂地跑过我们身旁,女孩子的尖叫声,男孩子的粗犷吼叫声,震响了整个皇帝的新广场。只见他们飞快地冲进铜像的围栏,手拉着手围着铜像跑呀,跳呀,笑呀,还有喇叭鸣叫声。丹麦一向不允许汽车随意在马路上按喇叭,可是今天例外。娜娜不明白这些学生为什么这么开心,她吃惊地站在街头望着这些疯狂的同龄人,好长时间没有说一句话。

狂奔乱跳的男女学生

"哦,丹麦学生高中毕业那么开心呀!"娜娜终于从惊呆的神情中喘了一口气说。

"每年6月，高中生在即将毕业之前，每个学校都会租一辆卡车，一路沿街开，一路大喊大叫，向街上的行人欢呼。"

"哦，还有呢？"

"他们顺道开到每一个学生的家里，家长们会拿出吃喝的东西招待一番，然后再开到下一个学生的家去。"

"呵呵，我也是高中毕业呀，可惜我们没有这种风俗习惯。"娜娜好像有些触景生情。

"不光是丹麦，瑞典学生也是这样，高中毕业也是坐卡车兜风，一模一样。"我笑着答道。

娜娜是一位漂亮的上海姑娘，高中刚毕业，两只水汪汪的大眼睛，像韩国的女明星一样美。她这次出国，带了一箱时尚的衣裙，今天她也搭配得很得体，穿了一双半高跟皮鞋，好像不是来逛街而是去参加宴会的。她一路走，一路拿出长长的自拍杆，总是停下来，伸长手臂瞄准自己的身子和脸蛋，不停地拍拍拍。我第一次看到这种长杆子连接在手机上，许多欧洲游客和我一样吃惊地看着她的举动。她呢，却摆着姿势，权当没看见路人新奇的眼光。

她父母和我认识，这次出国旅游是父母给她的毕业奖励。比起丹麦和瑞典的学生来说，父母在她毕业时花的钱要比外国父母多得多。当然，这次出国旅游会成为她终生难忘的一次人生旅途。这不，她今天就经历了一个意想不到的外国学生庆典习俗。还有更兴奋的呢，因为今天是狂欢节，丹麦街头会敲敲打打很热闹。娜娜听说后眉开眼笑起来，她出国真是碰到了好时机。

我们站在广场中央，我指着对面左手转角的一家大百货店，告诉她这家商店的历史。

麦格辛·诺德百货商店（Magasin du Nord）

　　这家店叫麦格辛·诺德百货商店，现在大家都称它为"麦格辛"。它就坐落在皇帝的新广场步行街的进口。该百货商店的历史可以追溯到 1868 年。丹麦商人西奥多·韦塞尔（Theodor Wessel）和埃米尔（Emil Vett）在丹麦第二大城市奥胡斯开了一家卖家用电器的店，生意兴隆，很快取得了成功，不久在其他城市也开了分店。1871 年，在哥本哈根的批发商搬进了当时位于国王新广场的诺德酒店（Hotel du Nord）——世界最著名的酒店之一，而后这家家用电器店就开在这家酒店。之后这里不再是一家酒店了，也不销售家用电器了，而是一家销售服饰和百货用品的大商店。不过，在这幢建筑物外墙的最上面，至今仍然保留着诺德酒店的字样。

　　离开了麦格辛，我们往步行街漫步，刚过一个红绿灯口，右手边又是一个大百货商店叫 Illum，建造于 1891 年。这家百货商店

图中右侧为 Illum 百货商店

虽然开得比麦格辛晚一些，但并不比麦格辛逊色，因为麦格辛在几年前曾经被 Illum 的外国投资商买了下来。如今这两家在 19 世纪相继开业的大百货公司，与其他欧洲古典建筑形成了一条特色商业街。不用说，大百货商店里的知名品牌应有尽有，这里顾客川流不息，每年冬夏季分别有两次大减价活动。

皇家瓷器店和乔治·杰生(Gearg Jensen）银器店

不管怎么说，这条步行街如今仍然是欧洲最长的步行街之一。步行街上除了两个大百货公司以外，还有闻名世界的丹麦各大品牌店。走到阿玛格尔岛广场（Amagertorv）的喷水池边，就有两家欧洲特别著名的品牌店，左面红墙尖顶的是皇家瓷器店，隔壁白墙的是世界闻名的乔治·杰生银器店。

我指了指前面的商店牌子说："娜娜，见到了吗，这是皇家瓷器店的商标，由三条弯弯曲曲的线条和一个皇冠组成。三条曲线代表连接丹麦三大岛的三大海峡：大贝尔海峡、小贝尔海峡和厄勒海峡。"

我还没来得及往下说，她下意识地点了点头说：

"张阿姨，不好意思，我们不看瓷器了吧，我对银器也不太感兴趣，我们还是去找找路易威登专卖店吧。"她捋了一下长发，脸上出现了红晕，然后又急着问："今天丹麦有大减价吗？你不是说每年至少有两次大减价吗？"

　　娜娜的心情我是理解的，其实不管是外国姑娘还是中国姑娘，最喜欢的就是逛街买打折的东西。我们俩一路漫步步行街，忽然见到了路易威登专卖店就在眼前，她一下子兴奋起来。"想不想进去看看？"我给她打了一针"强心针"。接着我又对她说"这里不像巴黎，人挤得透不过气来，买包包简直是像抢包包。"我们刚想推门进去，站在门里边彬彬有礼的商店售货员为我们打开了重重的玻璃门。

　　我们有些不好意思，赶紧摆摆手。因为里面顾客不多，店员满面堆笑地看着我们，我们突然脚步踌躇起来。不买东西只进去看看？娜娜觉得有些失面子，于是打消了念头。我向娜娜介绍起步行街两旁的丹麦品牌店来，最熟知的要算是以轻便鞋出名的爱步（Ecco）鞋店，当然还有乐高（Lego）玩具店、琥珀屋（Amber House）。这家琥珀屋现在已经在中国有些知名度了。

　　今天我们特别期待一件事，那就是中午时分，狂欢节的队伍会路过步行街。每年狂欢节嘉年华（Karneval），游行大队都会从皇帝的新广场一头走到另一头市政厅广场，这条街上立刻会沸腾起来。

　　记得那是刚到丹麦后不久，一个偶然的机会，我看见一座大教堂门外聚集着一些穿着各种化装舞会服饰的人。从他们的各种服装我猜想，他们是来自不同的团体。姑娘们露出光光的长腿，头上插着五彩缤纷的羽毛，男子们身背腰鼓敲敲打打，鼓声发出一片震耳的响声。我不由地感到非常新奇，不知道这里将会发生什么新鲜事。当这些人一点一点从教堂向外面移动时，我好奇地跟在他们长长的队伍后面，一直沿街向前走。我这才知道，原来，这些人都是游行队伍的主力军，他们今天要载歌载舞在街上大游行，这个庆祝活动叫嘉年华。我的好奇心促使我从步行街的一头跟随着队伍一直走到另一头。每年这个节日来临，听到铜管乐的吹奏声从远处隐隐约约地传来，就使我想起我的童年。

我们上海每年国庆节都有大游行，每一次，附近居民都会早早地拿着家里的小板凳到弄堂口的马路边等，焦急的心情是无法掩饰的。我们小孩子总是闹闹哄哄，打打闹闹的，一直从早上等到将近中午，人行道上的人越聚越多，真是望眼欲穿！"怎么还不来？""怎么还不来？"我们总是互相问来问去。当我们即将失去耐心的时候，忽然远远地看到一支铜管乐队，浩浩荡荡地打前阵，非常有节奏地向我们走来，在后面，跟着各种少数民族服装打扮的载歌载舞的团队。参加大游行的除了有普通百姓团队之外，还有一些是专业人员。上海交响乐队的管弦乐队打头阵，上海实验歌剧院、上海越剧院和舞蹈学院一个接一个地路过我们的眼前，我真希望这是走不完的游行大队！每次我总是依依不舍地拿着小板凳最后一批离开街头，当我们几个小姑娘还在兴头上的时候，长长的游行队伍只能看到寥寥无几的几个背影了，然后又要再等一年！回忆童年总是那样甜蜜，时光虽然飞快流逝，可童心还在。我希望今天的嘉年华和我童年的国庆大游行一样热闹。

可是，2008年嘉年华庆祝活动安排在5月底至6月初。真是没想到等了一年，却要在灰灰蒙蒙的天气里度过3天。这对娜娜来说，有些美中不足，她大老远从中国来，却要遇到这种让人哭笑不得的老天爷的"脸"。我对她说，这种脸色，整个冬天都能见到。

说起丹麦的天气，常常像是小孩的一张脸，一会儿哭，一会儿笑，一会儿笑里含泪。电视气象预报屏幕上常常可以看到可笑的画面：一个闪闪发光的太阳下，有一层白色的云彩，云彩下，灰色的雨点一滴一滴地往下落。这种气象预报好像是算命先生一样百发百中，反正一天中什么天气都有，报出来总不会有误的。不过，丹麦的天气确实是这样，一天多变是常事，幸好下雨时常常只飘几滴雨，即便是大雨，也像一阵风似的，几分钟就飘走了。我们已习惯不带雨伞，顶着雨小跑几步，头发衣服一会儿就干了。

也难怪老天爷，自从开春以来，一连几个星期都出现了好天气，一张笑脸撑到现在已经很不容易了。在西方，复活节过后第7个星期日是圣灵降临节。很多国家都有传统，在此时要狂欢一下。最初是我国的香港将狂欢节翻译成嘉年华。嘉年华最初起源于欧洲，最早可以追溯到1294年的威尼斯，它是一个基督教的庆祝活动，不过现在很少会有人去联想与宗教有关系。巴西狂欢节被称为"世界上最大的狂欢节"，有"地球上最伟大的表演"之称。丹麦几个大城市每年都举办自己的嘉年华活动，人们沉浸在街头表演、烛光晚会、花车游行、化装舞会等欢乐的气氛中，而巴西的欢快桑巴舞团队，不管在哪个城市都不可缺少。

今天，当我们刚走出皇家瓷器店的大门，就看到了挤满了街头的人群。我和娜娜一起挤在人堆里，她是第一次看到这种热闹的场景。这个小姑娘肯定比我更激动，她活泼好动，还没看到游行队伍就乐得眉飞色舞。我知道游行队伍会从皇帝的新广场出发，队伍慢慢经过长长的一条步行街，然后一直朝市政厅方向去。一路上，一个接一个的表演团队会跳跳蹦蹦，敲敲打打。今天蒙蒙细雨和湿漉漉的空气，使漂亮的欧式建筑变得有些灰蒙蒙的，但街道两旁却是兴高采烈看热闹的人群。

等我们探着身子望眼欲穿的时候，见到远处步行街上走来一队盛装打扮边歌边舞的队伍，队伍前面有个漂亮的姑娘举着一面高大的旗子，顿时气氛高涨起来，人们的眼光迫不及待地想看后面跟着的一群群舞者，只见他们个个都兴高采烈，对着旁观的人群露出了他们极度兴奋的笑脸。

队伍前面有个漂亮的姑娘举着一面高大的旗子

姑娘们头上插着五彩缤纷的羽毛，使劲地扭动着丰满的臀部和两条光光的长腿；鼓手们头上插着五颜六色的鸡毛，用力地敲打着手中各种各样的乐器；吹奏者昂起脖子，吹响了手中的铜乐器；有人打扮成古罗马士兵，手拿短剑和盾牌，真是五花八门，无奇不有。南美洲人豪放地跳起了有明快节奏的桑巴舞；美丽少女站在游行车上，高高地向路人挥手致意。神鬼车带着巫婆也趁机出动吓唬人，有人穿着豪华的衣裙扮成 18 世纪的王子和王妃。每个团队前面都有一个帅哥或一个美女举着彩旗打头阵，一个高潮接着一个高潮。

鼓手们用力地敲打着手中各种各样的乐器

　　本来不宽的步行街，现在变得水泄不通。很多人站在街边的长凳上，只恨自己的脖子不够长。

　　两个巴西姑娘在人堆前扭动着她们丰满的臀部，一有机会就与队伍中的人对起舞来。据说在街上狂欢最初是从巴西流传到丹麦来的。队伍中戴帽子穿红衣的小伙子老是边跳边走向人群，他用挑逗的眼神邀请马路边的姑娘与他同舞，弄得姑娘们难为情地低下了头。我看了看挤在人群中的娜娜，她这个瘦弱身子的中国姑娘与西方姑娘一比，就败下阵来了。虽然她的脖子伸得老长老长的，还踮起脚，也看不到多少。"娜娜，来，站在这条长椅子上。"我示意她挤到一个路边的长椅子上，一个站在椅子上面的男士笑嘻嘻地让出一点点空隙来。

　　"你看，这个人像不像拿破仑？"我抬起头对娜娜大声说。我觉得他像皇帝一样，彬彬有礼地向路人庄严稳重地挥着手，好不炫耀，还不时与热情洋溢的观众握手。我看了一眼娜娜，不知她现在是否后悔站在椅子上，否则，她也可以伸手与那位皇帝握一下手的！我又看了看那位全身披金挂银的皇帝，他的容貌比真实的拿破仑要好看得多，从他淡定自如的表情上，我相信他是非常满意他扮演的角色。

游行队伍中的"拿破仑"向路人庄严稳重地挥着手

住在步行街的居民今天是"近水楼台先得月"，他们趴在窗户上，伸出头来往下观望；有的人趴在脚手架上，像一个个小猴子，他们能居高临下地看，使我有些羡慕和妒忌。"娜娜，来，跟我来！"我催促着娜娜，快步跑到一家比萨饼店楼上，我急匆匆地拍下了几张俯视照片。

南美洲人豪放地跳起了节奏明快的桑巴舞

我们一路紧跟着队伍，来到了市政厅广场，这里早已围聚着许多人，游行队伍汇集在这里还将继续狂欢。我又拿起了相机，我对准那位头插绿色羽毛的姑娘。她把头转向我，使劲地扭着她的细腰，摆动着她光光的双腿，今天她有多美多欢乐呀！

头上插着五颜六色羽毛的姑娘

今天娜娜赶上了好时光，在异国他乡遇到了狂欢节。虽然她在步行街只买了一些礼品，但是我相信这条步行街给她留下了终生难忘的印象。她后来自己又去逛了步行街，也光顾了每一家有名的法国品牌店，当然不会忘记去路易·威登专卖店。她发现，丹麦妇女和男士穿着都很朴素，年轻姑娘有的也穿着时尚，不过拿路易威登包包的真的没见到过几个。我打趣地问她想不想也买个包包，她笑了笑摇摇头说："不值得，花了很多钱，可路上没人来看你一眼，人家还以为你买的是冒牌货呢！"我听了很有感触地说："是啊，一个丹麦学生每月拿5000克朗助学金，即便不吃不喝，也要好几个月才能凑齐买一个包！你说，人家会相信你买的是真货吗？"

她听了爽朗地大笑起来。我看着她满脸兴奋和天真的模样，知道她现在对欧洲风情和习俗有了一些真实的了解。现在欧洲人脚穿轻便鞋，身穿舒适衣，优哉游哉地逛大街小巷，这种穿着习惯已经延续了数十年。

　　一星期之后，娜娜回国了，她告诉我，她很喜欢丹麦的步行街，特别是那天的狂欢节。她非常留恋，还有高中生的卡车欢庆习俗也是她终生难忘的。

　　每年复活节过后，我就会想起步行街中长长的游行队伍和那些蹦蹦跳跳的人。我尤其会想起漂亮姑娘头上丰满的羽毛，因为它象征着生活的万紫千红。我回忆起我童年难以忘怀的上海大游行，我想起了娜娜的青春艳丽。我遥祝娜娜在生活的万紫千红中，能和丹麦姑娘们头上的羽毛一样，闪射出更加靓丽的光彩来。

大众公园 Fælledparken

横幅上的标语是"全民富裕"

　　清晨三点半，太阳已经早早地露出了笑脸，淡淡的金色慢慢地赶走了黑色的夜幕，黑压压的房顶在微弱的金色中渐渐地显示出它们美丽的轮廓和影子来。当明亮的太阳光射进窗户叫醒我的时候，还不到六点钟。

　　金色的阳光不仅将挨家挨户地叫醒熟睡的百姓，更会使今天的大地映照出更灿烂的光彩来，掀起更激动的气氛来。

　　今天是五一国际劳动节，丹麦人有个传统，许多个人和团体在今天将举着旗子在大众公园（Fælledparken）集中听各党派争相演说。各工会也会高举红旗代表工人和职员在那里"摆摊"，大张声势，开展诸如增加工资等福利要求的游说。看到红旗就使我想起我们的五星红旗。以前没有想过，丹麦人也和我们中国一样，用红色来代表一种"革命"的精神。只见搭建的演讲台上的横幅标语写着"全民富裕"。

大众公园有 0.5 平方公里，设计建造于 1908—1914 年。每年这里都举行五一庆祝活动。许多公司和单位会放半天假，有的放一天假。这一天公园里一定很热闹，到处都有啤酒箱，草地上都会坐满人，我急匆匆地准备出门。

自从去年在墓地里注意到大树开花以后，今天走在街上，我发现许多人家院子里大树都开满了漂亮的鲜花，沿街走过一幢又一幢的房子时，眼前是看不完的花树和花果的景色。我真想拍下一张又一张的美景，但我只能站在人行道上远远地拍摄。我在想，我这样咔嚓咔嚓对着私家房子拍照好吗？房里的主人看见我会怎么反应呢？我有些踌躇起来。我眼睛朝着碧蓝的天空，哇，这真叫作百花齐放啊！

其实这种花树在丹麦到处都是，每年都在差不多的时候开放，我想起了中国的成语"熟视无睹"。这些大树不可能今年才开花吧，只是以前忙于考试和工作，没有心思去注意它。忽闻一股花香，清新又淡雅，不时地飘到我的鼻子里，我不由地伸长脖子面对着街上的花树，将鼻子凑到花朵上闻了一下，仿佛打开了巴黎欧莱雅香水瓶，多好闻的香味！我抬头对着蓝天仰着脖子，咔嚓咔嚓，拍摄了许多蓝天下花树盛开的各种姿态。

我拿出了手机，拨通了舒婷的电话。说起舒婷，她几年前从香港到丹麦奥尔堡大学深造，如今在一所私人学校当中文老师。她25

岁，天真烂漫，长得清秀，打扮时髦。我们常常出去逛街，今天有这么好一个凑热闹的机会，我当然一想就想到了她。

"嗨，舒婷，集会中午 12 点就开始了，你还没下班吗？看来你赶不上听党派演说喽！"

"下午 5 点钟我赶来，人群还不会散吧。"她没多想，在手机那头对我说。

"哎，还有一件事，不知你有没有发现，街上大树都开满了鲜花。"我提高了嗓子，故意让她吃惊。

"真的吗？有大树开花？什么样子的花？"她的声音听上去像是大吃一惊。我想象着隐藏在她那副眼镜背后一双吃惊、激动的大眼睛，耳边响起了她"咯咯咯"的笑声。

今天的蓝天好像特别蓝，我在开满各种颜色花的树缝里观看蓝天。满树粉色的花镶嵌在一根根细细的棕褐色的茎枝上，显得特别漂亮。玉兰花有着微微的紫色花心，它张开了花瓣，如同婴儿胖胖的小嫩手伸出纤细的十个手指。

玉兰花

五月真美好啊！太阳、蓝天和鲜花使人们开始了一年中最美好的时光。全世界的人们在享受这美好时光的同时，没有忘记为各自的目标而继续奋斗。丹麦，一个人人都能呼吸到新鲜空气、没有污染的国家，一个人人都有相当不错的生活福利和补贴的社会，一个人人都能得到免费医疗和免费教育的制度，人们有什么愿望还没有满足呢？人们为什么目标去奋斗呢？人们为什么事情在吆喝呢？

　　还没有走进公园，就见到远处有人扛着一面黑白海盗旗，一艘小卡车扮成的海盗船，上面站着几个化装成海盗的人，小孩子们在大型的充气滑梯上飞驰而下，一辆辆售货小车在出售热狗和冰激凌，小摊贩在地上摆着他们的小杂货，好一片节日的热闹气象！远处传来隐隐约约的音乐声，顺着欢快的节奏，我疾步走进了大草坪。草坪上早已横七竖八坐满了人，一面红旗在蓝天下飘扬，简直连插足的余地都没有。想不到，有时候空旷得连一个鬼影子都见不到的国家，一下子却热闹得像上海南京路一样，真是人气十足！

一面红旗在蓝天下飘扬

大草坪上少不了嬉皮士

　　这里，在这片大草坪上，还有人在吸土耳其水烟，今天的热闹少不了嬉皮士们。如此的热闹场面，似乎没有人在为争取解放而斗争。

话说妇女解放运动，在 20 世纪 60 年代就取得了成效，如今丹麦政府中女部长已近半数。同性恋者也不必为争取权利而斗争，丹麦是世界第一个承认同性婚姻的国家。失业人员也没什么能多说的，失业也能拿到足以吃喝安睡的失业金和各种额外补贴。年轻人不必为争取上大学而搞学生运动，上大学不仅免费，还可每月拿学生助学金。

听到远处传来响亮的音乐声和扩音喇叭的演说声，我疾步穿过一片小湖来到湖对面的大草坪上，这里有着真正的五一国际劳动节的气氛。台上社会人民党的领袖正在演讲，他尖锐地批评执政党——右翼保守党的排外政策。他大声地说："我们不要丹麦人民党！"许多人拍起手来。

台上大红的横幅上写着"Ja til velfærd - Nej til fattigdom"，意思是：要富裕，不要贫穷。在这一点上，不管哪个政党都是没有异议的，所以，各个党派一个接一个在这里上台演说。在演说的间隙，还穿插吉他演奏和演唱。铁丝网外警察坐在那里观察台上台下的动静。我看了看铁丝网那边休息谈笑、无所事事的警察，看到电视台的新闻播音员正在采访他们并向全国做实况转播。

横幅上的标语是"要富裕，不要贫穷"

　　一个穿红色紧身皮夹克的姑娘站在我前排，手中高举着一个牌子"Stop Fogh og Bushs krige,Alle troppe hjem nu"。意思是："停止福格和布什的战争，立即撤回所有军队"。（福格是丹麦首相，布什是美国总统）。在牌子的反面写着："I Danmark smadrer de et hus,I Irak smadrer de et land"。意思是："在丹麦他们毁掉了一幢房子，在伊拉克他们毁掉了一个国家"。很显然，她参加集会的目的是反对伊拉克战争，当然她也倾向支持建立一个新的青年楼。（以前的青年楼被警察拆除了，见第一集，"百姓故事"第12篇，《街头大火正在焚烧》）

　　在嘈杂的人群中，我听到了微弱的手机铃声，是舒婷打来的。

　　"嗨，维理，总算下班了，我已经在公园里了，你看到社会民主党的横幅吗？你在那边等我！"她的声音听上去好兴奋。

　　舒婷对什么事情都感到很有兴趣，甚至很平淡的事情她也表现出非常兴奋的样子。她眉开眼笑的神态，常常使我倍加兴奋。我想象着她正高兴地在人群里一脚高一脚低地穿来穿去，小心翼翼地找寻能插足的地方，因为草地上坐满了人，想要走到这儿来，也要花一些时间。

"嗨，你知道，丹麦还有共产党呢，他们就在我旁边摆摊卖他们的书呢。"我急不可待地在手机里对她说。

"噢，我也听说了，很多年以前丹麦有共产党，不过后来听说自动解散了……"她停顿了一下，没再往下说。

我环顾了一下大草坪，各党派都有他们自己的帐篷，帐篷外一排排的长桌上，人们聚在一起喝啤酒。上届执政党 —— 社会民主党的横幅很明显。我朝着那个方向走去，我们约好在那儿见面。在帐篷外面我见到有个人背对着我，在他的 T 恤衫上有个党派的标记 A，这是社会民主党的符号。在丹麦每个党派都有一个字母来代表他们。

我看到舒婷急匆匆地朝我走来。只见她的嘴角拉得好长，眉毛笑得像个弯月亮。她拼命地在向我挥手！她终于赶上了热闹的场面！

"嗨，我见到两个人，戴着两个面具，一个是福格，一个是布什，很好笑的，你没看见吗？"舒婷一见到我就咧着嘴笑着说，好像很得意的样子。

戴面具的两个人，左边是丹麦首相福格，右边是美国总统小布什

　　"没，没看到啊。"我学着丹麦人的样子耸了耸肩，摇了摇头。

　　"这就叫作来得早还不如来得巧啊。"舒婷总是喜欢逗我发笑。

　　"噢，你没拍照片吗？"我问。

　　"怎么会不拍呢？瞧！"她飞快地拿出数码相机，找到了那张刚拍的照片，把相机递到我手中。

　　"哈哈，真是很有趣，丹麦首相福格还穿着一条女人的短裙，他们俩手拉手！"我笑得很厉害，眼泪都"蹦"出来了。

　　"是啊，这就是讽刺丹麦首相跟着小布什派军队到伊拉克打仗啊。"舒婷不假思索地说。

　　"记得中国有句成语叫作'夫唱妇随'吗？"我又大笑起来。

　　丹麦人居然把自己国家的首相打扮成一个女人。她上身穿着一件紧身西装，下身穿着一条紫红色有花纹的短裙。而小布什呢，则是她的男人。一件深紫色的衬衫下，穿着一条旧旧的牛仔裤。他们两个还紧握着手，他们在向大家打招呼！我没想到中国人夫唱妇随的想法实际上与丹麦人的创意也差不离。

我看到许多人都挤着排队买啤酒，每个帐篷里都有嘉士伯啤酒厂的横幅。聪敏的嘉士伯家族让丹麦全民族染上了啤酒瘾，犹如吸毒一样，如果不喝啤酒，好像就没有办法快乐一样。瞧这个场面，不论执政党还是反对党，有一点是绝对相同的，那就是，大家都在帐篷内外喝啤酒。但他们权力互不相让，平时言辞激烈互相指责。老百姓也一样，不管坐在哪个党派的桌子旁，都在喝啤酒，不管支持哪派，喝啤酒时都是好朋友。

大家都在帐篷内外喝啤酒

远处飘来一阵阵烧烤香味，那边有摊位在烤德国香肠和牛肉饼，还有人卖泰国盒饭，只是没有见到有人卖中国盒饭，舒婷觉得有些奇怪。我对她说，我想，大概中国饭店老板都忙于饭店的正常营业，没时间参加这个活动吧。

浓浓的烤肉味牵着我们的鼻子和脚步来到了烟雾弥漫处，只见烧烤摊位旁边有人在台上演唱。我抬头一看，横幅上写着："Nej til EU-Forfatning"，即："不同意欧盟共同条约"。想必这些演唱的人是这个组织邀请来的，不过喝啤酒的人嘛，来自四面八方，不管同意不同意欧盟条约。舒婷和我站在队伍后面排队买德国香肠加面包。她虽然长得清瘦，可食欲总是特别好。我看着她吃不胖的身材，笑着对她说："买两条又大又粗的香肠加面包吧！今天的热狗特别香，因为香肠也是用炭烤的。"其实今天吃什么都很香，因为气氛那么热闹，即便是不香的东西，吃起来也会是很香的。

今天的晚霞似乎来得特别晚，晚上九点多钟了，天空还很亮，人群还没散。许多帐篷里仍然不断地传出震耳的歌声和敲击声，很多人在帐篷里小小的空地上扭动着他们兴奋的身躯。

"舒婷，我看丹麦老百姓还是很满意丹麦社会的，没什么可以呼吁的，你看，都是一些鸡毛蒜皮的事，要不就是别国的事情。"

"是啊，去年以来闹得最凶的就是青年楼和自由城，这算是丹麦最大的事喽！这些嬉皮士当然不会忘记把事情闹大一些。"舒婷想起公园里的嬉皮士说。

"我看哪，丹麦生活也许太平静了，不搞出点事来太无聊了。"我说。

"不过，反过来说，丹麦有言论自由嘛！再说丹麦人喜欢用讽刺的形式来表达思想，你不是看到今天他们把首相打扮成女人吗？

你也可以丑化女王的形象，保证不会被关进监狱的，不信就试一试呗。你会成为名人的！"也许是因为啤酒的原因，我好像变得活跃起来了，话也多起来了。

我们俩都会心地笑了起来。我嘴上虽这么说，可心里知道，丹麦全国上下有一点是一致的，他们坚信言论自由是维护民主的先决条件，不论是什么形式的言论。

晚霞不知什么时候渐渐地暗了下来，我们这才依依不舍地离开了欢乐的大草坪。

我们一路走过了鲜花盛开的一棵又一棵的大树，我指了指这些鲜花盛开的大树：

"看，舒婷，这些花树有多美啊，你以前没有注意过吧？"我忽然想起在电话里跟她说过大树开花的事儿。

"哇，好美，真的，真的！马路上就开满了那么多漂亮的花！"她连连叫道。我看着她手舞足蹈的样子，我知道她今天很开心。

我抬头仰望着天空中展翅翱翔的海鸥和湖中的白天鹅。小海鸥，你们能不能告诉我，祖国大地今天也欢庆五一节，可我不知道，街上的大树也鲜花盛开吗？明年，我真想回国和朋友们一起，欢度一个比丹麦更美好的五一节呢！

新歌剧院　Københavns Operahus

新歌剧院

　　近年来，旅游者来哥本哈根有了新的旅游景点。随着世界设计领域的风潮变革，丹麦的设计风格作为北欧的一支独特而艳丽的花朵，在世界建筑百花群中独具一格。首都哥本哈根现代化建筑群层出不穷，它们集中在城市中心区域的哥本哈根海港两岸。诸如扩建的皇家图书馆（Det Kongelige Bibliotek），丹麦人称它为"黑宝石"。还有演员剧院（Skuespilhuset），也是直线条和方轮廓的外观。在这些"新面孔"中，最值得一提的要算是新歌剧院（Operahuset）。它虽不是黑宝石，但也代表了当代新颖的建筑设计风格，即玻璃与砖瓦镶嵌的建筑物。丹麦女王在 2005 年 1 月 15

日亲自为它剪了彩。

引起丹麦人瞩目的歌剧院，以今天的眼光来看，是新型现代化建筑的代表。不过没有人会料想到，这幢建筑物曾经引起不可调和的争执，直至 2005 年剪彩之前，矛盾还不断涌出，而争执的双方都是著名人物。一位是本项目的投资者——丹麦最大企业马士基集团的首脑人物马士基·麦金尼·慕勒（Mærsk Mc-Kinney Møller），他和他夫人以马士基基金会的名义将歌剧院捐献给了国家。

马士基集团的总裁马士基·麦金尼·慕勒（1913—2012），是一位家喻户晓的成功人士，他继承了祖父和父亲的家族企业之后，没有辜负家族和丹麦人的期望，如今不仅拥有世界运输船王的桂冠，还是石油开采大王。

马士基总部（A.P.Møller-Mærsk）设立在首都哥本哈根海港的海边，离美人鱼铜像和新建的歌剧院不远。马士基集团经过一百多年的发展，如今已成为在航运、石油勘探和开采、物流、相关制造业等方面都拥有雄厚实力的世界性大公司，在 125 个国家和地区都有它的企业。2005 年营运收入为 2087 亿丹麦克朗。在哥本哈根建造一个新的歌剧院，是马士基集团基金会作为献给国家的一件礼物出资建造的。

马士基集团总部

马士基·麦金尼·慕勒在 2005 年已是一位 92 岁的老人了。他外表非常普通，瘦瘦的，微微有些驼背，不高也不矮，他从你身边走过甚至不会引起你的注意。我在电视中见过他好多回，不过亲眼见到他只有一次。那是一个偶然的机会，我在总部外面的露天停车场附近，见到了这位慈祥的老人。他和蔼谦逊，正与友人微笑着道别，旁边没有保镖和随从。他忽然看到了站在较远处的我正在惊奇地望着他，向我微笑着点了点头。我自然也回报了他一个腼腆的微笑，还不自觉地也向他微微点了点头。我猜想，他也许把我当成是参观访问团的中国代表吧？也许是刚访问过他的日本代表？虽然只有几秒钟时间，但我能感觉到他是一个非常平易近人的总裁，丝毫没有架子。

争执方的另一位是谁呢？他就是承担此项目建筑设计的丹麦数一数二的建筑设计公司亨宁·拉森（Henning Larsen）。该公司在 1959 以创建人亨宁·拉森（Henning Gøbel Larsen）的名字命名，至今已有六十多年的历史。

可是，马士基总裁为什么和设计公司有这么大的分歧呢？大报小报和电视台不止一次地提到这个分歧。双方争执的焦点是，设计师主张用玻璃外墙，但总裁和夫人坚持要在玻璃外墙外加上钢梁结构，而夫人是基金会的主要负责人。

有人说，钱是马士基出的，那他们当然有权力说三道四喽。再说，这家建筑设计公司还是马士基基金会指定的呢！难道他们不应该感谢马士基总裁和他的太太？这么意义重大的项目居然没有通过公开投标就给了这家建筑设计公司。有关这件事，报上也有人提出过质疑。因为按常规办事，应该向全国或全世界发出公开招标。没想到，丹麦也有例外，虽然只是极少有的个案。

不过亨宁·拉森建筑设计公司并没有因此而在设计上妥协。曾经有一段时间,听说他们想退出这个合作项目。大家没预料到,事情竟然会发展到这个地步,而原因只是对一部分外墙设计有不同。

有人则认为,纯玻璃的外墙也许是代表一种现代的潮流,但是,在玻璃外墙外加上一个带格子的不锈钢护栏也没什么不好看呀。有报道说,虽然马士基基金会作为给国家的礼物出钱建造这个歌剧院,但国家实际上在他的企业发展上没少给予特殊优惠的支持,比方国家购买石油定价偏高等。言下之意,他掏钱送给百姓的这个礼物,其实也是在国家变相的一种经济资助下的结果。所以马士基不能因为出钱,就可以说了算。

说起建筑设计,我忽然想起了另一个人,那个人就是丹麦最著名的建筑设计师约恩·乌松(Jørn Utzon)。

约恩·乌松之所以出名是因为设计了澳大利亚悉尼歌剧院。那个时候,他还没有名气。据说参加投标时,一共有来自32个国家的233个作品参选,他的设计图纸被丢进了废纸篓里。后来评委们思来想去对选出来的方案都不满意,评选团专家之一,芬兰籍美国建筑师埃洛·沙里宁来悉尼后,提出要看所有的方案,乌松的设计方案这才从废纸堆中被重新捡了出来。当埃洛·沙里宁看到这个方案后,立刻欣喜若狂,他极力在评委间游说。他们最终发现,这个设计才是最独特的设计!

历史证明,悉尼歌剧院的设计是世界上独一无二的,至今也没有哪个歌剧院可以超过它。据说,这个设计是来自设计师的一个灵感。我们不妨把一个橘子掰成好几瓣,再把它们巧妙地组合在一起,看看像不像悉尼歌剧院?

但是，这个建筑物的建造经历了一波三折。1959 年开始建造后，政府经费出现了困难，当地政府以财政困难为由向乌松提出了修改设计方案的建议，但乌松为求完美不容许有任何瑕疵，他拒绝妥协，在与负责官员大吵一架后，于 1966 年愤然离去。后来歌剧院经过 14 年才建造完毕。

　　听了这个故事以后，我总觉得非常遗憾，乌松居然在歌剧院建成后没有到悉尼去看过一次他自己的伟大杰作！ 1999 年，他与澳大利亚地方政府虽已达成谅解，但是，他还是以年事已高为由没有故地重游。几年前，悉尼歌剧院要进行一次修建，乌松居然再一次没有到场，只派了他儿子出席活动。虽然他儿子也是著名建筑设计师，但他本人不出面，真是让人很难理解。他直至 2008 年以 90 岁高龄离开人世之前，也没有去悉尼看过他设计的歌剧院。

　　联想起悉尼歌剧院，我现在比较能理解设计师们的想法了。丹麦新歌剧院的争执或许也是因为设计师认为一个建筑物的设计会带给世人一种永恒的纪念，并百世流传，所以就和乌松一样不让步。当然，这只是我自己的看法，也许是因为我在建筑设计公司工作过的缘故吧，所以我能理解设计师们。

　　"哎，你说，是不是设计师们都和那位乌松先生一样？他们都那么执着吗？坚决不妥协？"有一天，有个丹麦朋友这样问我。我想了想回答道：

　　"我想我们中国人会顾全大局，也会给对方一点面子。特别是，对方是世界著名大公司和投资者。"

　　"哦，你这样考虑问题没有错，也比较简单，不过，给面子是什么意思？"

　　"给面子就是向对方妥协，也就是退一步呗。"我不假思索地说。

"假如双方都是权威企业，怎么妥协呀，怎么让一步啊？"那位朋友左右为难地问。

"政府出来打圆场呗！"我想了想，露出了一丝苦涩的笑容来。

今天，自歌剧院建成已十多年了，人们渐渐地把这件事淡忘了。丹麦百姓不会想到，马士基送礼物给国家，却闹出一件不愉快的事情来，这也许是始料不及的。因为马士基从来没有被大报小刊非议过。好在旅游者很少有人知道这个故事。不管怎样，这个现代化的歌剧院与对面遥遥相对的演员剧院给哥本哈根海港带来了一个新的现代化城市的美景。

坐在演员剧院外眺望对岸的新歌剧院

漫步从新港啤酒街一路走到头，出现在人们视野中的就是哥本哈根海港，演员剧院就在左手边。这幢方形带"头盖"的建筑外形与对岸的歌剧院有些相像。演员剧院靠海的一面，开有一家海边餐厅和酒吧，那里可以品尝一些丹麦本土的菜肴。坐在餐厅内，透过玻璃外墙，可以观望海景。只要是好天气，人们都喜欢坐在建筑外的大伞下领略阳光，品尝丹麦风味。甚至有人坐在海边地上，两条腿挂在岸边的石头街沿外，吃自己带去的面包等食物。人们享受着夏天的美好时光，眺望着静静的海水和对岸的新歌剧院，他们不时地向穿梭的游览船频频挥手。坐在对岸新歌剧院咖啡厅里的人，也可以眺望这边演员剧院的新建筑和观望的人群，他们也不时地向游览船的旅游者挥手示意。

"水上公共汽车"

也许外国旅游者并不知道，就在演员剧院外面，他们站着的地方，就有个水上公共汽车站（Havnebussen），普通的公交车票或月票就可以坐这种渡轮。十几年前，这里就新添了这种海上交通工具。

我有时候上班就坐这种水上公共汽车，非常便捷，来回海路设有9个站台。它也能观光，因为渡船内有一排排座位可供游客静静地观望两岸风景，甲板上迎着海风更可以随心所欲地观望海景。带有浓厚的北欧风格的建筑群，在人们的眼帘中一幢又一幢地闪过，人们不停地变换着方向选择最佳角度来摄影。沿着长长的海港从一头乘到另一头，可以眺望整个沿途的新建筑群和古老的北欧建筑群。水上公共汽车徐徐地将人们从演员剧院带到了对岸的歌剧院，再一站接一站地将人们带到海港的另一头 —— 国家图书馆的"黑宝石"以及许多新建筑群。十多年来，两岸建造了一批又一批的现代建筑物，恰到好处地与古典建筑群自然衔接。这些新建筑物的内部设计当然非常现代、雅致、独特和简捷。除此之外，不管是歌剧院还是演员剧院，它们的音响效果都是顶级的。每一个建筑物，无论是黑宝石图书馆、新歌剧院，还是演员剧院，都能从设在底层的咖啡厅和餐厅的一长排大玻璃窗往外观望，当人们望着蔚蓝的天空和清澈的海水喝饮料、吃菜肴时，即便不是美食也会备感心情舒畅。

没看够风光的游客可以来回兜风，只要不超过一小时。不过超过了时间也没什么关系，再买一个钟点的票就是了。一小时的公交车票只需花二三十丹麦克朗。当然，月票和交通卡（Rejsekort），还有一日或三日旅游卡就会更便宜。

喜爱旅游和建筑设计的人们，不要错过这个物美价廉的观光好方式！

王后露易丝的玫瑰园茶屋
Dronning Louises Tehus

　　我不知道有多少丹麦人听说过王后露易丝的玫瑰园茶屋（Dronning Louises Tehus），我更不能猜测有多少外国游客去过那儿。因为茶屋隐藏在一片自然园林之中。不说茶屋没有多少人知道，就连园林中的一个城堡，也没有多少人知晓。

　　伯恩斯托夫城堡（Bernstorff Slot）离我家并不远，它就坐落在紧邻哥本哈根市的一个城市根措夫特（Gentofte）。从该市的市政府步行十来分钟就到了城堡。一次偶然的机会，我和丹麦朋友拉斯开车驶过一条幽静宽敞的马路，只见路边有几个姑娘骑在高头大马上。她们头上戴着硬硬的头盔帽，脚上穿着高高的皮靴。马儿油亮发光的鬃毛在阳光下显得很有精神。这些乖乖马儿在年轻姑娘苗条的身躯下显得那样温柔和听话。姑娘们在有节奏的马蹄声中，从我们的车旁溜达而过。

路边的姑娘骑在高头大马上

映入我眼帘的是五彩
缤纷的色彩

我不由得回头望着她们骑在马上威武的样子，我猜想这附近一定有个养马场。我兴冲冲地对拉斯说："我们停下来好吗？""好啊！"拉斯爽朗地又加了一句："里面还有个城堡，想进去看看吗？""是吗？"我更兴奋了。

　　在路边砖瓦围墙旁，我见到一扇矮矮的齐腰小铁门，随手推开小铁门，一踏进去就见到了一棵棵高耸入云、千姿百态的百年大树。映入我眼帘的是五彩缤纷的色彩。红树叶、黄树叶还有绿树叶在秋天金色的阳光照耀下，闪烁出它们深浅不同的光泽和色彩。不仅如此，大树竞相摆出它们各种各样的姿态，层层叠叠的树叶在微风徐徐下不时地点头，欢迎游客的到来。

　　我一路走，一路欣赏着一幅又一幅使人浮想联翩的景色，秋天是多么迷人啊！阳光给森林披上了一年中最美丽的新装。

　　在这片树林旁，我们还真见到了一个驯马场和一排露天梯形观众席。只见一个梳着马尾辫的姑娘和她母亲正在训练她们高大雄壮的棕色大马。姑娘一会儿带着她心爱的马跑跑步，一会儿带着它跳跳障碍物。母女俩休息的时候我冒昧地上前去搭讪，一问才知道她们的马是寄养在这儿的，就像小孩子放在托儿所一样，平时有养马人饲养和训练，主人有空就来陪它玩，给它关爱。妈妈告诉我，女儿在去年比赛中还得了第二名，能听得出这位母亲为女儿感到骄傲。不过问起马的价格、寄养费和饲养费时，我不由得定睛望了一会儿这位妩媚的中年母亲。我知道，几万到几十万克朗对爱马的人来说并不算太昂贵，但每个月的开销不比抚养一个孩子便宜。国家每月给丹麦孩子一千到两千克朗的生活费，但养马嘛，要自己掏腰包喽。想来这位妈妈和她老公比较有钱吧，让女儿有这种耗资巨大的爱好。

51

伯恩斯托夫城堡

　　穿过树林，见到了一片绿色的田园，沿着草地中间一条细细弯弯的小路，来到了一幢不大的城堡跟前。"这就是伯恩斯托夫城堡。（Bernstorff Slot）"拉斯对我说。眼望跟前的城堡觉得和我想象中的不一样。它的建筑设计和其他的欧洲城堡有所不同。它不是童话世界里富丽堂皇的城堡，也不是昏暗古老、有神秘色彩的古堡。它的设计落落大方，线条简明，外观朴实。白色的外墙和蓝黑色的屋顶，对比强烈而和谐。也许这种风格慢慢形成了当代北欧简洁的建筑风格。

　　伯恩斯托夫城堡建造于1759—1765年，是由国王弗雷德里克五世（Frederik V）的外交部部长伯恩斯托夫（J. M. E. Bernstorff）建造的。他过世后，家族财产几经转卖，最后被王室买下了。丹麦国王克里斯蒂安九世（Christian IX）于1854年继承了父王的这份遗产。他的王后露易丝（Louise）喜爱城堡边的玫瑰园茶屋，每年夏天她与丈夫和儿孙们都欢聚在这里饮茶，休闲。说起国王克里斯蒂安九世，他在欧洲有一个"欧洲祖父"的称号。他的五个孩子都与欧洲皇室结了良缘，所以他的影响之大是可以想象的。大儿子继承了丹麦王位，为弗雷德里克八世（Frederik VIII），大女儿嫁给了英国国王，二女儿嫁给了俄国沙皇。

拉斯带我到这里，但是他没听说过王后露易丝的玫瑰园茶屋，我是刚才从驯马的母女那儿听说的。我急切地想去找一找王后露易丝的玫瑰园和那幢茅屋——茶屋。我们走过了一个田园式的荷花池塘，见到对岸远处一大片竞相开放的芬芳玫瑰。我被这里幽静的环境所吸引，留恋地坐在池塘旁的长椅上，欣赏起前方的田园风光。哦，这里真美啊！眼前的宁静和宽阔的视野，把我带回到了大自然。

环视周围蓝色晴空下的美景，我正在若有所思时，忽见一个茅屋顶在蓝天下露出了它美丽的姿态。我们快步走了过去，我的第一印象是，这里是一个夏日的花园茶座！

王后露易丝的玫瑰园茶屋

十几张茶桌摆放在茅屋的右侧空地上，桌子上方撑起了好几把太阳伞。中央矮矮的冬青树被修剪得非常整齐美观，红玫瑰、白玫瑰在绿色中显得那样突出和娇柔多姿。花丛中耸立着一尊细长的雕塑，远看如同一个秀丽妇女的半身像。不知它是不是露易丝王后的雕塑呢？我望了一下坐在太阳伞下的一桌一桌的人。只见一个一个银茶壶中冒出了细细的热气，桌上银盘里放着各式美味的小点心。一位中年妇女和气地从茶屋里端着盘子走出来，我想她是主管吧。她对我笑着说，这里仍然保留着当年露易丝王后在世时的布局和风格，这里的花卉仍然是当年的玫瑰花品种。她指了指右手旁说："没见到种植园吗？它就在茶屋的后面。"她问我想不想进茅屋看看。"当然喽！"我连想都没想就一步跨了进去。

在玫瑰园喝下午茶的人们

走进茅屋，映入眼帘的是一张长长的椭圆形桌子，桌上放着一套又一套漂亮的茶具。正当我吃惊地瞪着眼前那么多精美瓷器时，忽然年轻苗条的女服务员笑嘻嘻地问我："你要哪一套茶具？"我喜出望外地急着问："我可以自己挑选吗？"她笑着点点头。我仔仔细细地左看右看，终于挑选了两套带彩色边框的茶杯和茶碟。

中年妇女告诉我，这些都是她在伦敦拍卖行买下的。她顺手指了指架子上的银果盘和茶壶，说："这些都是出售的。"我注意到银器上挂着一块块小牌子，上面写着制作年份和价钱。她拿出一张菜单，没有菜，只有茶点。这里有好几种名茶可以挑选，价钱一样，以一壶起算，75克朗一大壶，60克朗一小壶。我没想到，这里还能喝到正宗的中国花茶和绿茶。

走出茅屋，我急急挑选了一张在大伞下的长方形木桌。刚想坐下，忽见上面有张小纸条，哦，原来已经有人预定了这张桌子。环顾四周，其他桌上也有小纸条。我真没想到，这里还会满座。我看见有的桌旁坐着老人，有的桌旁是中年人，也有一家三口——年轻人抱着宝宝的。这里环境多么美妙舒适！坐在满是鲜花的皇宫玫瑰园里品茶，这还是我有生以来第一次。我懊悔没有打个电话预定一下。有个高个子姑娘走到我旁边看了看桌上的小纸条，她向我招了招手说，我可以坐那张桌子。原来那张桌子预定的时间是下午两点。现在才中午十二点半，茶座才刚刚开始营业不久。我很感激那位姑娘。因为茶座是在室外花园里的，而且每年只营业4个月，从5月底到9月底，每星期只开放周末两天。今天天气好，我真不想错过美好的时光。

拉斯今天也特别高兴，因为假如不是我的好奇心，

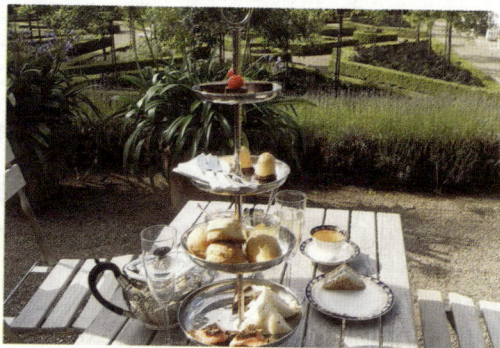

皇宫玫瑰园里的茶

55

他也不知道这里有个露易丝王后的茶屋。他说他并不在乎什么器皿，不过坐在皇宫的花园里喝茶还是有生以来第一次，周围的环境太美了。

自那以后，有国内朋友来，我就带他们去那里喝下午茶，每次我都会挑选一套新的瓷器茶具，不过我总是挑选中国茶，我的朋友也学我。两壶满满的茶品尝了一个多小时，聊了一个多小时。精致的小点心真是很精巧：小面包、小三明治、小蛋糕、小巧克力糖、小盘果酱。我想，喝下午茶主要是享受和与朋友相聚的快乐，吃什么都不是主要的。离开时我真的把桌上的银器果盘都买了下来。

离露易丝王后的茶屋不远，有一大片草坪和森林。这里人不多，可狗却很多。有人牵着三四条大狗，有人牵着几条小卷毛狗，还有双胞胎狗兄妹，那里还有一间简单且漂亮的黄色小木屋，里面卖啤酒和咖啡，还有其他饮料。原来这里是狗主人聚会的地方。主人坐在屋外休息喝饮料，狗就在旁边大草地上追跑、滚翻，累了就在旁边喝专供给它们的自来水，当然还有零食可以喂食。我每次来露易丝王后的茶屋，总不忘到城堡后面的小木屋外坐一下，喝杯可乐、咖啡或者啤酒，坐在这里看看"聚众打闹"的狗狗们。它们常常钻到我们的桌子底下，也许想让我们拍拍它们的身子，摸摸它们的脑袋，说句："哦，你们多可爱啊！"它们这才会摇着尾巴高兴地离开你。这里比起露易丝王后的茶屋要随意许多，价格也非常便宜。一杯啤酒或咖啡只有25克朗，当然，这里没有漂亮的瓷器或高脚酒杯，喝啤酒用的是透明塑料杯子。反过来说，这里不仅有人气还有狗气。我呢？我更爱的是这里的一大片树林和自然幽静的风景。

后来我知道，许多城堡和皇宫里都有下午茶供应，比如，在离哥本哈根市区以北30公里的科克达尔城堡（Kokkedal Slot），每星期日都有"宫廷茶"。

这里的下午茶和露易丝王后的茶屋不一样，这里客人坐在舒适的沙发上，品尝6种不同的中西名茶，享用名贵的皇家瓷器，品尝由高级蛋糕师亲手做的各色精致小点心，还有服务员不停地过来为你倒茶。

科克达尔城堡

服务员总是先问你要喝什么茶，然后走过来为你倒。当他手提套盘小点心放在你面前的沙发桌上时，他会一条腿曲膝，滔滔不绝地

科克达尔城堡里的"宫廷茶"

向你介绍各种点心叫什么，用什么材料制作的等等。我从来没有经历过有人这样和我说话，我感到有些不自在，所以什么也没有听清楚。他的这种姿势使我想起中国古代臣子对皇上跪下，还使我想起一些浪漫男子向女子求婚时的情景。服务员过了大约半个钟头以后端上另一套盘点心，看到他又跪下来时我才想到，也许这是这里的服务规范，因为客人都坐在长沙发和沙发椅上，他们跪下来，就和我们的高度差不多，这样向顾客解释一长串话时就容易听清楚了。

我特意观察了一下，见其他服务员也和他一样同客人讲话，我这才确信，这是这家宫廷茶室的服务规范。哦，想不到，我还真的在宫廷里做了一次公主呢！不过我还是希望他们改革一下，不要有这样一套规矩。丹麦一向是提倡人人平等的，没有高低贵贱和白领蓝领之分。不过也许是我的观念错了，因为我错把这种跪下的姿势误解成有高低之分。我知道丹麦人普遍很随便，进朋友家脱鞋后不穿拖鞋满地走，大人小孩坐地上或跪在地上都无所谓，所以他们压根就没多想这种举动有什么不合适，只要能让客人听得清楚，跪下来也无妨。

　　我觉得经历不同国家的美食文化，是一件有趣的事情，特别是这里的价位是我们普通百姓能够接受的。每位249克朗（新价格345克朗），要喝香槟酒的，每位外加100克朗。茶随意喝，各色小点心一套盘有三层。两位客人是两套盘，不同品种的。

　　我环顾周围，几乎没有一家能全部吃完点心的，我见到服务员给他们一个小纸盒，没想到还可以打包回家！打包这件事，几乎在丹麦饭店没有先例，所以我特别高兴。我本来还在担心，年纪大了，一下子吃那么多甜品，对身体不好，现在问题迎刃而解了。我们高高兴兴地带着印有皇冠的精致纸盒回家了。第二天，看到精致的纸盒，就更兴奋了。我急匆匆地打开纸盒，细细品尝了一下，哟，味道比昨天还好！这就叫作少吃多滋味嘛！不知你有没有兴趣也去体验一下呢？记住，每星期日才有宫廷茶，不要忘了事先打电话预定。

露天博物馆 Frilandsmuseet

灵比市（Lyngby），又称孔恩斯·灵比（Kongens Lyngby），坐落在哥本哈根以北，这个城市在公元700—1000年维京人的时代就逐渐形成了小村庄，不过在这之前的石器时代，已经有人类居住的痕迹，到了1800年，这里有890个居民，如今发展成了一个有五万多人口的中型城市。

该城市和丹麦其他中小型城市没什么两样。沿街都是具有北欧特色的联排小屋，还有独立洋房和四五层楼高的公寓楼。整洁温馨的小街上小商店一家挨着一家：面包蛋糕店、咖啡茶座、花店、冰激凌店和日用品店一样不缺。这些店都是小小的，优雅的，非常舒适干净。有些马路还保留着古时候的石子路，走在路上使人感觉到一种浓烈的北欧文化气息。这里没有大饭店，也没有摩天大厦。若不注意，在市中心看不见大商店和中央商场。

说起灵比市，丹麦人都会提到露天博物馆（Frilandsmuseet）——一个展示丹麦1650年至1950年城市和农村面貌的博物馆。它占地面积40公顷，是目前世界上最大的露天博物馆之一。1897年，创始人伯恩哈德·奥尔森（Bernhard Olsen，1836—1922）在一个风车的周围买下了0.55公顷土地，面积虽不大，但终究有了一个世界闻名的露天博物馆。博物馆在1901年正式对外开放，占地面积不断扩大。伯恩哈德·奥尔森是一位受过教育的戏剧家，而他的一生却为大众传播事业和民俗历史占据了所有的精力。

那天听说留学生小花的闺密要从东北来，我就建议她们去那儿一次。因为小花就读的丹麦科技大学（DTU-Danmarks Tekniske Universitet）就在灵比市，可是她来了一年多还没去过那儿。我对她说，去看看丹麦解放以前的老城吧，那里很有意思的，就好比外国人去上海老城隍庙一样。她听我用"解放以前"这个词，笑着问："张老师，您怎么还用几十年以前的词汇啊！现在是什么年代啦？哎，您倒是说说，丹麦解放前是什么时候？"

　　我不知道怎么自圆其说。"丹麦的解放以前"？不错，我对她说，丹麦也有全国解放日（Befrielsesdag），那是1945年5月4日，法西斯投降的那一天。第二次世界大战期间，德军侵占了丹麦，丹麦失去5年主权。以后，每年5月4日就是解放日。不过我刚才也没完全说错，露天博物馆再现了350年以前丹麦百姓的生活，不也是1945年以前吗？

　　"嗯，嗯。我明白，我明白，我们哪天约好一起去吧。"她说话慢慢悠悠，很文雅，脸上露出了微笑。

　　小花慢条斯理地对我解释，每次学校放假，她和同学都去其他国家旅游了，所以就忽略了丹麦的旅游景点。小花每次听我说什么，总是看我一眼，然后慢慢地回答，好像在琢磨我说的话，又好像是极力在理解我的意思。也许是因为我对丹麦有特别的感情吧，我塞给她一本露天博物馆的小册子，约好带她们一起去。

　　2015年的秋天，在露天博物馆的大门外，我见到了她们——两个时髦的中国姑娘。

　　"张老师，您好！今天天气真好啊，瞧，这么蓝的天！"小花闺密的声音很动听，像朗诵一般美妙。

　　"张老师，您给我们介绍介绍这个露天博物馆吧。"她笑着说。

我拿出了小册子。

"看，小册子上是这么写的：露天博物馆最初是1897年建立的，当时作为人民博物馆的一个建筑物展馆。1920年归属于国家博物馆。现在又有了新的名字，英语叫 Old Denmark—Open Air Museum，翻译成中文是：古老的丹麦露天博物馆。"我慢慢解释道。

我看了一下小册子又继续说："里面有一百多幢解放前的小屋，还有丹麦古时候的农场、街道、水磨坊、小店、花园和草地。这些房子都是古代农民真正的房子，从丹麦各地运来重新建造在这儿的。指示牌上会写明是哪个地方的房子，原来在哪条路上，房屋的主人叫什么名字。你会感觉来到了旧时代的田野上，你会见到马儿、山羊和绵羊在静静地散步、吃草、晒太阳。"

说完我们就进了大门，脚刚跨进大门，就被眼前的田园风光迷住了。胖乎乎的羊正在广阔的草坪上觅食，草屋在温暖的阳光下显得富有诗意。"哇，小绵羊，小绵羊！"时髦的中国姑娘一进门就兴奋地叫起来。"好一个诗情画意的田园风光啊！"我不禁有感而发。

胖乎乎的羊正在广阔的草坪上觅食

只见左侧篱笆上套着一顶顶小头盔，有个穿红衣的小男孩已经选好一顶戴在自己头上。我默默地看着大人和孩子们，感觉很纳闷。他们正在做什么呢？一个戴墨镜的小男孩也将一个头盔端端正正地戴在头上，他脚穿一双高帮鞋，用右手按按自己的头盔，原来他正在看头盔戴在头上合适不合适呢！

　　我看到有个工作人员抱起孩子放到马上，牵起一根缰绳时，我才知道，原来在这里，孩子们可以在工作人员的带领下学习骑马，不过，先得选一个头盔带在头上。当然，这些都是小马，小马慢慢悠悠地往前散步，小孩子们安安稳稳地坐在马背上。

工作人员牵着缰绳教小朋友学骑马

　　眼前有一个古老的大风车，比起在阿姆斯特丹看到的风车似乎是更古老一些。这个风车是从西兰岛东部的小镇迁移过来的，它建造于1662年。每次我路过这条马路，在围墙外就能看到这个高高耸立的风车，它和其他的风车都不一样。看到了这个老风车，我就知道露天博物馆到了。

古老的风车，建造于 1662 年，1763 年翻新

迎面走来好几个古时候穿着打扮的妇女和孩子，她们手臂上挽着一个个竹篮子，她们是不是在摘野果子呢？一位穿着粗布衣服的老太太指着剪下来的羊毛，向两个金发小男孩讲解古时候剪的过程。随后，她拿起装满羊毛的竹篮子，走到屋外阳光下晒起羊毛来。只见大树下不同的竹篮子放着编织好的羊毛袜子，她拿出篮子里的一双长筒羊毛袜，将它挂到一个木框上。她不停地忙碌着，我想，她是在角色扮演吧，总是重复演示。几个好奇的小朋友在广场古井旁，不停地上下摇动着手中的铁杆子，从井里往上吊水。

古代打扮的妇女和孩子们

63

我们急不可待地朝一幢幢草屋走去。小花说话文文雅雅，人长得非常高，有172厘米左右。她每次不得不低下头跨进门槛。我们笑她是丹麦古时候的巨人，连一张普通的床都躺不下。我们发现年代越老的房子越是矮，大人都要低下头才能进去，那时候的人个子可真矮啊。我们见到了古时候的灶头和煮饭的铜器，我很好奇，屋里的木箱子和中国的樟木箱子很像，我家以前就有几个。房间里放着手摇纺织机，这使我想起了安徒生的故居。安徒生的父亲是鞋匠，所以，方桌上放着制鞋的纱线。这里的家具以及用具和安徒生家里的一样。当然了，假如现在安徒生还健在，那他已经是二百多岁啦，这些房子也是两三百年以前的房子。

古时候的灶头和煮饭的铜器，以及古时候的卧室

　　小花的闺密长得娇小可人，她在一幢幢草屋间穿来穿去，不停地用手机拍照。没几分钟，她就将照片一张张发到了她的微信群。我笑着对她说，你的朋友不必来丹麦了，你让他们都亲身经历了一次丹麦旅游，张张照片都像新闻记者拍的。"哦，张老师，您过奖了。"她不好意思地说。我对她说，这里的房子来自丹麦各地，都是当地真实的房屋搬迁到这儿，里面的家具也是真实的样式和尺寸。"哇！"她吐了一下舌头。

"哦，这里真是世外桃源！瞧，池塘五颜六色，哦，这是草屋红墙的反光！"小花的闺密突然兴奋地指着前面说。

　　我们快步往前走去，只见前面大鹅和小鸭们在池塘中惬意地游来游去，这幅水中的画卷真是太美了。我忽然想起唐朝伟大诗人李白的《静夜思》："床前明月光，疑是地上霜，举头望明月，低头思故乡。"短短的几句诗，道出了思念故乡的万般情感。我在想，假如今天李白还在，他会触景生情写出怎样一篇流传百世的作品呢？我的视线久久不能离开诗一般的美景，一切是那样的温馨和幽静，我的脑子里回想起婉转美妙的旋律，我的思绪回到了几百年前的丹麦。我仿佛见到了古老的村庄和家园，虽然那时候的农屋没有今天那么崭新，但是今天所看到的是那时真实生活的一角。

　　不一会儿，只见两只长脖子大鹅一摇一摆地走上岸来，它们俩走到了我们跟前，旁边的草屋里走出来几只母鸡和一只公鸡，它们一会儿就不见了踪影。我们三人不约而同地感叹起来，这些鸡鸭是多么幸运，在充足的阳

池水五颜六色

光下自由自在地溜达。这里空气新鲜，环境优美，我真不想打扰它们幽静安逸的生活。

　　"苹果树，苹果树！"小花已经忘却了她斯斯文文的常态，忽然激动地叫了起来。

　　"张老师，看，地上掉下来那么多苹果！真可惜呀！"小花的

闺密一下子跑了过来。她真想把地上的苹果都捡起来，可是地上的苹果有的烂了，有的被小虫子蛀了。

"张老师，我们摘几个吧，可以吧？"两位姑娘抬头望着树上又大又圆的红苹果调皮地问。我知道她们的心情。记得我刚到丹麦的时候，每年秋天见到人家院子里高高的苹果树上结满了红红的苹果，就拿起相机不停地拍照。记得有一次见到马路旁有好几棵苹果树，可是够不着，只能望眼欲穿。倒不是因为我嘴巴馋，是想体验摘果子的心情。我从小生长在大城市，从来没有看见过苹果树。

结满苹果的树

当我们正在左思右想的时候，过来了一位穿粗布衣服的"农妇"，我不太好意思地上前问她，能不能让两位中国姑娘摘几个红苹果。那位"农妇"热情地笑笑说："好啊。你们走进去，很多农屋外面都有苹果树。"于是我们高高兴兴地从一个农屋走到另一个农屋，到处拍照片，还真的见到了许多高高的苹果树。两位姑娘好像朝鲜电影《摘苹果的时候》里的姑娘们一样，一边摘，一边哼起了电影里的插曲："无边的果园，茂密的果园，村前一片苹果树，村后是花果山……"她们甜美的歌声使我想起了电影插曲欢快的旋律和电影里摘苹果姑娘们的笑脸。那是一部1971年拍摄的朝鲜电影，虽然已经过去了40多年，如今回想起来还是那样亲切，记忆犹新。

小花和她的闺密虽然没有摘许多苹果，但是她们欣赏了果树不同的美丽姿态，她们体验到了摘苹果的乐趣。

离开了果树，我们走进了一间厨房，烧柴火的灶头边有"母女俩"正在忙着准备饭菜，土灶上端挂着大大小小的黄铜炒菜锅和烧饭锅。有个妇女坐在小小的客厅里纺纱，这些人都穿着古时候妇女的服装。在另一间灶房里我们看到了几个男子正在酿制啤酒，他们身上围着围裙，头上戴着一顶老式鸭舌帽，将一个个啤酒桶装满了啤酒。他们笑呵呵地向过路人兜售啤酒，想品尝一下也可以。我看他们很兴奋的样子，怀疑他们有点儿喝醉了。

"今天这里有古代人骑马决斗的表演，想不想看？"我忽然想起来，问她们。

"想看啊。"她们俩兴致都很高。

"有时间吗？你们不抓紧时间去逛街看看品牌店？"我想起这两位都是时尚姑娘。

"张老师，您今天让我们过得非常有意义，我们看到了丹麦的老城和农村。品牌店过几天再去！"

"不过，品牌产品也是要去看看的。告诉你们一个信息，步行街最近有许多商店都在打折，特别是'爱步鞋'品牌店，打五至七折。"

"哦，张老师，爱步鞋是丹麦的名牌吗？"小花的闺密问。

"是啊，哦，我想起了一件事。有一次，爱步鞋的工作人员让我当翻译，我陪着中国贵宾去了一家步行街的爱步鞋店，没想到，大家都买买买，一人买了好几双，这下感动了店里的女经理，她拿出相机，请贵宾们排成一长排，每人手里都举起好几双鞋和大塑料袋，咔嚓，咔嚓，她拍下了好几张激动人心的照片！"

她们俩听了都大笑起来说："真的，中国人现在兜里有钱了，出国都是买买买，其实，好多是帮别人代买的，可丹麦人还以为都为自己买的呢！"

刚要离开时，看到马车载着游客从我们身边经过，马车在这里兜了很大一个圈子，也有很多讲解。我们虽然没有坐上马车，可我们都说下次还会再来这儿，因为我们今天只是走马观花似的参观了一些房子，既没有听讲解，也没时间看牌子上的解说词。以后我们来之前一定会在网上查一下有什么活动，我相信一定很有趣。

坐在马车上游览的游客

　　说起老城，在第二大城市奥胡斯还有一个，叫 Den Gamle By。我想，很多游客都听说过这个老城的名字，所不同的是，那里主要给人一个老城的感觉，而这里是老乡村的面貌。称它露天博物馆是因为它是一个与众不同的展览馆，它向人们展示了丹麦从一个农业小国发展成欧洲现代化国家的历史与变迁。

墓地里的樱花树 Bispebjerg kirkegård

　　以前，我并不知道我家附近有一大片樱花林，你猜在哪儿？哦，我想你是猜不着的。樱花树不在公园里，也不在大街上，它在墓地里！墓地里有樱花树？我怎么不知道呢？这个墓地我真是太熟悉了，因为我父母就葬在那儿。

　　当我听说这里的樱花盛开时，心中感到了一阵庆幸和安慰。樱花啊，樱花，虽然你每年的花期那么短，只盛开 2 至 3 周，可是你盛开的时候，粉红色的朵朵花球布满整棵大树，道路两边成排的树枝交汇形成了林荫道，你精心编织成一把把美丽的大花伞，夹道欢迎我们的到来。你美丽的肢体在阳光下如云似霞，美不胜收。情侣躺在你的怀抱下，享受着你给予的甜蜜瞬间；老人偎依在你的肩膀，回忆着你给予的珍贵记忆；夫妇推着宝宝的童车，沉浸在你给予的温馨与和睦之中。

墓地里盛开的樱花

70

樱花啊，樱花，每年 4 月中旬，你使墓地变成了欢乐沸腾的公园。墓地里，教养员推着小车，孩子们头戴五颜六色的头盔坐在车子里；学校老师组织孩子们到这儿来活动，还拍下了全班欢乐的集体照。这儿有樱花树的无限美景和魅力，这儿有你的粉红大花伞林荫道，大家都争相拍摄美景。

大家都在争相拍摄美景

有人曾经写道："我能想到最浪漫的事就是和你一起去日本看樱花。"嗯，这个小伙子多浪漫！不过我想告诉丹麦人的是，你们不必千里迢迢去日本看樱花，日本的樱花树就在你的家园，樱花就开在墓地里。

墓地坐落在哥本哈根西北部 6.9 公里的地方，墓地马路对面有个世界闻名的格伦特维教堂（Grundtvigs Kirke）。叫它格伦特维是为了纪念丹麦的一个伟人，因为格伦特维是丹麦成人学校的创始人。他的铜像至今还耸立在哥本哈根市政厅后门不远的一个院子里。

此教堂的设计与丹麦传统的小教堂和其他古老的大教堂都不

同，可以说是独具一格。教堂的正面看起来极像一架管风琴，没有过多的装饰，简约的风格却营造了一种肃穆、引人深思的氛围。这是一幢哥特风格的建筑，外加阶梯形的外墙，充分利用每一寸阳光，使建筑显得格外宁静且充满神圣感。教堂的建造用了约500万块质量极高的米黄色墙砖，教堂内的每根柱子就要使用3万块这样的砖。格伦特维教堂由丹麦建筑设计师世家克林特家族祖孙三代于1921年至1940年建造，因造型像管风琴，故被称为"管风琴教堂"，这是丹麦国家级教堂。记得几年前，两位北京老记者让我先后两次带他们去那个教堂。我没想到，他们对这个教堂的历史比我还清楚。

格隆特维教堂

丹麦的教堂和墓地居然离得那么近，就隔着一条马路，这确实很方便居民。结婚、洗礼和告别仪式走进教堂；落棺材，埋骨灰盒，扫墓去墓地。周围有公寓楼、洋房和别墅，甚至有养老院和大医院，当然还有超级大的足球场。丹麦是足球王国，曾经获得 2004 年世界杯冠军。

不仅如此，墓地旁边还有长约 9 公里的自然森林（Utterslev Mose）以及 3 个紧紧相连的湖泊，占地 221 公顷。1937—1943 年这里建造成了一个自然公园，2000 年被列入自然保护区。从墓地的一头穿到另一头，可以来到这个森林。这里每天有许多人跑步，无论是冰天雪地的冬天还是枝繁叶茂的夏天，常常有夫妇、情侣一起跑步。

墓地旁边的自然森林

这里有丰富的鸟类，湖中除了多种天鹅、野鸭之外，还有一种特别的鹅叫灰鹅，也叫灰雁。不仅如此，这里还生活着许多海鸥和燕鸥，这些鸭科雁属的鸟类都喜欢在水中觅食、戏水、求偶交配。

疣鼻天鹅

灰雁

　　有时候，"嗖嗖嗖"，头顶低低地飞过一群群天鹅、海鸥、灰雁，有时候它们从马路另一头飞回它们生活的湖中。有时候，一群鸭爸爸和鸭妈妈带着孩子们横穿马路，让司机无奈地刹车等着它们过马路。

　　这里的傍晚特别美丽，每天晚上6点左右，红红的太阳映照在湖面上，只见太阳一点儿一点儿地西沉。走在街上，就能看到又圆又红的太阳挂在天空中，如同一个大灯笼。只要是晴天，这里的晚霞天天都是那样迷人。

晚霞映照
在自然森林的
湖泊上

自然森林没有大门和围墙，私家花园洋房就建造在森林中。走出自家花园，就是森林和湖泊。哦，我忘了告诉你们，这里还有个不大规模的私人牧羊场，我和孩子们一样，会情不自禁地停下步子。只见一个小姑娘和她父亲停下了自行车，她兴奋地跑进羊圈与羊儿一起玩耍。每天下午，羊儿在草地上懒懒地睡午觉；傍晚，夕阳照在湖面上，把它们觅食的草地照得亮亮的。

　　林中的鸟叫声更是奇妙无穷，"叽叽叽，嘎嘎嘎"……有的像人轻轻的尖叫声，有的像鸭子的粗喉咙。我真想抬头问这些鸟儿："叽叽叽，你们在说些什么呢？嘎嘎嘎，你听得懂叽叽叽在说什么吗？"我常常出神地想，许多书上描写鸟儿在纵情歌唱，可是没有人描述过鸟儿吵架吧。说真的，有时候我真以为它们在吵架呢，听它们"嘎嘎嘎"地飞过头顶，有时候吓我一大跳！

小姑娘与羊儿一起玩耍

　　这里虽然环境优美，但不是所谓的富人区，所以并不是人人都梦想居住在这里的。因为丹

鸟儿"嘎嘎嘎"地飞过

麦几乎每个城市和乡镇都有海岸、湖泊和森林，环境都很不错，只是郊区和市区的差别，人少和人多的差别，繁华和不繁华的差别。不过格伦特维教堂很出名，中国的各大旅游网站都会推荐——"丹麦格伦特维教堂，漫游丹麦不可错过的经典景点"。

　　说起这个墓地，与我有着割舍不开的关联。26 年前我刚到丹麦不久，就租了墓地对面的公寓。房东的房子就在格伦特维教堂旁边，她让我周末到对面去玩玩，我还以为对面是一个公园。10年后，几经辗转我又搬回这儿，我住的房子离这个世界闻名的教堂只需步行 10 分钟，而我父母就葬在我家对面的墓地里。也许这是上帝的旨意，我应该搬回到这个地方，日日夜夜和父母相伴在一起呢！

　　记得母亲刚离世时，我几乎天天去对面的墓地。母亲来丹麦居住时，把父亲的骨灰盒带来了。母亲去世后，父母被葬在一起，每次见到父母的墓地，就好比见到了父母一样。有时候我一待就是一两个钟头，我甚至研究起墓地的文化和历史，对着不同的墓地和墓碑出神。墓地如同公园一样打扫得干干净净，一年四季栽培着不同的鲜艳芬芳的花朵。

　　2016 年市政府的网站上公布了一个数字，仅仅 3 周，这个墓地就吸引了 150000 位游客来墓地观赏樱花。政府环境保护部门增加了人力和物力，对游客的来访做了许多准备工作和卫生工作。

　　每次去墓地，想到明年又能看到盛开的樱花和众多的游客，心里就有了不少安慰。想到父母"生活"在这片美丽的土地下，我脸上露出了欣慰的微笑。

　　一天，我去了墓地办公室，打算支付墓地管理费，同时，为父母的墓地挑选种植的花卉。工作人员拿出一本相册，上面有一年四季不同品种的花卉。我决定让墓地园丁种植花卉，不是因为鲜花买不到。墓地对面就有花店，价格也比墓地里的花要便宜许多。不过，让墓地园丁种鲜花，一年四季有他们精心整理和浇灌，我的心里有了不少的安慰。

无意间，听到那位墓地工作人员嘴里喃喃地读着电脑里的一些相关信息，这使我着实大吃了一惊。"上面写着什么，你让我看看好吗？"我打断了他问道。

"此墓地为3平方米，管理费包括修剪、种植、浇灌费用已一次支付。20年后如需要保留墓地需重新支付管理费。死者女儿要求，墓地面积扩大至6平方米，旁边多出的3平方米为死者的女儿保留，女儿要求死后葬在父母身边。"

这短短一段话，使我痛苦地回忆起1999年。母亲病故，她的棺木和父亲的骨灰盒要下葬，我当时是领取助学金的一名大学生，居住在美国的哥哥寄来了一笔钱，我买了一块很大的墓碑，并支付了20年的管理费和墓地的使用费。我哥还亲自为墓碑题了字，聪明的丹麦石匠在墓碑上刻下了这些汉字。丹麦普通百姓的墓碑都是小小的矮矮的，墓地面积只有3平方米左右，当然也有比较大的。不过有些人却将骨灰盒集体下葬，和其他无名者埋在墓地公共的区域，无须专买一块墓地，管理费就非常便宜。

当那位好心的工作人员建议我买3平方米的墓地时，泪水不由得浸湿了我的眼睛，我断断续续地对他说：

"这么小一块地啊，不能大一点儿吗？"

"可以啊，要多大都可以，可是，要多付钱啊。"

我用悲伤的眼神望了他一下，没喘过气来。

"你是一个学生，已经买了这么贵的一块墓碑，我看……"

"嗯，我知道，我不富裕，可是，可是……"我有些抽泣。

他抬头不好意思地看了我一眼，没敢正视我。我知道丹麦人不喜欢看别人流泪。我母亲住院时，护士就拉我到旁边说，丹麦人从小培养孩子哭的时候要转过头去。可我心里的忧伤一下子冲了出来，"我死后要葬在父母身旁……"说完，我的泪水止不住淌了下来。

现在回忆起来，我当时真的说过这句话。其实，我一直知道，丹麦生活困难的人都可以向政府提出各种补助申请，生老病死，处理后事都可以，可是我当时没有想过要向政府伸手要补助，所以那个时候我们自己出钱办理了后事。今天我好奇地在网上查了一下，才知道墓地的费用其实并不是很贵的。买一块墓地只要1万多克朗，可享用20年，加上操办葬礼的费用，总共才花3万多克朗，相当于3万多人民币，当然，这是比较节约的。骨灰盒下葬就会便宜很多，集体骨灰盒下葬就更便宜。

今天我深深地呼出了一口气，原来工作人员把我的话当作我的遗愿输入了电脑，我满怀感激地离开了办公室。我现在知道，在互联网发达的今天，居民所有的信息都记录进市政府的服务器里（丹麦墓地属市、区政府管辖）。所以我不用担心，我的归宿现在已经安排好了。我知道我生命的归宿将是这个樱花盛开的墓地，我很欣慰，我会安详地埋葬在父母的身边。

植物园 Botanisk have

    David 是一个美国帅小伙子，在丹麦工作很多年了，他的中文名字叫大伟。我认识他是在一个很偶然的机会。那是 2017 年的夏天，我正陪同国内来的朋友在植物园玩，我们坐在长凳上休息，大伟笑眯眯地走了过来。他彬彬有礼，对我们深深地鞠了个躬说："你们好！我的名字叫大伟。"我们很惊讶，那个黄头发高鼻梁的男子居然说着一口流利的中文。他抑制不住激动的心情，比画着双手打开了他的话匣子：

    "哎，认识你们我真的很高兴。你知道吗？我有个女朋友，她叫玫瑰。"

    "玫瑰？ Rose ？就是玫瑰花的玫瑰？"我指了指前面的白色玫瑰花问。

    "啊，是啊！呵呵呵，上天知道，她长得可真够美的。我明天想向她求婚。"大伟大笑起来说。

    "噢，真的吗？在哪儿求婚？"我们笑着问。

    "就在这儿，就在这儿！我心中的美人儿，我一定要在这儿向她求婚。"大伟指了指眼前的一片大草坪说。

    "噢，真的吗？大伟，你那么浪漫！在植物园求婚？！"我感到有些窒息，好像他会"扑通"一声跪下来向我求婚似的。等我慢慢平静下来，才听清楚，他有一个中国女朋友，非常喜欢花，明天从中国苏州到哥本哈根，他想带她来植物园观赏，给她一个意想不到的惊喜。

"我明天对她怎么说？对她说，你就像这含苞欲放的花，没有你我就没有幸福？"大伟紧握双手放在胸口，装模作样地笑着问。

"不用，不用，大伟，你应当跪下一条腿，握住她的手说，嫁给我吧！"我们笑着说。

"噢，你们太好了，我明天一定记住这几个字——嫁给我吧。"大伟将一只右手掌放在胸口，非常诚挚地向我们表示谢意。

我环顾了一下四周，好不容易从浪漫的想象中回过了神，我深深地吸了一口气，抬头望了一下广阔的晴空。今天的天气有多么晴朗！蓝天上没有一丝云彩，湖边一圈绿色的倒影，把湖面映照得如此迷人。

湖面被映照得如此迷人

前面斜斜的岸边草地上坐着一对情侣，远处荷花池边两个年轻人坐在木墩子上，他们在相互倾诉着什么呢？他们也在求婚吗？我不由得又回到了诗一般的梦境中。

我望着湖边的荷花池，想起了法国印象派画家莫奈的著名油画《睡莲》。我以前一想起莫奈的组画《池中的睡莲》，就会为之心旷神怡。在巴黎远郊的吉维尼（Giverny）小镇莫奈的花

荷花池边的两个年轻人

园里，我见到了飘浮在湖面上的一朵朵睡莲，它们张开了一片又一片洁白的花瓣，如同一个又一个飘浮在水面上的小灯火，在强烈的阳光下不时发出忽闪忽闪的光。

　　我没想到，丹麦植物园里也有睡莲，我陷入了沉思。生活原来如此多娇！生活在花丛中的人们，享受着花一般美好的人生，不是吗？

　　莫奈在他家的花园里，创作出许许多多永世不朽的油画作品，他把最美好的生活展现给了世人。哥本哈根植物园把美丽的园林带给了人们，它就坐落在市中心 Nørreport Station 车站的转角上，它每天敞开着

植物园里的睡莲

大门，欢迎人们的到来，可忙忙碌碌的人们常常匆匆走过，没有停下脚步。

　　我忘记了大伟还站在那儿，他正在思绪澎湃地想入非非。我忽然好奇地问大伟，他这个美国人怎么会对哥本哈根植物园感兴趣。大伟有些不好意思。原来，他是哥本哈根大学生物系的教授，他不

仅要讲学，还要带博士生做实验。我听了不禁肃然起敬。我从来没有对植物有过什么研究，不过，这里的环境实在是非常优美，特别是风和日暖的好天气，我会进来溜达溜达。

坐在园林中的小坡上眺望远景

玻璃温室

我对大伟说，给我们讲讲植物园的历史吧。大伟笑了笑，打开了话匣子：

"1660 年，丹麦皇室建造了第一个植物园，但规模很小，主要种植药用植物。随着自然科学的发展，植物园四次搬迁并逐步扩大。第三次建造植物园时已经取得了巨大的成功。物种数量增加到一万种，还创建了温室、图书馆和收藏馆。植物园经过延伸扩展到 2.3 公顷，1817 年归属于哥本哈根大学。"他指了指前面设计漂亮的巨大的玻璃温室。

我对这个温室建筑一直很欣赏，全玻璃的设计，一长排的玻璃房，中间有个两层楼的宝塔式建筑和一个玻璃圆顶，即便用现在的眼光来看，这个造型也是非常新颖的。这是主楼，旁边还有派生出来的两个几乎和主楼一样的玻璃房，也很漂亮。温室一共有27间房，9间开放。我进去过几次，里面全是热带植物，还有蝴蝶，但是里面很热。我们瞪大眼睛，饶有兴趣地听他继续说下去。

　　大伟看了看我们说："植物园第四次建造时选定了现在的位置，于1874年完工。今天的植物园有23000多种不同品种的植物，它们大多数被露天种植，按不同的土壤条件分别种植在不同的区域。植物园作为哥本哈根大学的一个教学实验基地，也是地质博物馆、动物博物馆和国家自然历史博物馆的联合组成部分。植物园的核心职能是研究、传播和教育。"

按不同的土壤种植的植物

　　大伟停了下来，我们不停地点头。我心想，怪不得大伟喜欢到这儿来，原来他是植物学专家，这里的花都有标签，看上去是很稀有的品种，我都叫不出它们的名字。

"大伟，植物园里有许多欧洲古代的雕塑，造型和姿态都非常优美。你注意到没有啊？"

"嗯，是的，是的，我也觉得雕塑很浪漫、很迷人，真的，我常常躺在它们旁边的草地上，闭上眼睛。"他眉飞色舞地说。

我开始认真地打量了他一番。大伟差不多有三十岁出头，黄头发，额头上软软的头发，风一吹就自然地飘动起来。他高高的个头，一张清秀的脸，没有穿西装也没打领带。一件T恤衫上印着一个大大的汉字"爱"。哦，他好浪漫，穿着印有"爱"字衣服，到处"显摆"。

我们漫步来到了一座白色的小桥上，许多人都在桥上不停地拍照。桥下湖面远处静静地游来一群小鸭子，我又想起了莫奈的著名油画《日本桥》。记得那天在莫奈家的日本桥上，许许多多的游客拿着相机，为自己找一处立足之地。那是一座拱形的日本桥，它从水塘左边的草丛中伸出来，横跨过一半的水塘，布满睡莲的水面映出了桥后方的树丛。人们争相为美好的瞬间按下了快门。

今天阳光灿烂，风和日丽，白白的小桥上洋溢着多彩的旋律，阳光映照在桥上、树丛中和湖面上，一切被包围在明亮的阳光之中。

"你们觉得怎么样？我就在这里求婚好吗？"大伟忽然兴奋地对我们说。

"嗯，好啊！一定很浪漫的。"

我们虽然嘴上这么说，可脑子里不断地在问自己，他真的会这么做吗？在这座白桥上求婚？我们无法抑制住好奇心，再一次欣赏起这座设计独特的如同乒乓球网一样的白色小桥。它不像莫奈家的拱形日本桥，没有弯弯的弧线，它几乎是一座直直的桥，没有中国"小桥流水"的诗情画意。但是，这种明快简洁的设计别有风格，当我看到前面一对年轻人手拉手走过小桥的背影，忽然间感到这座白色的小桥是那样靓丽和浪漫。

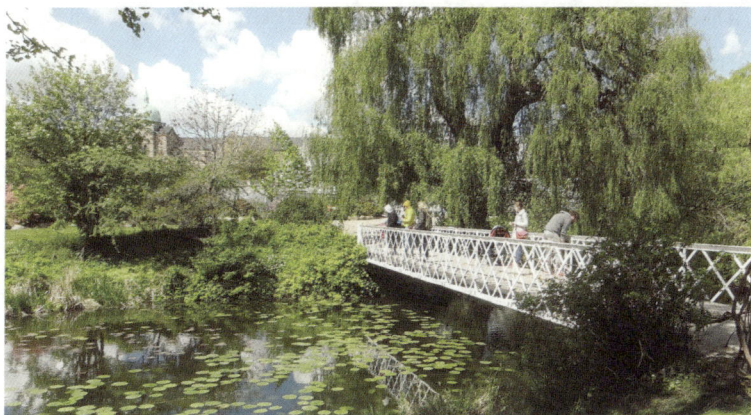

白色的小桥

那位美丽的少女穿着长长的柔软的连衣裙，飘逸的黑发在金色的阳光下随风舞动。她的左手紧紧地握住小伙子的右手，她微微侧过脸看着他的白马王子。哦，那位白马王子长得可真高，他微微低下了头侧过脸对着她，我只看到他尖尖的鼻子和白白的脸庞。忽然间，他低下头对着她温柔地亲吻了一下，我久久地望着他们的背影，想象着他们就是大伟和他的中国女朋友。我无意中朝大伟看了一下，我不知道大伟有没有触景生情，他半天没有发出声响来。

"再见了，大伟，希望你明天求婚成功！"我看了他一眼说。

"当然，当然，一定会成功的！"大伟忽然回过神来兴奋地说。

离开了大伟，像是失去了一个好朋友，我们原本素不相识，但在短暂的两个小时里，我们度过了一个非常愉快的下午。热爱生活，热爱自然，热爱美景使我们来自不同国家的人有缘相聚。我衷心地祝愿大伟能在白色的小桥上和他的黑发美人定下终身，也衷心地希望他永远不忘记丹麦这个异国他乡的植物园给他的人生带来的最美好瞬间！

瓦登海的生蚝 Vadehavet

2010 年丹麦修建了瓦登海国家公园（Wadden Sea National Park），2014 年被联合国教科文组织列为世界自然遗产。

听说日德兰半岛的西部海边能捡到生蚝，这使我垂涎三尺。那天，哥本哈根市中心的一个集市从四面八方来了许多摆摊人，在一个摊位的大幅广告画上，我见到了广阔的海景和新鲜的生蚝。一家旅馆来摆摊的工作人员说，丹麦日德兰半岛西部濒临北海，在靠北海的瓦登海（Vadehavet）海边满是生蚝，还有贻贝和蛤蜊，伸手就能捡到，我们可以在他们的旅馆住一晚，旅馆就在丹麦西南部最古老的古镇里伯（Ribe）。他介绍说，第二天我们可以去不远的生蚝旅游公司集合，他们会带队去海边。他让我们记住 Mandø 这个超级小镇的名字，生蚝旅游公司就在这个小镇上，这个小镇只有 39 户人家。我非常好奇，还有这么好的事儿？真的吗？那里真有很多生蚝？只要自己能带得动就能全带走？他看着我，笑得甜甜的，好像在说，你怎么会不知道呢？住在丹麦这么久！

他这么一说，我也觉得有些不好意思。每次放假我们总是想出国旅游，可是眼皮子底下却有很多地方都没去过。我以前总觉得海边都差不多，哥本哈根有的是海边，为什么非要去日德兰岛的西部海边呢？

小小的丹麦虽然只有方圆 43096 平方公里的国土，可海岸线总长 7314 公里。居民大多数居住在三大岛屿 —— 日德兰半岛（Jylland）、菲英岛（Fyn）和西兰岛（Sjælland）。三个大岛四周都环绕大海。日德兰半岛是最大的一个岛，在丹麦的西部。安徒生的故居菲英岛是三个岛屿中最小的一个，在中间。首都哥本哈根在西兰岛，丹麦的东部。听说德国人夏天喜欢短租丹麦西部海岸的私人度假屋，那里的海边离德国近，风景特别优美，夏天气候凉爽，度假屋的生活条件与德国比较接近，所以德国人喜欢在那里度假。最近，我在电视新闻中居然见到中国旅游团在丹麦的瓦登海边捡生蚝，这不由得使我羡慕和愧疚！

丹麦的海边每日每夜都停满了大大小小的游艇，冬天也一样。不过，许多游艇在冬天停放在海边寄存处，当然，不是免费的。有的要检修，有的要上油漆，有些还套上了油布套子，如同给游艇穿上了一件件衣服似的。夏季的海景更是美不胜收，海边一片热闹的景象。小船儿扬起了梦幻之帆，清风溅起了微微的浪花。每当我站在海边，远眺碧蓝色的海面上漂着一艘艘帆船的时候，耳边就会想起小时候学校教的一首歌，叫《小白船》。"蓝蓝的天空银河里，有只小白船……桨儿桨儿看不见，船上也没帆，漂呀，漂呀，漂向西天。"这婉转悠扬娓娓动听的曲调，把我一下子带回到了童年，我不知为什么总是会想起这首歌。我随时可以去拥抱大海，可是那时候，我的故乡上海见不到漂在海面上的小白船，也看不到帆船和游艇。但是伟大的儿童作曲家把最美好的旋律和最动听的歌词带给了我们，让我们能在美好的想象中成长。

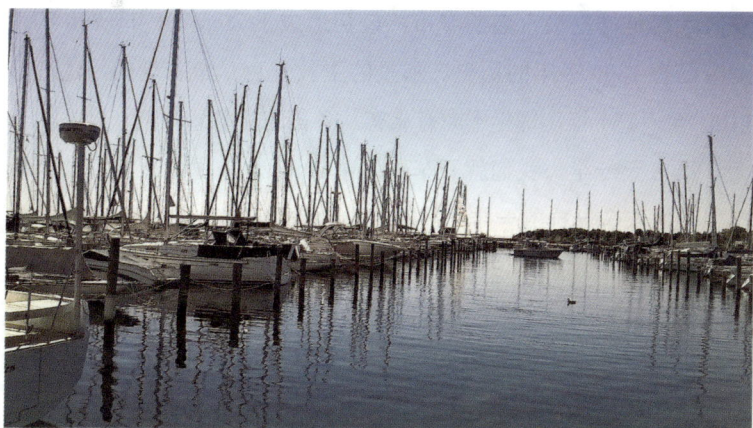

海边停满大大小小的游艇

热爱大海的丹麦人常常驾驶着各种船只从一个海边去到另一个海边，他们以这种方式去许多城市旅游。邻国的私家游船也会驶入丹麦的港口，在丹麦港口城市住上几天，再驶向另一个港口。当他们离开海岸时，依依不舍的眼神好像在说：再见吧，美丽的国土，我会再次归来的。

虽然丹麦三个岛屿都环绕大海，可只有西部的瓦登海才是生蚝的盛产地。虽说那里随手可以捡生蚝，可生蚝的价钱并不便宜，在哥本哈根鱼摊上，新鲜的生蚝 15-20 克朗一只。

自从那天在集市上听说瓦登海岸有生蚝可以捡，我就念念不忘要去那儿。按照上次集市上那家旅馆的指点，我和先生费恩（Finn Carstensen）报名参加了一个生蚝旅游公司的团队。那是 2017 年 4 月中旬的一个日子，天气还很冷，风也很大。本来还怕天气不佳会改期，可是没有接到取消的通知，我们兴致勃勃地开车从哥本哈根去日德兰半岛，全程 257 公里，开车将近 3 个小时到达了古城里伯。它是丹麦最古老的城市，最初形成于公元 704 年 -710 年，至今已有 1300 多年的历史。那里的主教堂也是最古老的，建造于 1100 年 -1134 年，每年不断有旅客从各国来主教堂参观。

第二天一早，我们就开车去了离古镇 22 公里的瓦登海的小镇集合。像农舍一样的一排草屋就是生蚝旅游公司，屋外两匹红棕色的马正在马槽里吃食、饮水。我们被叫去领取合身的橡胶背带裤（连体高帮套鞋），还领了一副手套和装生蚝的塑料网袋。全副武装后，我们坐上了停在外面的一辆马车。

我生平第一次坐在马车上，看着前面马夫驾着两匹马，手上拿着一条长马鞭。不过，他没有用马鞭抽过马屁股，我就坐在马屁股后面的马车里。只听到两匹马有节奏的跑步声。马车在乡间小路上拐来拐去好一阵子，终于来到了宽广而湿漉漉的海边，一坑一洼的。

马车在乡间小路上拐来拐去

我感到像是坐在吉卜赛人的那种车子里一样，见到前面还有一辆马车，有车篷的。马车夫说，那个团队是去捡贻贝和蛤蜊的，离我们去的海边很近，但不在一个地方。其实，去捡贻贝也不错，在哥本哈根，一网袋重 1 公斤的贻贝要 50 克朗。

黑色的贻贝

　　一路上马车夫介绍道，小镇一共只有 39 家住户，有趣的是，他们家家户户从事生蚝旅游事业，不过，每年只在生蚝高产期——春秋两季中的一段时间内组织旅游团队。除此之外，他们还组织观赏群鸟的旅游团队，人们可以看到少有的群鸟遮天的现象。

　　鸟群和生蚝海域都在西部海岸，2010 年国家在那里修建瓦登海国家公园，2014 年被联合国教科文组织列为世界自然遗产。瓦登海有着非常美丽的海岸景色，吸引了很多的游客来度假、避暑或是露营。

　　记得去年，我们到过瓦登海看鸟，因为那里有着全世界最大的潮间带沙滩与泥滩，从荷兰境内延伸到德国湾再到丹麦。每年春秋季有上千万的候鸟会途经这片海域，候鸟群从北欧北部地区、西伯利亚或格陵兰岛迁徙到温暖的繁殖地点，这里是必经之地。

　　可是，那天天公不作美，天气冷，风又大。我们在旅游团的带领下，一排人坐在马路边的草墩上，虽然给每人发了一个塑料垫子，坐在草墩上屁股不潮湿，但我们望眼欲穿，好不容易终于见到了黑压压的一片候鸟，我们兴奋得不得了。可是，鸟群飞过如同见到黑压压的一大片飘动的乌云，在灰暗的天空中一下子消失了。遗憾，等了好长时间，只看到了几批群鸟，也没拍到几张好照片。所以我们听说西海岸有生蚝，真是激动不已。

到了大海边，一群人急匆匆地下海了，虽然是落潮，但要下水到生蚝集中的地方，还是要向海水深处走一段路。那个导游告诉我们，他们掌握落潮的时间，每天不一样，网上也能查到。所以，你们放心，不会出事故。

见到他们下水了，不一会儿，水渐渐地淹没到了大腿以上，差不多到了腰间，我止步了。我曾经因为脚踝骨折动过两次手术，所以只能望洋兴叹，我一个人留在岸边和两匹马相伴。马的双眼被遮住了，它们一动不动，乖乖地站在那儿，没有声响。冷风吹来，手脚发凉的我开始试着在海边活动起来，我在泥泞的沙土里看看有没有黑色的贻贝和蛤蜊。我仔细地寻找起来，总算见到了几个，就随手捡了起来。

一个钟头过去了，大队人马开始带着战利品向岸边走来，先生Finn高兴地向我挥了挥手。

先生 Finn 高兴地向我挥手

战利品是很多的，人人都捡到了一网袋，有人自己带包，就捡了更多。带队的人拿出啤酒，向大家的杯子里倒酒，还当场演示如何用特制的小刀撬开生蚝硬硬的外壳。这种小刀在他们小店里有卖。我们大家在海边品尝起最新鲜的生蚝。Finn 说，他刚才只想捡生蚝，虽然看到许多贻贝，却没有去理会，所以一只也没有捡。我听了想笑，他的脑子是一根筋，不会随机应变。再说，他也太老实了，我有一个空网袋，他明明可以代我再捡一网袋，可是，他就是规规矩矩，不占我的便宜，其实我也是向生蚝公司缴付了费用的。我拿着空空的网袋，拍了一张快乐的照片。我虽然两手空空的，但我目睹了海里捡生蚝的欢乐，我乐呵呵地只想尽快回家美餐一顿。

我拿着空空的网袋，拍了一张快乐的照片

带队的人拿出啤酒，给大家倒酒

我家的战利品

仅仅过了 10 天，2017 年 4 月 23 日，丹麦政治报（Politiken）报刊发布了一篇题为《侵入性太平洋牡蛎可能会扼杀丹麦牡蛎》的文章，由此引起了丹麦民众的广泛关注。文章称，一种太平洋生蚝，原本是不属于丹麦海域的，现在，这种新物种入侵到丹麦，对海洋的生态环境造成了极大的破坏。它们躺在靠近海滩的水域，使海边的游泳者不能在沙滩和海边走动，不仅如此，原本丹麦本土的海峡生蚝和海生动植物也被它们挤压死了。

　　所以，在这里提醒大家，捡生蚝最好跟着专业生蚝采集团队和公司，他们是富有经验的当地人，几乎全村人都干这个行当，对生蚝的产量、地点和品种了如指掌，价格也不贵，每人200克朗到300克朗不等。便宜的要自带套鞋、手套、水桶等用具，价格贵的嘛，什么都不用你操心。自驾游得先了解，哪儿不是丹麦本土的生蚝，不能去那儿捡。还要了解潮水涨落的时间，网上每天公布非常准确的涨潮时间，千万不要忘了查一下！

阿美琳堡皇宫 Almalienborg Slot

　　说起阿美琳堡皇宫，人们的脑子里只有一个念头，想亲眼见识一下当代女王住在什么样的地方，了解一下丹麦皇室的历史。可我今天向大家述说的皇室故事有着幸福的记载和回忆，也有着不尽人意的遗憾。我的心情是复杂的，还是让我缓缓道来吧。

　　阿美琳堡（Almalienborg）是丹麦当代女王玛格丽特二世（Margrethe Ⅱ，生于 1940 年 4 月 16 日）与丈夫亨里克亲王（Prins Henrik，1934—2018）在哥本哈根市区居住的宫殿。不过，皇室有好几座宫殿，在不同季节他们会去那些宫殿小住一段时间。每年庆祝女王生日或重要节日，皇室成员都会回到阿美琳堡。

女王玛格丽特二世当年
与丈夫亨里克王子

　　1965 年，当年还是公主的玛格丽特在伦敦与英俊的法国驻英国大使亨里克·蒙佩兹伯爵结识并很快坠入爱河。这位年轻的大使当年只有 31 岁，才华横溢，光彩夺目的前程正在频频向他招手，因为法国外交部正准备提升他。可他最终却选择了爱情，放弃了他直线上升的机会。

　　他有着不平凡的童年和少年时代。早年，父母亲带着一家人在法国当时的殖民地印度生活，因为他富有的父亲是位伯爵，在那里继承了一些工厂企业。1939年举家迁回法国后，他在法国的几所教会学校接受教育。1950年他又回到了河内他小时候生活过的城市，在那里读高中。从一张高中毕业照片中，一眼就能辨认出他来——一个出奇高的瘦小伙子，站在后排矮矮的越南同学中间，特别显眼。他精通越南语，能说中文，英语的水平就不用说了，法语是母语，还懂其他好几国语言，受过良好的音乐教育，弹一手好钢琴，有着外交官的才能，对世界各国文化有着深刻的研究，难怪漂亮的丹麦公主会被他身上无数的闪光点所吸引。

1967年6月10日，两人在哥本哈根霍尔门教堂（Holmens Kirke）举行结婚仪式，随后在弗雷登斯堡宫殿（Fredensborg Slot）举行了盛大婚礼庆典。酒席上，他用刚学会不久的丹麦语向她，美丽的公主玛格丽特和全体贵宾说了长长一篇爱情的表白。玛格丽特含情脉脉地望着站在她身旁正在向他倾诉的新郎，她今天是那么楚楚动人！而他，成了整个欧洲的幸运之神！

她脸上激动和欣慰的表情使得全国百姓无不为之祝福。每次重播他们婚礼的片段时，丹麦人都说，一看玛格丽特脸上羞涩的微笑和含情脉脉的眼神就知道，她是那样深爱着她的法国新郎。在之后的采访中，她的法国丈夫向记者透露，婚礼上的演讲稿是他自己写的。这句话是我前不久才在电视台播放的节目中听到的。

阿美琳堡有着公主和王子现代版的幸福甜蜜故事。回顾女王玛格丽特二世父母的年代，他们就好像是童话故事中描述的现实版本。1935年丹麦王子弗雷德里克九世迎娶了瑞典国王的女儿为妻。这位美貌的公主是瑞典国王的第三个孩子，唯一的女儿。这是童话故事最好的结局，相邻两国成了亲家，两国百姓无不欢喜。因为在这之前，丹麦在 1660—1814 年之间曾经与瑞典不断发生战争，丹麦王子和瑞典公主缔结良缘之后，两国恢复了友情。女王玛格丽特二世的父母在她祖父去世后，成为国王和王后。

他们育有三个美若天仙的女儿。大女儿是当今丹麦女王玛格丽特二世，二女儿嫁给了德国非常富有的公爵，三女儿在 15 岁时被 19 岁的希腊王子相中。希腊王子在报纸上见到美丽的三公主，就急急地飞往丹麦求见国王。在他第二次访问丹麦时，便向丹麦国王提亲，准备迎娶三公主。等到三公主成人后嫁过去，正赶上希腊百姓强烈要求废除皇室。王子才当了三年国王，就举家流亡到英国，财产和房产被没收。直至 2013 年，他们才被允许回到希腊居住。

公主和王子的动人故事就这样延续到了下一代。大女儿玛格丽特在 1967 年结婚时还是一位公主，她的法国丈夫亨里克·蒙佩兹公爵在婚后官方的头衔是 Prins Henerik（王子亨里克）。结婚一年之后，他们的两个儿子弗雷德里克王储（1968.5.26）和弟弟约阿基姆（1969.6.7）相继降生，两个儿子之间只相隔一岁。自那以后，丹麦不仅有了一位年轻美貌、端庄高雅的大公主，还增添了一位潇洒帅气、才气非凡的亲王。再加上两个儿子的出生，一下子就有了两个王子。当女王玛格丽特二世在阿美琳堡时，所住的克里斯蒂安九世宫 —— 东南宫就会升起丹麦国旗。

阿美琳堡是丹麦建筑史上一个非常杰出的作品，也是丹麦最有代表性的法国洛可可式风格的建筑。宫殿建造于 1750—1760 年。四座宫殿遥遥相对，把骑在高头大马上的国王弗雷德里克五世的铜像包围在正中。四座宫殿分别为：

1. 克里斯蒂安七世宫，西南宫：1794年，这座宫殿被国王克里斯蒂安七世接收。直至今日，宫殿作为女王的贵宾和代表的下榻之处。

2. 克里斯蒂安八世宫，西北宫：1839年，克里斯蒂安八世即位。此宫后来曾作为外交部宫殿的一部分。如今一部分作为阿美琳堡王宫的博物馆。

3. 弗雷德里克八世宫，东北宫：当代女王玛格丽特二世的父亲弗雷德里克九世1947年即位后，一家五口住此宫。2010年王储弗雷德里克一家六口搬入此宫。

4. 克里斯蒂安九世宫，东南宫：女王玛格丽特二世在1972年登基之后，全家从弗雷德里克八世宫搬入此宫。如今女王一人居住在此宫（丈夫于2018年病逝）。

追溯历史，阿美琳堡自从1760年建成之后，一代一代从祖辈往下传，一直保留在皇家的手中。这四座宫殿中，东北宫——弗雷德里克八世宫有着女王三姐妹和父母的美好时光。东南宫——克里斯蒂安九世宫是女王登基后一家人居住的宫殿。每年女王生日时，就在此宫的阳台上向百姓挥手致意。

女王的父亲——国王弗雷德里克九世，没有男性子嗣，丹麦政府于1953年提出建议，修改王位继承法案，允许女性继承王位。倡议获得了绝大多数丹麦人的赞同和支持。弗雷德里克九世去世后，身为长女的玛格丽特公主成了女王。玛格丽特二世于1972年1月14日登基。

玛格丽特二世第一次单独在阳台上挥手致意是1972年，那年父王病逝，女王头上披着黑色的纱巾，身穿黑色的衣裙。她在一位年长的皇室发言人的带领下，抑制着失去父亲的悲痛，挥手向全国百姓呼喊："丹麦永存！"那一天，漂亮的玛格丽特从公主一跃成了女王，人们向她欢呼着。随后，女王的法国籍丈夫探出了身子与女王一起向百姓和蔼地挥了几下手，就双双走进屋里去了，身后的阳台玻璃门随即慢慢地关闭了，欢呼的人们仍然沉浸在甜美的希望之中。从那以后，这个小家庭就成了丹麦百姓崇拜和敬仰的皇室。

那是一个不平凡的日子，32岁的公主成为丹麦历史上第二位女王，她与丹麦历史上强盛时期的第一任女王同名，所以她的头衔是玛格丽特二世。

每年女王生日，她和全家都会站在阳台上向聚集在广场上的百姓挥手致意。百姓们挥动着手中纸质的丹麦小国旗，女王夫妇，女王年迈的母亲和女王的两个儿子，都会以满怀感激的心情向百姓致意。

时间飞快流逝，两个儿子相继娶妻生儿育女，两个儿子都生有四个孩子。自从女王的母亲2002年去世后，阳台上三个小家庭十四口人，年复一年地向人们挥手致意。幼小的王孙们两手拉着阳台铁栏杆，小脑袋夹在栏杆中间，只露出半个头往人海张望。高一点儿的则踮起脚露出脑袋，也挥起一只胖乎乎的小手向底下张望的人群使劲地招手。没过几年，小王孙们都能露出脑袋向人们挥手致意了，有的已经成长为少男和少女了。

阿美琳堡吸引着各国游客还有一个原因：许多人想和皇家卫队的士兵一起拍一张照留念。这些戴毛茸茸高帽子、背长枪的卫兵，换岗执勤时有独特的仪式，只见他们排着队，如同玩具机器人似的，一步一个脚印，慢慢地有节奏地迈步，然后又一百八十度转个弯走回去。宫殿外一个尖笔筒似的小站岗亭也很有特色，游客们常常喜欢抓住时机，当卫兵刚刚要走过尖笔筒的时候，咔嚓一下，把自己和卫兵还有站岗亭子一起拍下来。

西北宫——克里斯蒂安八世宫二楼有个皇家博物馆。一进屋，就见墙上挂着一幅巨大油画像，此画是人称"欧洲祖父"的丹麦国王克里斯蒂安九世（1863—1906）的全家福照片，克里斯蒂安九世是女王玛格丽特二世的高祖父。称他为"欧洲祖父"是因为他的五个孩子（三男二女）都与欧洲皇家缔结婚姻，所以欧洲至今保留的几个皇室中其实多多少少都有些亲戚关系。人们可以想象丹麦皇室曾经在欧洲历史上有过多么辉煌的时代。

"欧洲祖父"全家福照片

皇室博物馆不大，从一间屋走到另一间屋可以仔细参观女王父母在世时的宫廷办公室和客厅。办公室里除了写字台、沙发以外，还有一架不大的三角钢琴，墙上挂满了一幅幅巨幅半身和全身油画像。写字台上重重叠叠地放满了各种照片框架。房间的摆设谈不上奢侈，沙发座椅虽都是皇室家具，但不是豪华型，除了餐厅比较大以外，其他都和普通百姓家一般大小。看完了之后，给人一种比较接近平民百姓的感觉。国王平民化也体现在皇家陵墓。女王父母的墓地非常简陋，只在罗斯基勒大教堂的外面围了一小块地，可教堂里面却保存着 1000 年来欧洲历代皇室成员的棺木。（见第一集"风景旅游"第五篇《罗斯基勒主教堂》）

　　博物馆楼下有个小小的礼品部。值得一提的是，那里出售女王丈夫亨里克亲王在自己的法国庄园里酿制的葡萄酒。现在能买到的白葡萄酒和红葡萄酒 130 ～ 170 克朗一瓶，出厂年份都是 2012 ～ 2013 年的。葡萄酒的口感非常好，口味醇厚，木桶的香味适宜，价格非常合理。电视台曾经放过一部电视短片，我们见到了他的葡萄园。没想到女王的丈夫几十年来热衷于葡萄酒酿制，亲自在法国自家庄园里种植葡萄，挑选上好的葡萄品种，精心选用酿酒的橡木桶。只是他的商标设计非常简朴。商标中央 H 的含义是什么呢？H 是他名字 Herik 第一个字母的大写。H 上面正中有个皇冠，皇冠上方写有小小的字母：VIN DU PRINCE DANEMARK（丹麦亲王葡萄酒），酒瓶中间写有皇家葡萄酒庄的地名，它坐落在葡萄酒盛产地卡奥尔（Cahors），法国的南部。葡萄酒庄虽是女王与丈夫共有的，但主要是女王的丈夫热衷于酿酒。

丹麦亲王葡萄酒

阿美琳堡自 1972 年女王登基之后，一直是百姓景仰的地方。这里有着丹麦人值得尊敬的皇室，这里四十多年来没有丑闻，一切似乎都是童话般的美好。

可是最近几年，媒体上常常有一些论调声称，女王的丈夫亨里克亲王想当国王，这种言论时常在杂志或报刊上提及。为什么有人会这样说呢？实际上，自从女王的父亲病故之后，他这位"嫁"到丹麦的法国伯爵后裔，一直默默无闻地跟随在女王身后。百姓对他究竟担负什么重要职位并不太清楚，大家也不十分了解他为丹麦与国际贸易做过的贡献。

有一天，有家媒体采访他，杂志封面上的标题是《我是老三》，这醒目的大字吸引了许多百姓的眼球，杂志销售量大大增加。他终于将埋葬在心中四十年的真实想法说了出来，这究竟是怎么一回事儿呢？

每年新年，女王按惯例邀请各国首脑、外交大使代表还有丹麦各政党的领导人参加新年晚宴。有一年，女王身体不适，让丈夫和儿子代替她迎接贵宾。他们俩站在大厅中央，笑脸相迎各国的首脑和夫人。贵宾们一个挨着一个上前与他们父子俩握手鞠躬，有的女士还对王妃行屈膝礼。可是，贵宾们都先是向王子鞠躬握手致意，亲切地寒暄几句，郑重其事地把王子当未来的国王看待，而后，与亲王彬彬有礼地握一下手就走过去了，好像他是王子身边的随从。

各家报社杂志都在照片和文字上有意突出王子的地位。这位"驸马"此时明显地意识到，他在皇室的地位排在儿子的后面，所以在一次采访中他说出了埋藏在心里 40 年的不满。可媒体有没有体会到他的心情呢？自打那以后，有关他的负面报道越来越多，他的形象在杂志封面上也越来越"丑"。对此他不能反驳，只能任凭媒体说三道四。

丹麦人是否把他当"老三"看待呢？以王室每年从政府得到的拨款为例（mio.：百万，货币为克朗）：

女王79.5 mio.，大王子19.6 mio.，小王子3.5 mio.（皇室不交税）。小王子离婚的前妻2.3 mio.，理由是要抚养两个孩子（要交税）。女王丈夫则每月从女王手里领取8 mio.。

很显然，国家每年直接拨款给女王和她两个儿子，甚至拨给小儿子离婚的妻子，但是国家四十多年来没有直接拨款给这位"驸马"，他只能从妻子那里得到钱，而且只是个零头。他曾经与一位记者谈起，说他不是要伸手向国家要钱，他希望他的工作被认可，他打了个比方，假如夫妇俩在同一单位工作，老板会发给丈夫和妻子各自的工资，而不是将丈夫的工资发给妻子一个人，再让丈夫向妻子伸手要工资。

可是这段采访，在电视台向全国百姓播放的时候为时已晚。当我们知道他在世界许多国际组织中担任重要职位的时候，他已经病逝了。也许以前也报道过，但是因为报道的次数极少，所以百姓都不太了解。回忆起他生病前两三个月的经历，许多百姓都认为之前对他的评价是不公平的。因为有些媒体除了说他想当国王以外，还爆料说他公开表示不愿意死后与女王葬在一起，这让百姓相当不理解，甚至是气愤。其实，后来多次了解了他的采访录像和录音后，我能够理解他的意思。他说，我与女王结婚不是看中她的地位或者是想和她一起葬在罗斯基勒大教堂（那里是丹麦1000多年所有国王和王后安息的地方）。我想作为一个普通人，死后和百姓一样，把骨灰撒到大海里。

这使我想起了我们敬爱的周总理，总理不也是将骨灰撒在大海里吗？总理不想让人们去祭拜他，这是一种极其崇高的思想境界，中国百姓能理解这种思想的崇高，可是一开始亨里克亲王的这种思想没有被丹麦百姓接受和理解。

在他逝世前一个月，女王公开向媒体公布，亨里克亲王患有轻度阿尔茨海默病。这使百姓一下子恍然大悟。怪不得，最近亨里克的举止言论如此怪异，现在所有的疑团都解除了，而后对他的负面报道也就到此结束了。不过我还是希望他并没有患上阿尔茨海默病。

之后，听说亨里克独自去了埃及，可是一星期后，他被直接从埃及送回丹麦，住进了哥本哈根国家医院。在医院住了一个星期后，听说要从医院送他回费雷登斯堡，百姓都猜测他的病情有所好转。费雷登斯堡的居民更是心里乐开了花，他们准备夹道欢迎亨里克的驾到，他们感到非常荣幸和安慰，因为亨里克选择在这个城堡疗养。

2018年2月13日晚上6点，亨里克从医院回到了费雷登斯堡，可是这已经是他生命的最后时光。他没有再苏醒过来，他永远听不到百姓对他的赞美、理解和同情。也许是因为媒体觉得近几个月来对他穷追不舍的采访以及对他个人许多想法的不理解的亏欠，在公布了他的死讯后，电视台几乎24小时重复播放有关他的录像，简直是把他所有的录像资料都挖掘了出来，而且这整整持续了一个星期。我们终于见到了年轻帅气的他，也见到了年老庄重的他，还听到了他风趣的采访录音。

那几天，从不间断播放的电视节目中，我们了解到了亨里克亲王担任的许多重要职务；我们看到了他在丹麦驻外贸易会议中主持会议的场面；我们跟随着他下厨房与厨师一起为宴请贵宾准备菜肴；我们来到了皇宫的花园里与他一起摘新鲜的蔬菜和瓜果；我们聆听了他弹奏的钢琴曲；我们还去了他的法国庄园和葡萄酒庄；我们还跟着他去了越南首都河内，见到了他童年生活的房子和越南的同学。

丹麦百姓不断地从其他城市来到阿美琳堡，将一束束鲜花和花圈放在宫殿外的地上，它们铺满了整整一大块场地。亨里克亲王的灵柩放在议会厅旁边的教堂里三天，每天人们都等候好几个小时排着队进去瞻仰神圣的灵堂。教堂里不断播放他为自己选好的音乐名曲，管风琴手弹奏着他喜欢的一首首曲子，人们表达出对他无限的崇敬。

在阿美琳堡博物馆，我买到了有关亨里克亲王的书籍，包括他撰写的烹饪书和葡萄酒酿制的书。我还买到了最后一本放在货架上的《照片：来自亨里克亲王的私人收藏》。当然我没有忘记买他酿制的葡萄酒。那天，他的书籍和其他产品几乎全部卖空。我想，这是百姓对他的无限怀念和发自内心的尊重。安息吧，亨里克亲王，百姓热爱你！

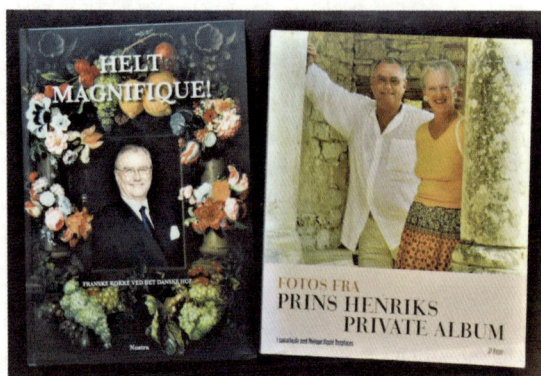

左图为亨里克亲王撰写的烹饪书

右图照片来自亨里克亲王的私人收藏

后续：半年之后，2018 年的夏日，女王独自来到了法国的葡萄酒庄，这里曾经有着他们夫妇 50 年来的共同事业和爱好，这里曾经有过夫妇夏日的情怀和温馨。这次女王孤单一人来到此地，听不到丈夫的欢笑声，也没有了丈夫的日夜陪伴，不过她能呼吸到丈夫的气息，她能见到丈夫的家人，女王的怀念之情是无法掩饰的。许多丹麦记者跟随女王来到了法国庄园，他们感受到了女王对丈夫离世的无限怀念和伤感。我想，假如时间能倒流，女王一定会在最后的晚宴上向丈夫含情脉脉地诉说她对他一生的深切爱恋，就像他在婚宴上向她情意绵绵的表白一样动人心怀。

在美丽的宫殿过圣诞节
Jul på det smukke Hvedholm slot

　　我有过千千万万的梦想，但从来没有想过要在宫殿里过圣诞节。来丹麦后的第一个圣诞节是在英国房东太太家里度过的，至今回想起来还是很温馨的。寒冷的圣诞节给千家万户带去团聚的温暖，可也有许多人在节日里是孤身一人，他们的圣诞夜是怎样度过的呢？我不太担心孤寡老人和残疾人，他们一般都住在一个"大家庭"里，有很多慈善机构提供免费圣诞聚餐，养老院就更热闹了，大家聚在一起有吃有闹的。我很想了解的是单身男女，特别是一般经济条件的人，他们的圣诞夜是怎么度过的？

　　我带着好奇心在网上查了一下，这才知道丹麦有许多昔日的宫殿都向普通百姓开放，不仅平日可以在宫中住宿，而且圣诞节和新年都提供传统的圣诞大餐和年夜饭。圣诞夜，大家吃完了美味的传统圣诞大餐之后，聚集在宴会厅喝咖啡、吃蛋糕，然后围着圣诞树唱祝福歌。新年前夜，大家一起聆听女王对百姓的新年祝福，饭后大家一起观看烟火，还有小型音乐会。圣诞夜住宿一天，外加圣诞节下午的咖啡及点心、圣诞大餐、晚宴后的咖啡和糕点、第二天的早餐，每位一千五百克朗至二千克朗不等。好奇心驱使我打电话，我不假思索地预定了这个不寻常的宫廷圣诞夜。

　　我兴奋地将此事告诉了我的一位波兰籍女友，我曾经在她家和她的朋友们一起度过圣诞节。她也高兴地告诉我一个好消息，她已经报名参加了成人大学的圣诞节。这些学校每年组织许多集体活动，而且每年圣诞节和新年都推出节日活动。住一星期包括所有吃住费用、去附近地区旅游参观、听有关文化艺术历史讲课等，五千克朗。我听了也为她感到高兴，在那里她会遇到一个班的"同学"，她也不必一个人孤独地度过圣诞节了。

维荷城堡（Hvedholm Slot）坐落在丹麦中部的菲英岛，那是安徒生出生的岛屿。此宫殿的历史可以追溯到1587年，但在1880年才建造成现在的模样。我以前没有注意到丹麦有许多这样的宫殿旅馆，光菲英岛就有好几座皇宫都是宫殿旅馆。维荷城堡是其中最漂亮且能自由参观的一座宫殿旅馆，共有62间房间，160张床，作为旅馆住宿。举行婚礼、生日庆典以及公司聚会可以在宫廷二楼，那里同时可容纳300位客人用餐。因为宫廷所有客厅是开放的，所以客人除了用餐以外，还可以在不同的客厅里休息、聊天、喝饮料。此宫殿坐落在一个港口城市叫福堡（Faaborg）。这个城市与其他中小型城市一样，有非常温馨干净的步行街，港口停靠着许多游船，皇宫离市中心有3.6公里。

维荷城堡

我房间的门外走廊是一排红色的墙壁，我住的那个房间正对着湖。对着窗户直走朝左拐，就可以在皇宫里兜圈子了。这里的房间布置得颇有宫廷气派，我本来还小心翼翼，尽量不出声响，文文雅雅地在皇宫里参观。工作人员见到我笑着说："去到处看看吧。"我问："可以拍照吗？""哦，当然可以啦！"我又问："这里有许多客厅，我可以随便看书、休息吗？""可以呀！"我一下子放松了许多。我穿过一间又一间豪华的客厅，没有再见到一个工作人员。我坐在皇家漂亮的沙发和椅子上，拍了很多照片。

房间外的走廊

　　当然，我猜想，这些不是古代宫廷家具，而是一些仿真品。不过能在一间又一间豪华客厅和舞厅、宴会大厅里随意休息，是我没有想到的。在欧洲所有的宫殿内只能看，不能摸，更不能坐下。可这里，每间房间，不同的家具，你都可以"到此一坐"，就像在自己家里一样。对我们普通百姓来说，不花很多的钱就可以开开眼界，感受一下王宫贵族的生活。没想到，我的房间里有一张宫廷大床和一个 18 世纪的古典梳妆台。这个梳妆台上，除了左右一共 8 个小抽屉外，当中还有一扇小门，打开来，里面有好几层扁扁的迷你小抽屉，我猜想是放首饰的。

宫廷大床

　　在这里，我遇到了一位和我一样年过半百的企业老板。我没有想到在圣诞夜会遇到他。奇怪的是，他也是独自一人，于是，我们被安排在一张小桌上。感谢上帝，因为只有"上帝"才会知道我和他是唯一住在皇宫的单身汉和单身女！我们好像是一对情侣，或者说更像是一对老夫妻，我们面对面地坐着，开始慢慢述说自己不平凡的人生故事。

　　他西装笔挺，佩戴一条深棕色斜条领带，端庄稳重地坐在椅子上，对着我微笑。我那天也精心打扮了一番，穿上了一条带黑花纹的浅紫色连衣裙，脸上淡淡地化了一下妆，精心挑选了颜色搭配的戒指和耳环，我也微笑着。我脑子里一下子涌出许许多多的问号。他是丹麦人，难道他在自己家乡没有家庭，没有子女？他定睛瞧了我好一阵子，好像也有不少问号在他脑子里旋来转去。

我们面前各自放着一排三个大小不同的葡萄酒杯，年轻帅气的服务员彬彬有礼地走过来，他先向我介绍了一下他手中的一瓶葡萄酒，说这是上等法国白葡萄酒，是吃第一道餐的酒。年轻的服务员看了我一眼，像是在问，能不能倒一点儿在我的酒杯里，让我品尝一下。我马上明白过来，轻轻拿起酒杯，他倒了一丁点儿在我酒杯里。我将见得到底的白葡萄酒杯逆时针微微转了转，晃了晃，凑到鼻子前闻了闻，最后才略略品尝了一下。我像是很内行似的微笑着对小伙子点了点头。接着，小伙子右手托在酒瓶的底部，向我的酒杯里慢慢地稳稳地倒酒，只倒了不到半杯，就停了下来。然后转向我对面的那位男士，用相同的动作完成了这一套服务。

我们相对无言几秒钟，他终于微笑着开口道："是什么风把你吹到这儿来的？你不跟家人一起过圣诞节吗？"我看着他也微笑着说："是什么风把你也吹到这儿来的？你也没有家人吗？"

"哈哈哈……"我们都会心地笑了起来。我们的笑声刚停下，他平静地对我说，他有一对子女都已成家。女儿嫁到英国去了，儿子住得近一些。可是每年圣诞节，儿女们都带着孙儿们去对方父母家，他妻子早在几年前就去世了。

他说得很平静，但我却为他感到有些心酸。我抑制住内心的思潮翻滚，对他说，我是丹麦华人，住在这里已经二十五年了……我有些哽咽，他知道我的故事还只是刚刚开始，于是举起杯子，跟我碰了一下，"干杯！"

他看着我，慢慢地道来：

"我在奥胡斯有个工厂，是制造小型铁制品的，我创业了一生……"他随手拿出手机，打开了他公司的网页。

"噢，你是老板？董事长？"我笑着问。他指着网页上的照片，说："这是我的厂房。"接着又拿出手机，指着一张储存的照片说："这是我的房子。"

"哦，不错，不错，你是一位实业家。"我抬眼望着他。

他忽然停下，好奇地对我说："哎，说说你的故事吧。你怎么会到丹麦来生活的？你怎么今天一个人？圣诞节一个人，心里不好过吧？"

"是啊，你不也一样？我二十多年前到丹麦哥本哈根上大学，之后在丹麦公司和政府机构工作了十五年之久，现在退休了。"

"你退休了？哦，看不出，看不出。我以为你才……"

"才三十岁？四十岁？五十岁？"我笑得前仰后合。心想，丹麦人也知道恭维妇女。看来世界上所有的男人都一样，都会甜甜地夸女人。

"我没想说你才三十岁，不过说真的，你看上去四五十岁。"他仔细地端详着我说。

"谢谢你的夸奖。"我收敛住笑容接着说："我的朋友们都到他们父母家去过圣诞节了，每年哥本哈根在圣诞节一下子空了一半，大家都回日德兰岛老家去了。我的故乡在上海，我即便飞回去，那里也不过圣诞节，这不是我们的传统节日，不放假。"我总算找出一个冠冕堂皇的理由，想搪塞过去。

"你在丹麦这么多年，没有成家吗？没有男朋友？"他没说下去。

"哦，不要为我难过，我来这里还有一个目的，我想写一篇有关圣诞节的文章。"我不知道他相不相信我的话。

　　"你喜欢丹麦吗？"

　　"嗯，很喜欢，我正在写一篇纪实连载文章。你和我今天的相遇，我就想写进我的书里。"

　　"里面会写到我？哦，太好了，那我再说一些我的故事吧。"

　　"干杯吧，我们先干杯，再慢慢讲故事。"我确实很想知道他的故事。

　　他，一个成功人士，为何圣诞节一个人住在这里？一个高福利国家的中产阶级，他们内心的痛楚和悲伤是什么呢？他告诉我，最近几年，每年圣诞前后，他都在这里住上一星期，有时候新年也在这儿过，夏季他也会到这儿来住上几天。我有一种预感，他的故事一定不寻常。他居然把这里看成是自己的冬宫和夏宫，最大可能地为自己寻求人生的安宁、舒适和享受，这又何尝不可呢？

　　我期待着他述说他的故事，我又一次打量了一下他。此刻，我觉得他其实长得很不错，不胖不瘦，方头大耳，说话风趣，和气，事业有成。他说他从来不抽烟，更没有赌博的嗜好。这种男人，只要他没有"小三"，也不包养"二奶"，他就是一个好男人！至少以我的道德标准判断是这样的。（我前几年才听说这种新现象和新名称）他应该有一个温馨的家，一个能让他呵护的好妻子。可是刚才他告诉我，妻子去世后，他虽有过一个女朋友，可现在已经分开了。

　　我有些尴尬地开口道："你觉得今天你我坐在一起吃圣诞大餐，是不是很不寻常？你有子女，我有家，我们却在这里与陌生人一起过节。"

"是啊，是啊，太不寻常了！哦，你的男朋友呢？老公呢？"

"哦，他今天赶不到，明天你会见到他，我们要在宫里住三天呢。"

他没有打破砂锅问到底，我知道他是欲言又止。我笑着对他说："中国有句成语叫'既来之，则安之'，我们高高兴兴地吃我们的大餐吧。"我们又举杯碰了一下。

服务员端来了一道主菜——烤鸭片，他还不停地介绍这道菜叫什么、搭配的菜叫什么，这是丹麦饭店的文化习俗，每道菜都要介绍一番，我只是不停地点头。服务员说完，举起手里的一瓶红葡萄酒，倒在我们的第二个杯子里，说这是配主菜的酒，是这个皇宫酒窖里上等的百年名酒，还说，假如我们想去参观或者买酒，欢迎我们到下面去看看。

酒刚下肚不久，他的话就多起来了。现在，他的脸上微微泛起了红晕。

"你真的每年都到这里来过圣诞节吗？"我又一次问他。

"最近几年吧。一年工作下来，够辛苦的，到这里来放松放松，也算是自己对得起自己。"

"我还是不理解，你为什么不跟你儿子和女儿一起过圣诞节呢？女儿不在丹麦，可儿子在啊。"我笑着说。

"唉，各家都有难念的经啊。我儿子……你真的想听我说他的事吗？"

"嗯，如果你不觉得心里难过的话。"

他沉默了一会儿，喝了一口酒。"他当兵回来后，想接手我的公司，我高兴过一段时间。可后来我发现，他根本不想好好继承我的产业，只想花我的钱。"

“怎么花你的钱？他让你替他买房子了？”

“没有。”

“他让你为他买名牌车、名牌表了？”

“也没有。”

“噢，那他就是一个好儿子，我们中国孩子多多少少都花父母的钱。娶老婆，要彩礼和买婚房，谁叫你生儿子呢？哈哈哈！”我笑着说。

“什么彩礼？”

“人家把女儿嫁到你家，你要给女方家一笔钱，这叫彩礼。这是以前的旧习俗。”

“哦，那不等于是把女儿卖出去了吗？哦，这样看来，生儿子太吃亏了！”

“不过，生女儿也要花很多钱啊。”

“什么钱？”

“嫁妆啊，比方全套高档家具呀，冰箱、电视机，等等。”

“哇，都啃父母的老骨头，幸亏丹麦没有这种风俗！”他举起酒杯，忽然大起嗓门说：

“干杯，干杯！”他的普通话学得还不错。

“哎，说真的，你真的觉得，你儿子只认你的钱，不认你这个爸？”

“我觉得，我们越来越没有什么共同语言了，近几年来，我们几乎没有什么往来。”

“你儿子究竟用了你什么钱，戳中了你的底线啦？”

“他……你真的想听他的故事？好吧，我告诉你，他冒用我的名义，向银行贷款。”

"哦，他假冒你的签字？"

"是啊，我没想到，让他在我工厂做一些事，却让他钻了空子。"

"哦，问题大吗？"

"你说呢？"他看着我，反问道。

"嗯，我想起来了，那个人叫什么来着？他搞房地产投资的，想在西班牙造一大批海景房，但苦于资金不够，就假冒总经理签字借款，结果被判了六年刑。"我想起了轰动丹麦的一桩案子。

"我儿子和那个人一样，差一点儿让我破产。"

"他借钱想干什么呢？不买房，也不买车，他究竟要钱做什么呢？"我问。

"他买彩票中了大奖，那不是天上掉下来一块馅饼吗？好好打理自己手中的钱呗！唉，可惜，祸就是因这而起的。"他又喝了一口酒。

"有钱了，就想娶个漂亮的妻子，可千挑万挑，不挑别人，却偏偏挑了个黑心肠的漂亮女人。"他接着说。

"哦，有那么坏吗？"

"他不走正道，什么店不能开？可他却同他妻子搞地下卖淫产业，而且还开了好几家店！"

"哦，我知道，丹麦不抓卖淫女，但是抓这些幕后人，他们剥削卖淫女的钱。后来呢？"

"这些黑店都被关了，还欠卖淫女一屁股债。从这些卖淫女身上榨来的钱都挥霍光了，彩票中奖的钱也所剩无几了。"

"这怎么听起来又好像是一桩家喻户晓的大案子？那个女的叫安娜，是吗？她做过许多次美容手术，现在的嘴巴大得那个怪样子，哦，看了真有些吓人！她还在监狱里生了个女儿。不过百万富翁的丈夫已经与她离婚了。她不是你儿媳妇吧？"

"亏得不是她！"

"哎，你还没告诉我，你儿子怎么差一点儿让你破产？"

"自己没钱了，就打我的主意了。冒用我的签名，从银行借了一笔数目不小的贷款，想翻本，不停地买彩票，数目越来越大。"

"你儿子怎么想？想再一次中大奖，把钱还给你？想亡羊补牢？"

"也许是吧，可是他现在也没有醒悟。"

"你儿子彩票中奖是件好事，可这反而害了他，不知他太太现在怎么样？被判刑了吗？"

"吃了两年官司……我现在也不想去打听她。"

"哦。"我沉默无言，环顾起四周来。

漂亮的餐厅里挂着许多超大型的古典油画，除了风景画外，还有一幅幅人物半身肖像画。这些油画如同美术馆中的中世纪油画，不仅脸部表情画得非常细腻逼真，就连人物身上和手上的珠宝，都散发出金灿灿的亮光。我特别欣赏画中一位夫人脖子、裙子和手腕上的一圈圈白色镶边，它们在画家精心的处理下，柔软飘逸，如同真的可以抚摸一般。我心里琢磨着，不知墙上哪位公爵、伯爵或贵妇人曾经拥有过这座宫殿。我的目光回到了桌子上。白色细长的蜡烛在忽悠忽悠地微微抖动着。每张桌子上都放有这么一根白蜡烛。哦，今天是圣诞节，难道丹麦人仍然喜欢点白色的蜡烛，为什么不是红色的？对，我心里想着，白色，象征洁白、纯真和无瑕。

服务员走过来打断了我的思绪。他端上来最后一道菜 —— 甜点，叫白米布丁。这是最正宗的圣诞甜点，家家餐厅都有，这里也不例外。他还往我杯子里倒了些白葡萄酒，他介绍说，这是吃甜点最适合喝的一种葡萄酒。

我和这位陌生先生忘掉了之前不愉快的话题，碰了一下手中的酒杯。"圣诞快乐！"我们面对面地笑着，恢复到欢乐的情绪中。晚饭后，我们去了宫殿大厅，那里已经聚集了很多人，大餐桌上放着许许多多葡萄酒杯和咖啡杯，还有各式的小点心，我笑着举杯向他敬酒。

大客厅和小客厅里，每张桌子和茶几上都已经放好了咖啡杯，还写上了客人的名字，我们找到了自己的桌子，圣诞欢庆还在继续。

宫廷大厅

许多人已经在大厅里围着圣诞树唱祝愿歌。工作人员打印了几首祝愿歌词让客人挑选，我见到大家手中都拿着一张纸，这也算是一种文化传统吧。丹麦公司聚会、家庭聚会都会打印几首歌的歌谱和歌词，大家围着饭桌一起唱歌，真是很有情趣。今天我第一次见到丹麦

宫廷客厅

人围着圣诞树唱歌，我坐在旁边喝咖啡，吃巧克力糖，还不忘拍几张好照片。

大家围着圣诞树唱祝愿歌

这是一个不平凡的圣诞夜的故事，屈指一算已经过去了三年，每一年圣诞节我都有重回维荷城堡的想法。我怀念那里浓厚的圣诞气氛，精心的圣诞布置令人迷恋，不知我会不会再遇见那位孤独的企业家？

精心布置的圣诞节

2018 年圣诞节我和先生 Finn 再一次去了那里，可是很遗憾，我们没有遇到那位企业家，我默默地在心中祝福他找回亲情，在家里欢度一个美满幸福的圣诞节！可是那天我又见到两位孤独的男士各自坐在他们的小方桌前，我时不时地回头看看他们。当他们一边品酒吃菜，一边对旁人微笑的时候，我知道他们的内心此时此刻并不孤独，他们与大家一起同庆圣诞！晚宴结束后，当大家围着圣诞树唱祝福歌的时候，我在宫殿舞厅里见到了他们俩，一个正与大家一起围着圣诞树唱歌，一个在旁边像我一样在拍照。

　　这是我第二次在美丽的皇宫度过难忘的平安夜。这里不是上流社会豪华奢侈的圣诞庆祝，这里都是普通居民，大家从四面八方聚集在一起，欢度传统的节日。哦，我还想补充说几句，此宫殿旅馆一年四季都开放，偌大的宫廷花园一眼望不到边，在如此幽静的北欧环境里度假，一定会给你留下终生难忘的回忆。价格嘛，每晚700 克朗一间房，旅游高峰期 900 克朗，与哥本哈根市区小小的旅馆房价差不多，时隔三年，价格没有上涨。其实在宫殿生活一天对普通人来说并不是遥不可及的奢侈生活，听了我的描述后，你会同意我的说法吗？

第二章

保护动物委员会 Dyrenes Beskyttelse

有一天，一个丹麦朋友问我：

"你猜猜看，在丹麦家庭里，谁的地位最高？"

"那当然是父母喽！"我说。

"父母除外，我指的是小家庭。"他说。

我想都没想，就飞快地回答他说：

"那肯定是妻子喽。"

"好，那么你说，谁的地位排第二？"他继续问。

"丈夫。"我说。他摇摇头。

"噢，是孩子！"我赶紧回答。

"你脑子转得好快啊，那么谁的地位排第三？"他又问。

"那还用问，这次当然是丈夫喽！"

"啊，不对，不对，"他连连摇头，纠正我说，"地位排第三，应该是狗！"

"狗？亏你能想出来！你自己也是男人啊！"我忍不住大笑起来。

"在丹麦，我们男人比狗还没地位，不是吗？"他苦笑着，又连连摇头。

打那以后，我总是会想起这个笑话，每一次我都会情不自禁地笑出声来。我觉得，他讲得也太过分了，丹麦男人在家庭里的地位，不至于比狗的地位还低吧，那只不过是说说笑话而已。不过我知道，在丹麦，猫狗不仅是宠物，它们在人们心目中确实占有很重要的位置，国家法律也千方百计地保护它们。但我没想到，居然还有保护动物委员会这样的部门，专门维护猫狗等小宠物的权利。

那是1994年，一天清晨，我开门准备去上学，看见一只猫依偎在我家房门外厚厚的门垫上。在国内时，我就听说过，猫是丢弃不掉的，即使你遮住它的眼睛，把它扔到很远的地方，它也能自己找回来。所以，我不敢让猫进屋来。因为我母亲一人在家，脚本身就有病，我又不在家，我家没有养猫的条件，于是"嘘嘘"地想把它赶走。

"维理，你不能赶猫啊，猫来富哦！"我母亲在屋里大声地说。

"妈，你这是迷信，什么富不富的。你哪能照料猫呀，你自己连走路都不方便。"

我把家门一关，看了猫一眼，心想，这下它总该走了吧。猫的两只眼球像两只闪亮的绿灯，盯着我一动也不动。这下，我倒不好意思赶它走了，就自顾自地往楼下走去。我刚走下台阶，没几步，就听到"嗖"的一声，猫一溜烟逃到楼梯转弯处，却又忽然停了下来，回头望着我。当我走过它身旁时，谁知它却四脚朝天地躺在地上，脚来回乱蹬，好像一个顽皮的小孩子一样，赖着不走了！看着它这副淘气的样儿，我怎好意思赶它走？就让它在走廊里吧，我走出了公寓的大门。

放学回家后，我把此事给忘了。一会儿，忽听有人敲门，丹麦很少有不速之客。我奇怪地打开房门，有个女人站在门外问："门外那只猫是你家的吗？"我这才想起早晨的事。

"哦，你说的是那只猫啊。早晨我看到一只猫在我家门口，但不是我家的。"我急忙解释道。

"那好，那我就打电话给保护动物委员会让他们把猫带走吧。"

"保护动物委员会？猫狗还有委员会来管它们？"我惊讶地问。

"是啊。"那女人平静地说。

第二天，我没再见到猫的影子，以后几天也没见到它。那只猫，想来真的被保护动物委员会领走了。

我有生以来第一次听到保护动物委员会（Dyrenes Beskyttelse）这个名称。后来才知道，丹麦有专门机构照顾无主的猫狗，还有小兔子和小松鼠等。这些猫和狗，来到属于它们的委员会以后，除了吃饱喝足以外，还有人给它们温暖的抚摸。谁想领养猫和狗，可以到那里去申请，我打心眼儿里为宠物感到欣慰。

我开始喜欢起别人家的狗来，有一次在马路上看到一只大狗，我忽然对狗主人说，我能不能与你的狗拍张照？狗主人很高兴，我就蹲在地上，满心欢喜地和这条大狗拍了一张照片。我觉得那条大狗很温柔，很漂亮，它好像知道要拍照，所以那样乖，虽然它不认识我，但它坐在我旁边，好像是我的狗一样。可是之后我经历了一件事，使我对狗惧怕起来，特别是大狗。

在罗斯基勒城的海边

一个阳光明媚的早晨，太阳早早地射到了窗前大树的树梢上，我注意到窗外的鸟叫声，"呱呱呱呱，唧唧唧唧"，如同男低音和女高音在寂静的晨雾中唱出了动听的晨曲。那天是复活节，全国上下几乎都放假，见到这么好的天气，我决定和两个中国姑娘一起出去拍照。

　　我们总想找漂亮的花园洋房做背景，所以看到开满鲜花的院子就停了下来。这里大多数的花园都没有围墙，有的用小石子堆筑起矮矮的一截，有的种些绿色的矮冬青，走在路边，能一眼望见花园里紫色的郁金香还有红色和白色的玫瑰花正在向路人露出它们的笑脸。我们走进了没有围墙和大门的花园，留了几张美影。

没有围墙和大门的花园

　　我们走过一家花园，从老远就看到在房子外墙中间镶嵌了一个大大的玻璃鱼缸，五颜六色大大小小的金鱼在绿色的水草旁游来游去。花园没有门，我们的双腿不由自主地穿过了花园绿色的草地，来到了镶嵌着金鱼缸的外墙边。今天的蓝天好像特别蓝，没有一点点尘雾，金色的阳光照射在玻璃缸上，把鱼儿们照得绚丽多彩，大大小小的鱼儿在阳光下争先展示出它们最漂亮的"身材"和"衣裙"。那条大头红金鱼，两只眼球像两个圆球挂在头的两边，一左一右，互不相关，朝着两个方向，不知它们如何集中目光看东西。

两个姑娘抢着站在这漂亮的金鱼缸前，让我为她们留下一个永不忘怀的美影，我拿起照相机，眯起左眼，右眼使劲从小小的玻璃方块中对准镜头。忽然间听见身后"汪汪汪"好几声狗的狂叫。当我下意识放下相机时，只看见一条巨大的狼狗就站在我后面，冲着我乱叫，好像要吃掉我似的。

我吓得魂不附体，拔脚就逃，差点没把相机丢掉。我使出了全身的力气，只想逃命。"逃命啊，快逃命！"我在心里叫着。那两个姑娘比我先逃出花园，因为她们是面对我的，比我先看到狗蹿过来。我因为背对花园入口，而且是一只眼紧闭，一只眼望着镜头，嘴巴里还连声对她们说"笑，笑，笑"！所以我最倒霉，这么大一条狼狗从我背后蹿出来，就站在我旁边，现在不要说笑了，就连哭都没时间。虽然我有两条很长的腿，但哪能比狗跑得快？只见那条狗一直跟在我屁股后面追到马路上，当我回头看到狼狗张开大嘴向我扑过来的一刹那，我对自己说，我肯定要死了。

"Stop！（停下）Stop！"听到有人在这千钧一发连声地大叫，对这条狗大声喊道。

狗忽然止住了脚步，停下来，站在转角不动了，但舌头还是拖得很长很长，呼哧呼哧直喘粗气，两眼直直地盯着我们。小伙子在马路对面看着我们惊慌失措的样子，示意我们不要逃，慢慢走。但我的双脚却很难移动，腿是那样软，提也提不动，再加上心里惧怕，怕一动狗又会冲过来。小伙子在远处摇摇头，笑着说："No problem,no problem。"意思是说："没问题，没问题。"

我慢慢地往前挪着步子，装着没事一样，头也不回，可浑身上下直打哆嗦。没想到狗还听得懂英语，它停下来后，就再也没追上来。

其实"Stop"也是丹麦语，意思是"站住"。现在想来，也不知道是小伙子救了我的命，还是那条狗只不过是跑过来吓唬吓唬我们。那时候，我们在丹麦住了没几年，头脑中对丹麦爱狗文化的理解和许多法律条文并不重视，我们不知道人家的院子是不能跨进去的，不管围墙的门开着，还是没有门。狗嘛，当然要维护主人的权益喽，所以丹麦人认为狗是人类最好的朋友。不过这么多年过去了，我对大狗还是有些惧怕。

丹麦既然有个保护动物委员会，该机构就可以对不负责任的狗主人提起公诉。

有一天，我在电视新闻中看到一则令人吃惊的消息：一个主人被剥夺了狗的抚养权。消息说，有个 60 岁的女人带了她的爱犬外出购物，不知为何，女主人没将她的爱犬拴在超市门外特别安置的拴狗处，而是被她拴在小汽车的后门外。狗狗自得其乐地看着走来走去的人们，乖乖地等待主人出来。谁知，那女人买好东西出来后，把狗忘得一干二净。她匆匆发动车子，开着汽车驶出好长一段路，可怜的小狗被拖在车后，直到听到路人惊慌失措的尖叫声，她才停下车来。此事立即成为当地的头条新闻，丹麦电视台连续两天反复转播此条消息。最终，那位 60 岁的老太太被当地居民和保护动物委员会告上了法庭，判决的结果是，剥夺了她抚养狗的权利。因为她的行为被认为在精神和理智上已不能控制自己的行为，所以，没有能力照料好狗的起居与生活。

可怜的小狗虽身受重伤，但却大难不死有后福——它被保护动物委员会当成"小王子"特殊照顾起来，而且有很多人，当然是精神状况良好的人，排队等着领养它呢！

屈指一数，十多年过去了，爱宠物的人并没有减少，社会对宠物的关怀是有过之而无不及，这已经成了一种文化和修养。

人与狗究竟有多深的感情？有一件事使我永生难忘。那天，我和往常一样在中心火车站等车，忽然注意到一条很高很大的狼狗。我看了一下狗的主人，一位三十岁出头的丹麦女子，一手牵着狗的绳子，一手推着一部高高的童车。童车很大很大，差不多齐胸高。一个可爱的小宝宝就坐在手推车里，东张西望。不知什么时候，小宝宝母亲不见了。只见那条大狗一屁股坐在地上，直立起上半身，长长的舌头伸出嘴巴外，一呼一吸，有节奏地喘着气。它的双眼看着眼前和他一般高的童车，像是家里的一个小保姆，看护着眼前的宝宝。哦，母亲不在就由它看着孩子，多好的一条狗！

火车站设有专门的亭子，可以买咖啡、面包、水果、杂志等。我猜想孩子的母亲就站在亭子边排队买吃的东西。

不一会儿孩子的母亲回来了，手里拿着法国香肠和面包。只见她先往自己嘴巴里塞一块，看来她的肚子很饿。吃到一半的时候，宝宝在童车里开始"哇哇"叫了起来，还伸出了小手在空中乱抓了好几下，但没有哭出来。母亲用手撕下一小块面包，放到宝宝的手中。那条大狗坐在地上馋得口水直往下淌，但它还是那么乖，虽然嘴巴张得老大，两眼可怜巴巴地望着孩子的母亲，但没有叫唤。我开始有些可怜它，心里对那位母亲说，快给它一点儿吧。只见她真的撕了一块面包放到它大大的嘴巴里，我的心这才渐渐地平静下来。

可是那么一条大狗，这么一小块面包只在它嘴巴里咀嚼了两下就没有了。宝宝看到母亲给狗吃面包，却大叫起来了，两只小手在空中抓啊抓的。

母亲又走开了，留下大狗看护着宝宝。宝宝坐在推车里，不吵也不闹，开始东张西望起来。

母亲回来了，手里又拿着法国香肠和面包。宝宝已等不及了，伸出小手在空中抓啊抓的。母亲给了他一小块，又看看大狗。狗还是那么乖，只张开大嘴，流出长长的黏糊糊的口水。母亲又给了它一块。面包和香肠在它的大嘴巴里只是左右嚼了两下子，就又没有了。现在只剩下最后一块了，宝宝早已等得不耐烦了，叫喊的嘴巴越张越大，最后终于哭起来了。

母亲会把最后一块面包给谁呢？我心里想着，眼睛就一眨也不眨地盯着母亲。大狗的舌头几乎全部伸到嘴巴外面，呼哧呼哧直喘粗气。我想起有人说，天气热，狗的舌头会往外伸，不过它现在的样子真是怪可怜的，好像是那样馋，但又是那样乖，看得出，它在尽力克制自己。

只见母亲将最后一块面包放进大狗的嘴巴里，没想到宝宝"哇"的一声大哭起来。哦，小宝宝啊小宝宝，原来你的眼睛已经能看到那么远，你已经能够看到爱你的母亲把最后一口好吃的东西给了大狗而没有给你；你已经懂得母亲是你的母亲而不是狗的母亲，你已经开始有了妒忌感和悲伤感！此时，我为小宝宝感到委屈，但我不知道是不是应该责怪母亲。不过有一点是肯定的，如果我是那位母亲，我一定会将最后一口食物给我的孩子的。也许有人会说，因为你没有养过狗，所以没有那种爱狗不亚于爱人的感情。

火车不知什么时候已经来到了眼前，我匆匆上了火车，望着他们在站台上渐渐离去，我陷入了深思。我知道宝宝一会儿就会忘掉他的遭遇，可我永远不会忘记宝宝在最后一瞬间的哭声。

我想，这就是人爱护小动物的天性吧，所以，丹麦有保护动物委员会来关注猫狗的生存环境和它们的衣食住行，丹麦没有流浪猫狗。不仅如此，我刚到丹麦的时候就知道，丹麦可以带狗上火车和公共汽车。大狗不能被装进包里的，可以为狗买一张小孩票，允许在有狗、童车和自行车标记的车厢上火车。当然，有许多外加条件，比方狗可以坐在哪儿，要拴好绳子等。小狗小猫若能放在包里或笼子里还可以免费带上公共汽车。不过，法律规定也很多，狗主人没按规定为狗买票的，罚款 300 克朗（同小孩票罚款），成人没买票的罚款 750 克朗。

有一个现实的情况是，当狗伤害人的时候，究竟是保护人的生命要紧，还是保护一条宠物的生命重要。我想，丹麦百姓对这个认知是很清楚的。因为国家法律一直以来严禁家养某些对人有危害的烈性犬，这些狗的品种都在法律条文上写得很清楚，而且一旦发生事故，这些狗会被处以安乐死。

除此之外，法律还严格规定，狗外出散步必须牵绳，这已经成为一种文明的素质，违者理当罚款或处罚。很多年来，丹麦居民外出遛狗都带有一个小塑料袋，狗狗随地大便，主人就要把粪便捡起来放进塑料袋，这已经成了养狗人的好品质和好习惯。

我的邻居有一条大狗，他家的房门外贴着一张狗的图片，让人注意，他家养有一条大狗，这在丹麦已很普遍。刚搬到这里时，听说有条大狼狗就住在我家隔壁，确实心有余悸。但它貌似吓人，其实非常懂规矩，平时没有听见它的吼叫声。每天主人到门外几步路远的垃圾箱倒垃圾时，它总是乖乖地直起身子坐在门前等候着主人。

它坐在家门口，没有绳子牵着，但它从不随便走动，乖乖地坐在六级高的台阶上等待主人。看着它这副乖乖的样子，我觉得它真是太可爱了，我们常常会亲热地与它打招呼，摸摸它的脖子，它会非常安静地享受人对它的关爱。我想，这就是正常和谐的人狗之情。我的许多邻居都养狗，但他们都培养和训练了一条好狗，邻里之间没有因为爱犬发生过矛盾。

足球迷的忏悔 En fodboldfan fortryder

　　我不能忘记他颤动的嘴唇，我不能忘记他含着眼泪的双眼。他，一个 29 岁的足球迷在电视台向全丹麦人道歉，他忏悔，因为他一拳差点击碎丹麦进入欧洲杯决赛的梦。可屏幕上的他并不像是一个闹事者，胖乎乎的脸上一副天生憨厚的表情。这使我不由得同情起他来，不知大家能不能原谅他。

　　事情发生在 2007 年 6 月 2 日，一场决定命运的足球赛将在瑞典和丹麦两国之间进行，这是关键的欧洲杯预选赛。

　　自从丹麦国家足球队在 20 世纪 90 年代出了劳特尔普兄弟俩，将丹麦队变成了与巴西足球队不相上下的世界名队之后，丹麦队就一直是丹麦人的骄傲，足球赛成了全民族最关注的球赛。丹麦队赢了，市政厅广场上是发疯的人群，体育馆外响起了"嗷嗷嗷"的高喊声。小汽车上伸出了狂喜的脑袋，敞篷车上站着拿着啤酒瓶不停摇晃的人，大家相互拥抱，举杯祝酒，好像自己中了头彩一样高兴。

　　那天早晨，我碰巧在中心火车站，忽见一帮丹麦人穿着红白衣服站在楼梯的一边，一帮瑞典人穿着蓝黄衣服站在楼梯的另一边，他们面对面站在那里。我知道中国留学生海星是足球迷，今天清晨他在地铁站送报，我就顺手拿出相机，拍了许多照片。

　　下午，我将照片在网上发给他，然后打通了他的电话："海星，记住今天晚上看电视，丹麦队对瑞典队。"

"谢谢你，张姐，幸亏你告诉我，你看，我虽然每天送报纸，但报上的新闻却看不懂。"海星自嘲地说。

"你看到我发给你的照片了吗？"

"噢，我正在看，真有趣。"他停了一下，大概在寻找照片，接着他笑着说："两国球迷的衣服都和他们的国旗一样颜色。"

"你没看到有个丹麦人戴着海盗帽，披着丹麦旗吗？"我问。

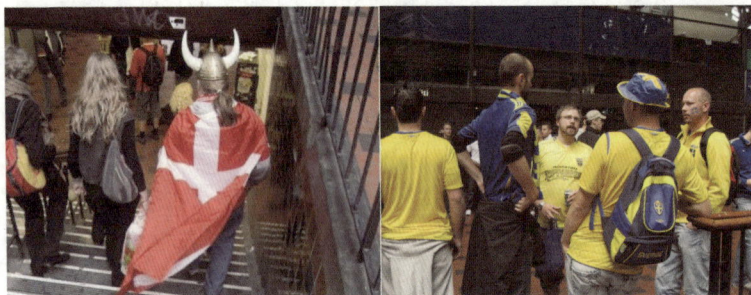

丹麦球迷　　　　　　　　　瑞典球迷

"看到了，张姐，这张照片你拍得很及时，你看，他已经下楼梯了，再不拍，他就跑出去了。"

"你有没有看到，瑞典人头上也戴着海盗帽和国旗帽，有个男人的帽子上还扎着两条小辫子呢！"

"真的，我看到了，男人帽子上挂着两条小辫子！不知是什么意思？"

"我也不知道。"我说。

"今天中心火车站有那么多瑞典人啊，他们这么早就坐火车从马尔默到哥本哈根啦！"海星看着那张照片说。照片上火车站里站着一群又一群穿蓝黄色衣服的瑞典人。

丹麦和瑞典两国的文化竟然如此相似，不仅语言相似，城市名也相似，而且两国人的外貌也相似，就连打闹取乐的方式都一样。

可是，两个邻国在历史上曾经发动过多次大战。幸运的是，自1702-1720年两国发生过最后一次战争之后，就一直和平相处到现在。两国早在1952年就是北欧四国联盟的成员，许多条约都保证了两国的友好往来和自由贸易。当今女王玛格利特二世的母亲英格丽是瑞典公主，嫁给了丹麦国王弗雷德里克九世，所以丹麦和瑞典更是亲上加亲。

但今天两个好兄弟却要"对打"，看来不管谁胜谁负，场上都会是"仇人"相争。

刚到晚上，我就开始一边做饭一边看电视。国家体育馆里座无虚席，观众席上一边是红色的海洋，另一边是蓝色的海洋，当红白色的十字国旗在一边晃动时，蓝黄色的十字国旗在另一边飘扬。今天瑞典人到丹麦来助威的真不少，远远望去好像蓝黄色盖过了红白色。

电视镜头拉到了坐在贵宾席上助威的王储弗雷德里克和王储妃玛丽·伊丽莎白·唐纳森。丹麦大小两个王子都是足球迷，遇到好球赛哪怕再远也会乘飞机去观看。丹麦文化部部长正在一旁和他们俩有说有笑。

上半场比赛开始不久，瑞典队就出人意料地踢入了一个球，观众席上"蓝色的海洋"顷刻之间掀起了巨浪，当丹麦观众使出浑身解数为自己的球队打气的时候，想不到瑞典队又踢进了一个球。蓝色的海洋此时变成了凶猛的海啸，盖过了本来想涌起的"红色波涛"。比赛仅仅过了21分钟，场上的比分就成了2：0! 当伤痛在丹麦人的心里持续了很长时间以后，突然一阵欢呼声使我丢下了手中的饭碗，原来丹麦队进了一个球！场上掀起了红色的呼啸，我终于也喘了一口大气。可好景不长，瑞典队又进了一个球，场上的比分成了 3∶1。

下半场，当我正感到泄气的时候，忽然丹麦队奋起直追，追成了 3∶2。当数字打出 3∶3 的时候，全场疯狂起来了，好像海水要冲破堤岸一样。

丹麦队在落后的情况下一直追到 3∶3，这个比分使得整个球场的观众神经绷得紧紧的，希望就在眼前！丹麦队只要再踢进一个球！一个球！一个球！可就在这个关键时刻，比赛进入到 89 分钟时，德国主裁判范德尔判给瑞典一个点球，并罚下丹麦队中场波尔森。因为波尔森两次被瑞典球员碰撞后，向对方的肚子上打了一拳。想不到，一个穿红球衣的丹麦球迷突然从观众席上冲了出去，他朝着裁判挥动着他的手。

这一切来得太突然，只见一位丹麦球员敏捷地上前用身体挡住了裁判的身体，使劲将小伙子往后推，紧接着又过来一位丹麦球员，两个人将他挡住。小伙子伸出的双手，那双无力的手，只在空中挥动了几下，一拳也没打到裁判员的身上，就被人抓了起来。

穿黑色球衣的德国裁判范德尔宣布立即停赛，他向体育馆后台气冲冲地走去，摄影师们紧跟着他。只见他站在那里与其他三位裁判商量起来，体育馆里的观众不知道后台在唱什么戏，电视上重复播放小伙子冲上去挥拳的镜头。

最终的裁决并没有用很长时间，当解说员说球赛不再进行，丹麦队以 0∶3 落败的时候，我甚至不相信这会是真的。一个观众的不理智行为使整个球队得到了惩罚，这个惩罚不是给警告牌，不是给罚球，也不是暂停比赛，而是直截了当地在比分上来个鸭蛋！

比赛结束了，王储夫妇俩很快就无声无息地离开了场地，文化部部长也在众人不知不觉中不见了踪影。小伙子被警察带走了，剩下的就是电视台解说员不间断的评论。

体育馆负责人说，保安人员没有专业的保安技能，体育馆要向保安公司提出几百万的赔偿要求。有人说，球员波尔森应该退出国家队，还要他在电视台做检讨，起因是他，没有他的一拳，小伙子也不会冲上去。有人说要揍那个小伙子，没有他的拳头，丹麦队就不会有这个惨败的耻辱了。

当各方不停地相互指责的时候，看球赛的球迷们却兴致未散，一群一群地来到球场边的大众公园，警察也跟着来到公园，怕丹麦球迷会与瑞典球迷发生冲突。

可瑞典人和丹麦人却在那里和平地喝酒，自找乐趣。不要以为瑞典人高兴得发疯，当记者们采访他们的时候，他们并没有一种骄傲感。因为他们认为，这次他们赢球不是因为球艺高而获胜，所以赢了也有一种说不出的滋味。丹麦人也恨不到瑞典人头上，是德国裁判判定他们失败，要恨就得恨裁判。可据说世界足球赛有这种规则，球迷捣乱可以判该国球队败诉，所以恨裁判也无济于事。

一场比赛使得输赢两方都不开心，这也是很少有的。

第二天，球员波尔森在电视台向大家公开道歉，大小镜头对准着他。他的道歉从早到晚播放着，使得人们都能倒背出来。人们只要在网上点击一下报刊的新闻链接，就能反复看到并听到他发自肺腑的道歉。

第三天，我接到海星的电话，他还在想那个冲进比赛场地的小伙子。

"海星，你有没有看到小伙子上报了？"

"看到了，头版头条，我自己是送报的嘛。"

"噢，对了，你有没有看到他在电视台道歉的镜头？"

"看见了，不过不知道他说什么。"

"他说，他那天喝了大概 10 瓶啤酒，人糊里糊涂的，已经不知道自己做什么了。"

"丹麦的酒瓶不大，和汽水瓶一样大小。不过 10 瓶也够多的了。"我补充道。

"我看他道歉的时候很真诚，你没看到他的嘴唇抖了几下，头突然止不住撞到桌子上了吗？不过镜头没再拍下去。"我停了一下又说。

"没注意，你看得那么仔细啊，张姐。"

"哎，有趣的是，他这个丹麦人，在瑞典工作，还有个瑞典女朋友。"

"哦，那就惨了。工作、女朋友都要丢了。"

"人的感情真是有些说不清楚，心灵深处总是为自己的国家打抱不平。"

"他还说什么了？"

"他说，他害怕报复，他只能隐姓埋名生活一段时间。"

"你知道，他第二天就被放出来了，不过，还是要起诉他的。"

"为什么抓了又放呢？"

"丹麦法律有规定，假如法官在听审后估计判刑不会超过关押 60 天，就一定要在 24 小时内放人回家。"

"噢，是这个道理啊。"海星这才明白。

以后的几天，市民对是否会取消在哥本哈根举行的四场主场比赛不停地猜测，简直占据了大半部分新闻播放的时间。有人说会取消，有人说还在考虑之中。

一个可悲的消息终于在人们好几天的惶惶不安中公布了。6月8日，欧足联纪律委员会不仅没有改变瑞典3∶0获胜的裁决，同时向丹麦足协开出了10万瑞士法郎的罚款，球员波尔森被禁赛3场。而更惨痛的是，主场的比赛必须在距离哥本哈根250公里以外的列支敦士登的球场内举行，这场比赛还得关门进行。设想一下，没有观众的体育比赛，就像舞台下没有观众一样，谁愿意对着死气沉沉的墙壁演唱？谁有激情对着无人的空间跳舞？一场疯狂的国际足球赛，只有空空的一排排椅子在向两方球队发出它们无声的狂喊。

　　之后，报刊又做了一个民意调查，让老百姓来判断，究竟谁的责任最大。31.4%的人认为责任在球员波尔森，31.2%的人认为责任在那挥拳的球迷，33.9%的人认为责任在于安保工作没做好。没想到结果是各打五十大板。

　　问到裁判的裁决是否合理，有36.7%的人认为完全合理，50.6%的人认为比赛应该继续到结束，看来很多人对裁判终止比赛的决定备感遗憾。

　　现在，大家唯一的希望是，丹麦足协对欧足联的裁决所提出的上诉能成功，以此来挽回这种难以接受的处罚。不过我想，不管最后会怎样，所有的人都在这件事上得到了一个沉痛的教训，特别是两个冲动的肇事者，他们的愧疚会隐藏在心底好几年，甚至一辈子。社会对他们的谴责也会持续一段时间，不会马上被忘却。历史既然已记载下了事实，也就无法再抹掉。

　　说到国家与国家之间的比赛，各国球迷想为国争光的欲望非常强烈，他们的一些过于冲动的行为在某种程度上可以被稍稍理解。可是，丹麦足球队的粉丝们在本国球队比赛时，发生争斗已经有多年的历史，这里要提到的是两个著名国家级球队：哥本哈根足球俱乐部和布伦德比球队。

　　在近几年的几次哥本哈根足球俱乐部和布伦德比球队的球赛中，许多警车都会到场，每一次警察都会逮捕闹事的球迷，因为球迷们不仅打伤了观众，还多次伤害警察。2017年，足球界发言人提到，假如这种现象不停止，只有一个办法，那就是比赛在没有观众的情形下进行。我想，谁都不愿意看到这种情况发生，不知有关部门能否尽快想出更好的办法来。

特别的酒吧 En speciel bar

2008 年的秋天，我刚从伦敦回到哥本哈根机场，忽然接到一个从伦敦打来的电话，那是我认识的一个"同事"，不过，他在两年前已经去了伦敦。这就叫作没有缘分，假如他早一些打电话来，我就会在伦敦见他一面，可是我现在已经到了哥本哈根机场，电话里吵吵闹闹的，没听清几句话，不过他是一个很值得我怀念的人。

记得那是 2000 年，我终于拿到了哥本哈根大学法律系硕士学位，我经常到法律协会去，想多认识一些人，特别是"同病相怜"的人，都在拼命地找工作。那天，我坐在协会的电脑室，看到一个中东模样的男青年走进来。在律师协会很少见到外国人，除了我一个亚洲人外，还是第一次见到其他国家的人。

他是一个非常风趣的人，和他在一起，说上 10 句话，最起码有 5 句使人哈哈大笑。他和大多数中东人一样留着小胡子。个子不高，皮肤稍黑，他说他是伊拉克人，叫哈里德。

"嗨，哈里德，你也是从哥本哈根大学法律系毕业的吗？"

"不，我是波兰首都华夏大学法律系毕业的。"

"你怎么会想到去波兰读大学的？"

"哥本哈根大学的法律系没有名额，大学来了封信，问我是否愿意到波兰去，作为丹麦与波兰的交流学生，我当然去喽，总比没书读好。"

我瞧了他一眼，问：

"哈里德，那你会讲四国语言喽？英语、波兰语、丹麦语，还有你的母语。"

"还不止四国语言呢，你知道，在伊拉克附近的几个国家的语言我都会讲，比方黎巴嫩语啦，伊朗语啦。"

"你真了不起！"我吃惊地睁大了双眼看着他。

"这没什么稀奇，因为他们的语言很接近。"他淡淡地说。

"不过你知道，我常常骗人家，人家问我，你在丹麦住了多少年啊？我总是说四五年。"他自我解嘲地说。

"为什么？"我不理解地问。

"否则丹麦人会想，我住这里十几年了，还讲不好丹麦语。"他坦率地回答道。我听了哈哈大笑，原来他这个人很要面子。

哈里德有一辆小汽车，一个星期五的晚上，他问我是否想去兜风，然后再到酒吧去看看热闹，那边可以跳舞。晚上 11 点前去排队人少，过了 12 点，又贵又要排长队。我不知道这些行情，也不认识这些小青年去的酒吧，但我对什么事都很有兴趣，心想，去见识一下也没什么不好。

时间还太早，哈里德忽然心血来潮说："哎，我不如先带你到步行街旁边的一条小马路上去，那边有一个很特别的酒吧，你看怎么样？"

"怎么特别啊？你不要哄骗我哟。"

"你去了就知道了，不过，你不要告诉别人说是我带你去的。"

"好啊，不过，真有这么神秘的鬼地方？"我因为想到要写新奇内容的文章，所以就跟着他去了。

说话间，已经到了酒吧，走进门槛，没觉得有什么特别的。不过人家都望着我们俩，也许是因为我们一个从中东来，一个从亚洲来的原因吧。我们上了楼梯，一看，还很多人呢。哈里德要了两杯啤酒，我让他站在酒吧服务员旁边，为他们俩拍了一张照片。看，他们笑得多开怀！特别是那个卖酒的小伙子，我一看这张照片就会情不自禁地笑起来。哈里德很客气，一定不让我付钱，边喝边告诉我这个特别酒吧的新鲜事儿。

我为哈里德和酒吧服务员拍了一张照片

"你没看出这里有什么与众不同吧？"

"没有啊。"

"你仔细看下面，楼下那两个女人，还有左边两个男人。"他眼睛朝楼下看了看，又用嘴巴使劲往那边歪了歪。

我好像看出一些名堂来。一个漂亮的三十岁左右的男人像是化了浓妆。上眼皮青青的，眉毛也画过了，好像还涂了点口红，他的举止很怪，有点娘娘腔。

"嗨，哈里德，你看那男人，我猜想他是同性恋吧，旁边的那个男人大概是他的男朋友。"

"怎么样？你再看那一边。"

"噢，我看到了，那两个女的还亲嘴呢，你看，你看！"我有些大惊小怪地说。

我是第一次看到这种现象，没想到还那么公开，所以有些惊奇。

"我告诉你这里很不平常吧。这里是同性恋酒吧！"他认真地对我轻声地说。

"真的吗？你别吓唬我好吗？我不是同性恋今天也跑到这儿来了，怎么办？"

"没关系，没关系，这里也有人不是同性恋，你看那边，一对男女朋友，不也跟着别人一起来这儿了吗？"

一对情侣在酒吧

正说着，忽见那浓妆艳抹的男子突然给我飞来了一个微笑，也许是因为我老看着他的缘故吧，我被弄得很尴尬，不过还是下意识地向他微微笑了一笑。谁知道，不笑还好，一笑笑出事情来。他旁边的男人好像吃了醋一样，一脸的不高兴。不好了，他们好像吵起来了，我心里有些慌张地想。我没想到，原来同性恋者对对方的忠诚与否是很认真的！

一个星期后，忽然有个陌生的漂亮欧洲姑娘到法律协会来找哈里德。我告诉她，他今天没有来。

过了几天，碰到哈里德时我问起那位姑娘，他说是在波兰读大学时认识的，姑娘以前也到丹麦来探望过他。我没想到哈里德还能找到那么漂亮的姑娘，他看上去真配不上她。

"哈里德，那姑娘那么大老远来看你，她肯定对你有意思，你不想让她当你的女朋友吗？"

"女朋友？不，我把她当妹妹。"

"这不可能，你一点儿都不动心？她来丹麦住哪里？"

"住我家。"

"那你骗谁啊，谁相信你……"我瞪大了双眼看着他。

"真的，我，我，我……"他结结巴巴起来。

"你怎么啦？"

"我对女人没，没……"他没有能说完他的话。

我突然想起同性恋酒吧，猜出了大概，看着他。

"你，你是，你也是……不会的吧。"我也没有把话说完。

"哎，你千万不要告诉协会里的人。我现在很后悔告诉了你。"他的脸部抽动了一下说。

停了一下他又说："你现在知道我为什么一个人'坚守'在丹麦了。我家父母兄弟共8个人都在伦敦。"

"哦，你很聪明，在这里好自由哟。"我笑了起来。

"假如我到英国去，我不给我父母兄弟骂死才怪呢。我不回去，我不回去。"

哈里德好像很庆幸自己的聪明点子。

"嗨，我看，你不必太紧张，这里是丹麦，你没看到那个保守党议员，老百姓还都投他一票呢，他不也是同性恋嘛。"

"是啊是啊，在这方面他一点儿都不保守，不是吗？他的那个'女人'还很漂亮呢，又年轻。你没看到他带他的'女人'参加玛格丽特女王的宴会？"哈里德的眼睛骨碌碌地转了好几下，脑袋还左右直摇晃。

"我真不理解，那么漂亮的年轻人会看中四十岁出头的'老头'！他头发都花白了。"我看着他说。我清楚地记得那年轻小伙子和议员一起参加宴会的照片，报纸杂志上都刊登了出来。

"好运气，好运气，我就没这份福气。"哈里德又摇晃起他的脑袋来。

"你还没福气？丹麦是世界上第一个允许同性恋结婚的国家，因为丹麦人认为，不能对你们有歧视！哎，你没去参加过同性恋狂欢节吗？"我想起每年一次的同性恋狂欢节。

"我怎么会不去凑热闹呢？这不是我的节日吗？"哈里德使劲抖动肩膀大笑起来。

哈里德说话老是逗人笑，不光是语言和口气令人发笑，他的动作更是滑稽可笑。

没过几天，哈里德忽然神经紧张地告诉我，他收到了法律工会失业人员管理部门的一封信。因为他毕业后 4 年没找到工作，吃工会的饭也该有个尽头，他被叫去参加学习班。他紧张地对我说："我不去参加学习班，假如要我去，我就离开丹麦到英国去。"

"有这么可怕吗？"我心里觉得很奇怪。

"你不知道，我参加过一次这样的学习班。大家先轮流介绍自己，然后有人当老板，有人当经理来进行模拟招工面试，还有摄像机，最后播放出来让大家看，看你究竟在什么地方说得不对。可怕啊，可怕！"哈里德在房间里跳来跳去地说。

"噢，那倒是不好受的，特别是我们丹麦语讲得不够好，就更紧张，不过工会帮助你训练，有什么不好呢？这样，假如有公司让你去面试，你就镇定自如了，不是吗？"我安慰他说。

"我们像动物一样给人看，我不去。"哈里德把事情看得很严重。

"什么动物不动物的，人家丹麦人也一样。"

"但他们讲自己的语言，没人笑话他们啊。"

"嗨，哈里德，你真的愿意到英国去？你忘了你父母兄弟要管教你？"我想起了他是同性恋者。

"嘘……"他用手指按住嘴巴，怕别人听到。

"你在丹麦找工作4年，就没一个单位叫你去面试过吗？"

"人家都不喜欢我们。"哈里德边说边笑。

"可能是你们自己的名字不好啊，人家一看你们的名字就把申请书丢到废纸篓里去了。"我开玩笑地说。

"我可以改名，不是吗？我叫皮特好了。"

"改名字也没用，你一亮相，人家就知道了。我看，你还不如把小胡子剃掉算了。"我不假思索地说。

"真的吗，你认为不好看吗？是啊，我剃掉胡子，男人就看中我了，怎么样？"哈里德屁股一扭一摆地走到大镜子面前照来照去。

我以为哈里德只是说说而已，因为我想自由对他这个"特别"的人来说是特别重要的，他一定会选择自由。再说他就是到了英国也会同样遇到找工作的难题。不过他说过，在英国外国移民很多，从中东去的人也很多，所以不像丹麦，外国人不是做清洁工，就是在旅馆打杂，当白领的不多。可是我没想到，他后来真的到英国去了，他一个人在丹麦的"流浪汉"生活终于结束了。

今天我刚到哥本哈根机场就接到他的电话。好熟悉的声音："嗨，你现在在哪儿？"

"我刚从伦敦到丹麦，在行李处。"我心里想，怎么这么不凑巧啊，否则我就可以在伦敦拜访他了。

他在电话那头对我说："你的运气好，找到好工作。我是打游击，没有固定的工作，不过总算也做些事情。"

在电话里他好像对自己的生活并不满意。

"你分到房子了？"

"没有，暂时和父母住一起。"

"噢，哈里德，你好可怜，连一点儿自由也没有了。怎么样，找到男朋友还是女朋友啦？"

"你说呢？老爸老妈都在家，我不是找死？"

"怎么样，回丹麦吧，我们再去同性恋酒吧。"我逗他说。

"哈哈哈哈，不过我没地方住，能在你家过夜吗？你不会怕我吧？你知道我是不会伤害你的，不是吗？"他说话还是那么逗人。可是我真替他担心，因为他是中东人，他们的教规会允许他们同性恋吗？假如他的父母知道了，那是不可想象的！

我好像看到了他一边说话，一边在房间里像花果山上的孙悟空那样跳来跳去的样子，他的两只眼睛骨碌碌地转，脑袋还不停地左右摇摆。挂断了电话，我还在笑，真是好久没有笑得那么爽快了。那天在同性恋酒吧看到的新鲜事突然记忆犹新，不过，过了好几年，人们已经对同性恋不感到大惊小怪了。我知道丹麦人普遍不歧视同性恋，他们认为歧视同性恋和种族歧视没什么两样。

直至今日，我还会常常想起他。有一次有位朋友看了我的文章，她很想去看一看那个特别的酒吧。我当时没有注意在哪条街上，只能凭着印象，好不容易找到了。漂亮的小姑娘和小伙子营业员笑嘻嘻地迎接我们，向我们介绍了他们的特别菜单，哦，他们有特色的菜单，但是那里不再是一家特别的酒吧了。

虽然同性恋酒吧在哥本哈根的热闹地区有好几家，可是我后来再也没有去光顾过。

北欧医疗大家庭

Det nordeuropæriske sundhedssystem som en stor familie

　　北欧 2008 年下了很大的雪，冬天几乎占去了半年的时间。今年大雪来得特别早，十月中旬下了第一场雪。刚下大雪时，大人小孩都很兴奋，可现在，人们渐渐开始厌烦没完没了的大雪。每天清晨，扫雪车在一片白茫茫的雪地中扫出一条马路来，人行道上也被扫出一条走道来。可刚扫去一层积雪，等不了多久又得重新开始铲雪。每天，全国救护中心被几百次叫去拉出陷在雪地里的各种车辆。区政府不断地买防滑的沙子和食盐，一天几次撒在白白的马路上，但还是有人滑倒。

　　大雪，也给我带来了意想不到的灾祸。年底，刚过完圣诞节，我就在瑞典雪地里折断了我的脚踝骨。当我踩进一个松软平滑的小雪堆时，没想到半只脚踩在上街沿，半只脚踩在下街沿。我感到脚踝先是向右猛地一折，忽又向左猛地一折，我下意识地想站起来，刹那间，一阵恐惧和疼痛袭上心来。我叫了辆出租车，去了小镇的医院。

瑞典小镇
屋外的雪地

瑞典小镇有三万人口，有一所宁静漂亮的医院，它就坐落在长长的望不到边的湖畔森林边。以前我常到湖畔眺望美景，在那里买了一套公寓度假。可现在，我坐在医院的轮椅上急急地用英语向护士说，我是从丹麦来度假的，在雪地里摔了一跤。护士和气地问我有没有"蓝色"的欧盟医疗卡。我摇了摇头说忘记带了，因为我知道，丹麦医疗卡可以在瑞典通用，我迫不及待地递给她黄色的丹麦医疗卡。

瑞典小镇医院对面的湖畔景色

　　只见她在电脑键盘上敲了好几下，不一会儿，她在一张小纸条上写了一个号码，说这是我在瑞典医疗系统的编号。我一看，是我的出生年月日加上一个字母和几个数字，我这才长长地松了一口气。

　　一位中年护士微笑着走过来，说我应该先去拍 X 光片。她推起轮椅，将我送进了一间房间。医生看了我的片子后，说我右脚踝骨内外两侧都断裂了，需要开刀。"不开行不行？"我睁大了双眼像是在哀求似的问。医生有些无奈地摇了摇头说："救护车马上就到，送你到就近大城市的大医院去开刀。"我的脑子"轰"的一声响，脸上露出了哭笑不得的神色。

容不得多想，我就被抬上了一辆救护车。一位男子紧跟着我弯腰进了车内，坐到我身旁。我躺在那儿，他开始与我攀谈起来。"疼不疼，要不要吃止痛片？我帮你量一下血压、听听心脏好吗？想不想要一个翻译？"他客气地问了一连串问题。真奇怪，我此时整个脚没有一丁点儿的疼痛，可他还在一个劲儿地问我要不要吃止痛片。我不由得仔细打量了一下他充满关心的脸。他，不是一个瘦弱型文质彬彬的男子，他有着络腮胡子，粗犷的身架子。我不由得在脑子里想，"原来你这个人看上去粗粗的，可心却细细的！我说不疼就是不疼，不用担心呀！"我朝他微微笑了笑，像是在感谢他的关心。不过，我心里漾起了一阵感激之情，因为我已经是 60 岁的人了，能有人那么关爱我，我感到有些受宠若惊。

到了离小镇最近的中型城市，我被推进了骨科急诊室，有一位年轻护士微笑着走过来握了握我的手说："My name is..."（我的名字是）。我没注意听她叫什么名字，说实在的，我也记不住外国人的名字。她推着我的床穿过很长很长的走廊，一个转弯接着一个转弯，终于停了下来。等了好长时间，一位高个子男医生来到我面前对我说："My name is..."他开口第一句话也是向我介绍他的名字。我下意识地瞟了一眼他胸前工作证上的照片。他说他看过了我的 X 光片，要开刀，还要打钢钉。"打几根？""五六根"他说。"钢钉是不是要留在我体内一辈子？"他笑着点了点头说："留在身体里是没问题的。"我瞟着他心想，也许他知道了我的年龄，一个 60 岁的人，也许活不了多久，所以钢钉留在身体里有什么大不了的呢？我傻笑着看着他，不停地点头，好像理解他的意思一样。

他自我介绍说他是俄国人。他看上去 30 岁出头的模样，没有戴医生帽子，长得特别高，卷卷的黄头发散发出青春的帅气。他一会儿说要打五六根钉子，一会儿又说要打六七根钉子。我苦笑着问了他好几遍，他有些傻乎乎地笑着直点头。他的英语不怎么好，可瑞典语我又听不懂。我心里想："不会是他来为我开刀吧？他了解我的病情，又回答得那么仔细。不过，我真的不希望他来为我开刀，他有经验吗？"

"My name is..."我被和蔼的自我介绍打断了胡思乱想，站在我眼前的是一位没见过面的护士。我被推进了一个空空的大房间，她没出声就出去了。我躺在有轮子的床上，被安置在房间的正中，一个人慢慢地看着对面墙上的时钟嘀嗒嘀嗒地往前走，头背对着门框，眼睛看不到门，只能竖起耳朵听动静。左等右等，没有听到脚步声，我心想，假如他们把我忘了，我应该怎样大呼大叫。半个钟头以后，终于听到有人推门进来。两个中年护士对我说，要给我上石膏。我奇怪，不是说要开刀吗？怎么却要上石膏？一个护士开口道："我们瑞典医院有个规定，开刀前都要先洗个澡。"

我听了吃了一惊，心想，外国人的思维有些奇怪，我又不是在身子上动刀子，身体皮肤脏，与我的脚踝骨又有什么关联呢？脚上不脏倒是很重要的，要洗就应该洗脚才是。可他们是怎么想的？脚骨折了碰都不能碰，怎么能洗澡呢？两位护士好像看出了我的不解，对我说，所以要上石膏呀！护士走过来二话没说，把我整条大腿绑上了石膏，随后拿出一个黑色的长长的塑料袋，把我上石膏的那条腿包了起来。原来有这样一个好方法！塑料袋包住腿，水就不会弄湿腿，有石膏，腿就不会碰伤。护士让我坐在一个高板凳上，说可以洗澡了。我一抬头就看到面前墙上的几张图解。我拿起了喷头，按照图上的样子，开始冲淋起来。原来这里还是一个淋浴间。虽然我觉得这套洗浴的方法很不错，但是，我有些啼笑皆非，因为我受伤的脚和腿都没有洗！

当我被推到另一个房间的时候，我被交给了另一个护士，她说，今天她是我们病房的值班护士。我心想，瑞典医院的分工真细致，像是接力赛跑一样，一个医务人员只管病人的一件事，完成了她的任务，就交给下一个医务人员。从下午到晚上，我已记不清见到过几位护士了，也记不清到过哪些地方，更记不清她们的脸长什么样。我在自己的病房里安静了下来，刚好是晚餐时间，我这才想起从中午到晚上都没有吃过饭。我要了一杯茶，一杯咖啡，两个三明治。

第二天一大早，我就被推进手术室，一位年长的护士微笑着坐到我的手术台旁，她距离我的头很近很近。她拉着我的手抚摸了两下，安慰我说，不用担心，她会从头到尾陪在我的身旁，还会随时帮我量血压，观测心电图显示仪，还会……我紧张的心情一下子松弛了许多。我感觉到我好像是一个婴儿，母亲正在枕边哄我睡觉，只差没有哼唱摇篮曲了。

随后进来了一位女医生，自我介绍说她是挪威人，是麻醉助理。麻醉师进来了，像是个中国人，可他不讲汉语。难道他出生在瑞典，所以不会讲汉语吗？他用英语问了我一连串问题，然后在一张表格上打了一个又一个勾。他主要问的是身高，体重什么的，我知道他要计算麻醉药剂量，他还问我对什么药物过敏，等等。他说对我进行脊椎麻醉，下半身会失去知觉，但脑子是清醒的。我听了吓得半死，刚刚被老护士的"定心丸"吃得差不多很安静了，可一下子神经又紧张了起来。

正说着，医生戴着浅绿色的帽子进来了，是一位50多岁的瑞典人，他准备用大钳子拆掉我昨晚绑上去的石膏。因为昨天的石膏只是为了洗澡用的，现在已经完成了它的使命。我看着这些医务人员想，好一个大家庭啊。

我忽然鼓起勇气问那位和气的老护士："你可以在我的药里放些安眠药吗？听榔头在我的骨头上敲钉子多可怕啊！"那位护士说："好的，你会迷迷糊糊睡着的。"她好像并不觉得这是无理要求，二话没说马上就熟练地操作起来。

说完此话不久，我的下半身渐渐麻木了，不知什么时候我睡着了。等我醒来的时候，医生和护士正在收拾手术器具。我睁开眼睛，第一眼见到的就是那位和善的老护士。她轻声对我说，手术做好了。喔，原来开刀并不是我想象的那么可怕，而麻醉药和安眠药计算得真是分毫不差。

回到病房没多久，我就与旁边的一位瑞典女病人聊起天来，她看上去和我年龄差不多。她说她正在挪威女儿家过圣诞节，一分钟以前大家还跳啊乐的，一分钟以后，她就在雪地里摔了一跤。当她被送到奥斯陆一家医院的时候，脚肿得像馒头那么大，在医院住了一个星期不能开刀，说要等脚消肿了才可以，所以她就被送回瑞典医院了。

"唉，玛丽亚，你说，挪威医院好还是瑞典医院好？"我好奇地问。

"我住的那家挪威医院每个病房里都有电视机，而且每张床的旁边都有一台电脑，缺点是不安静，敲键盘的声音有时让人觉得心烦。"

"哦，挪威那么有钱！每个病床都有台电脑？！石油国真有钱啊！"我吃惊地说。

"那还不算什么，医院里还有机器人。我第一次在走廊里见到机器人的时候吓了一跳，问护士那是什么。"

"样子像人一样吗？像男人还是女人？"

"像男人，不过只有半个人那么高，手臂会前后摆动，就像美国歌星杰克逊在舞台上慢动作移动手臂和腿部一样。"玛丽亚举起两个手臂，哈哈大笑地给我做了好几个慢动作。我"咯咯咯"地笑个不停。

"你猜怎么着，机器人嘴巴里还不停地说：'朝前直走，朝右拐弯。'站到电梯口时会说：'这里是电梯，请乘电梯。'"

"噢，真的吗？他们这些机器人究竟是用来做什么的？就为了指路吗？"

"我不知道，反正它带我走，我就跟着它走，它还常回过头来看看我，我跟着它就找到了要去的地方。"

"玛丽亚，说真的，我们这家医院也很大，护理人员推着我的床转了一个弯又一个弯，乘了一部电梯又上了另一部电梯。我一直在想，这里像地道一样。噢，挪威人倒挺聪明的，想出这个好办法，用机器人指路！我算是大开眼界了！"我"咯咯咯"地又笑个不停，这是我第一次听说有国家在日常生活中运用机器人。假如是今天，我也许不会太吃惊。

"玛丽亚，那你说，瑞典医院好在哪里？"

"这里像个温暖的家，医务人员都很和气。"玛丽亚想了想说。

"噢，那倒是的。我看，就连那个年轻的男护士，对老人也很体贴，我见他帮对面那个老太太穿衣服，还帮她梳头发呢！昨晚，他还推着老太太的床出去，他们去干吗了？"

"那位老太太想到大厅去看电视,因为那是个系列片,她想看。"

"噢,我也觉得护士们都很好,我每次按铃,两三分钟就会有人来,不管是白天还是黑夜。"我打心眼里很感激地说。

第二天一大早,有个高个子医生走到我床前,他说他就是为我开刀的那位医生。他还说他已看过了 X 光片,我的骨头接得很好,让我放心。他忽然又说,开刀时,他看不出我长什么样子,现在终于见到了,他微微笑了笑说。我这才想起开刀的时候我也像他一样,头上戴着一顶绿色的塑料帽子。我望着他,觉得他与我记忆中的那位医生像是两个人。昨天他戴着绿色的帽子弯腰拆石膏的时候,我还以为他是个老头子。可今天发现,他是一个正值中年的医生,我感到非常庆幸。其实我曾经担心过,我既没有医院的关系,又不是瑞典公民,医院会不会随便安排一个实习医生给我开刀呢?

开刀后第四天,我就决定回丹麦了。可玛丽亚想在医院过新年,因为区政府正派人在她家改建门槛,这样她以后就可以坐在轮椅里在家里到处转,但目前还没有完工。早晨我见她交给护士一张她公寓的平面图,看来医院和区政府配合得很好。听说医院同意她在医院过年,玛丽亚高兴得不得了,她可以在这个大家庭里过新年了!此刻,玛丽亚的心情特别好,她告诉我,瑞典火车站为行走不便的人提供免费服务,她可以为我打电话去联系。火车站工作人员当即答应到时会有人推着轮椅来接我,我中途换车的时候,在那边也有人推轮椅来接我。"我要不要付钱呢?"我低声打断她,她正在与电话那头的人说话。她对我摇摇手。"他们真的给我换头等车厢吗?要另加钱吗?"玛丽亚又对我摇了摇头。

离开医院的那天,我有些依依不舍,玛丽亚热情地邀请我以后到她家去做客,我很高兴又多了一个瑞典朋友。当出租车开出医院的时候，我这才知道，医院坐落在一片森林之中。只见一排接一排的大树，叶片上还挂着白白的雪花，一条接一条的马路，人行道上还堆着白白的"雪山"，不知是又下了大雪呢，还是冰雪至今没有融化。今天，蓝天显得特别蓝，景色显得无限美丽，田园农庄里的两匹马还穿上了暖暖的衣服呢！

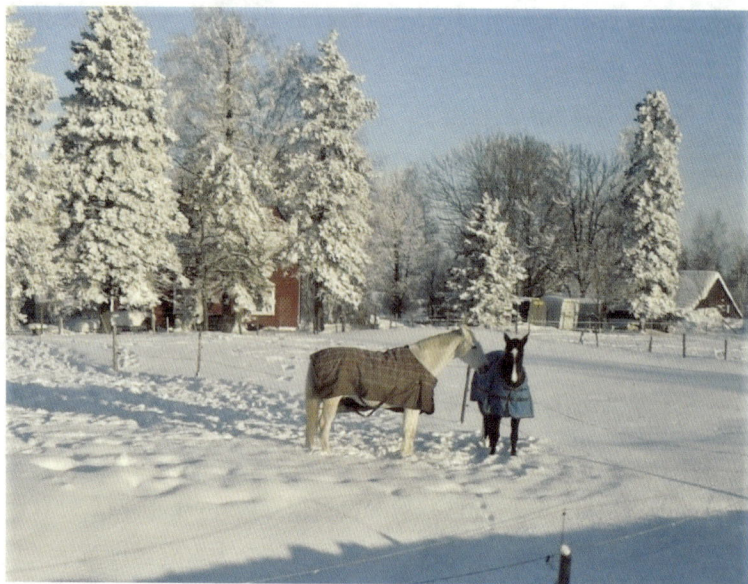

两匹穿着衣服的马

我看了看旁边的"四脚老人走步车"，这是瑞典医院让我带回家的，是免费的，以后，我可以在家扶着手架用一只脚跳跃式走路。护士说，我不用写借条，也不用还。我还带回家两根金属拐杖，以后能走路时，就两手撑着拐杖走。一个月后，瑞典医务中心寄来了一张账单，挂号费100瑞典克朗，还有两条拐杖的费

用，两项共计相当于200元人民币吧，就这些。（丹麦不用挂号费，拐杖免费）

当我经历了这次意外事故之后，有幸体验了一下北欧大家庭的医疗制度，我打心眼里很感激。我离开瑞典的时候，不知道开刀住院花了多少钱，也不知道在医院吃饭和医药费花了多少钱，我只出示了一张丹麦医疗卡。其实我还有一张欧盟医疗卡，丹麦百姓每个人都可以免费申请，只是我忘了把卡带到瑞典。丹麦的全民免费医疗确实无懈可击，还能跨国享受！

回到丹麦后，按瑞典医生的嘱咐我要在一个半月之内去丹麦的医院检查，还要拆掉石膏。我家住三楼，没电梯，怎么从三楼下去呢？即便是叫出租车，司机也不会把我抬进汽车呀？我心里着实担心了好几天。后来心想，丹麦区政府是百姓的管家，不妨打电话问一下。区政府工作人员说会免费派车来送我去医院。我的感激之情真是无法形容，但我还是无法想象，我怎么下楼。瑞典医院给过我两根拐杖，难道我要用一只脚一跳一跳跳下去吗？一想到如何下楼，我就又担心起来。

那天，当我打开门看到一个健壮的男子抬着一个像是躺椅一样的座椅站在房门外时，我的顾虑才消失了。我仰着躺坐在椅子里，感到他站在我背后，扶着椅子，椅子下面的两个轮子像是人体的两条腿，被气泵充起来又降下去。那个年轻人扶住我的气垫椅子，一步一个台阶往下走，我几乎是躺在椅子上送到楼下，只见一辆白色的小面包车就停在楼下。车后门打开后，升降器慢慢降了下来，我坐在轮椅上被推进小面包车。年轻人帮我将座椅系上安全带。车上没有其他人，他既是护工又是汽车司机，我被安安全全地送到了医院，他一直把我推到二楼门诊护士那里。

丹麦的医生看了一下我从瑞典带来的X光片，说，瑞典的医生手术做得很好，我听了一下子放心了许多。医生将我的石膏拆了，然后又拿出一双长长的特制的高帮"套鞋"，把我的脚套了起来，说这样起保护和固定作用。医生还告诉我，丹麦不上石膏，就用"套鞋"代替。没想到瑞典和丹麦一水之隔，虽然医疗制度差不多，但医疗方法有些不同。自从骨折后，我才真正体会到北欧医疗保险的优越性。

石膏拆除后丹麦医生又给了我一副拐杖，因为我是坐着推车去的，没带拐杖。医生嘱咐我，要打电话联系康复中心，这种机构也是属于区政府的。事情很顺利，电话里说好，每星期两次，有车派来接送我去附近的康复中心。第一个司机是挪威人，他说他很乐意在丹麦工作，因为丹麦康复中心比挪威多，所以容易找到工作。车子一路停了好几次，原来他顺路去接几位附近的老人和腿脚不便者一起去康复中心锻炼。后来几次，常常换司机和车辆，那个康复中心雇用了好几个司机。

这样接接送送，一直持续了两三个月。有一天，康复中心的工作人员到家教我锻炼，她告诉我，可以打电话去区政府，他们会派人到家擦窗、打扫卫生，因为我脚受伤有些重活自己不能做，还说这也是免费的。听了这些，我确实很感动。我知道，丹麦老人和残疾人有特殊照顾，区政府定期会派人来送饭、搞卫生、送药，甚至洗澡。但我毕竟不是什么残疾人和行动不便的老人，怎么好意思开口呢？我还是自己出钱找人擦窗吧。

感叹之余，我不免在想，任何福利都不会是上帝大发慈悲给予的。丹麦政府每年要向百姓征收高税额，从35%到50%，甚至更多。瑞典的税收虽比丹麦低一点，但收入也低一点。挪威和芬兰也差不多。所以，高福利要靠百姓自己来共同承担。我现在也理解，虽然丹麦和其他北欧国家的百姓常常也在各种场合抱怨高税收的制度，但是国家要保持高福利水准，再抱怨也无用。因为百姓明白，高福利是要靠高税收来支撑的。

出于好奇心，我忽然想知道，动这样一个手术究竟花了国家多少钱。呵，原来，只花了3万多克朗，相当于3万多人民币。这样一想，我的心情才渐渐平静下来。因为，我25年来缴付的税收少说也有300万克朗。（普通工资一般每月在25000克朗，以每月税收1万克朗计算）。而我因为工作忙，没时间去看病，再说我也没大病。小病虽然去家庭医生那儿不用挂号费，所有化验和检查费用都免费，但小毛病没"资格"住医院，家庭医生开的药都要自费（每个人都有固定的医生，由他们按患者需求转院治疗）。这样一想，我又有一些心理不平衡，我享受的免费医疗还不到我缴付税收的百分之一呢。但不一会儿我就想通了，为社会大家庭做些应有的贡献也是应该的嘛，自己不生病就是最大的幸运和幸福！

哦，我还想提一件事，其实，虽然医院以外的药费要自理，但医疗卡为持卡的公民已经补贴了医药费。因为没有报销制度，所以公民不去理会每一种药物国家究竟补贴了多少钱。能负担的就自己负担，没能力的向政府申请补助。当然，没有医疗卡的价格就相对贵一些，有的贵一两倍。但没有医疗卡的人毕竟是极少数的，因为有合法居留权，就有医疗卡。只是牙医非常贵，要自己掏腰包，动辄上千上万元。不过丹麦有扶贫政策，"穷人"都可以得到补助，孩子18岁之前，看牙医是免费的，所以人人都不用担心。

好在每年十月的第一个星期二，丹麦议会在暑期结束后正式上班。179位议员的头等大事是讨论明年的国家开支究竟怎么规划和分配，说白了就是税收应该征收多少才能达到大家认可的高福利水平。丹麦有个电视台，天天播放议会上各党的辩论，在修改草案和提案时，我们百姓都可以听他们的争论。打个比方，某个党派出了个点子，想为在家的老人增加免费服务的次数，可钱从哪里来呢？是减少国家军费呢，还是减少对世界难民的援助费用？假如国家不能再向全国百姓提高税收的话，那就只能拆东墙补西墙了。也就是说，有一个地方要增加费用，必须有另一个地方减少费用。

　　这就是为什么各派针锋相对的缘由。这一系列问题每年会摆在桌面上，各派唇枪舌剑，针锋相对，"拉帮结派"。当多数派取胜，政策出台后，百姓也只能乖乖地遵守了。

夏日的跳蚤市场
Kræmmermarked om sommeren

　　不热的夏日带给人们特别好的兴致，也给跳蚤市场带来非常好的生机，这已经成为丹麦人民的一种社会娱乐活动。近几年，各个城市和地区的室内旧货店也层出不穷，每星期都开放，丹麦人不仅仅是去旧货店买古董，很大一部分人喜欢买旧的日用品、旧家具和旧衣服。以前妇女们对旧东西感兴趣，现在男士们还有小孩子，也对这些感兴趣。跳蚤市场有大大小小的露天货摊，这里不仅满足人们收集古董、旧玩意的嗜好，也给青年和小孩子带来欢快的时光。学校放假了，真正地放假了，没有暑假作业，不用去想作业，年轻人来到跳蚤市场，有吃的、玩的、喝的，很是开心！

渔港小城宁静的海边

在哥本哈根以东的阿玛岛（Amager）上，有个典型的北欧风情渔港小城叫龙岛（Dragør）。Drag 是龙的意思，ør 是岛的意思。这意味着，大自然赋予小岛威武的龙体，可实际上，这里和其他海滨小城一样，在历史上没有经历过破坏性很大的龙卷风。眼前是一片宁静的海水，常常有人骑着自行车来到这儿坐上一会儿。噢，这里会使你忘掉平日繁忙的工作，这里会让你感到海水的宽慰！

一只只白色的海鸥如同小孩子一样在戏耍翱翔，一幢幢小屋如同亲戚朋友一样紧紧相连，一间间特色的小店如同小孩办"家家酒"一样精致。几百年前的渔村有着它特有的妩媚；厚厚的稻草屋上露出一个半圆形的窗户和一排针尖一样的小木桩；一幢紧挨一幢的小屋墙外都种植着高高的芳香花卉；狭窄的小街和石子路曲曲弯弯，四通八达，它将人们带到了不远处一望无际的大海。

童话般的小街和小屋

许多人坐在海边餐厅外，面对眼前一艘艘停靠着的游船，吃上一条新鲜炸鱼，喝上一杯现煮咖啡，买上一个冰激凌球，瞧上一会儿小鸭戏水，这里是一派夏日的景象。

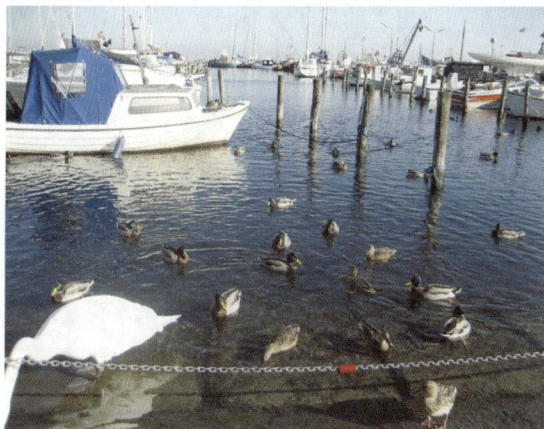

海边餐
厅外的景色

　　离渔港小城不远的地方，每年夏天都有大型跳蚤市场，今年也不例外，我很少会错过这样的机会，既可以去海边餐厅吃新鲜的炸鱼，又可以去跳蚤市场上看看瓷器等小玩意。我刚到这里时，就在远处长凳上见到了一对熟悉的年老的身影，老太太红色的上衣如同一朵鲜艳的玫瑰花在蓝天下开放。

　　"嗨，卡林尼娜，好久没见面了。"我迎了过去。

　　"是啊，将近三年了吧。"

　　"今天太阳这么好，瞧，海水变得多么蓝。"我兴致勃勃地说。

　　卡林尼娜下意识地站了起来，望了一下脚边蓝蓝的海水，她回过头来，张开双臂，抱住了我的肩膀，用脸轻轻贴了贴我的脸颊。她身旁的老头儿也赶紧站了起来，他笑嘻嘻地向我伸出了他的右手。

　　"你好，皮德森，你们今天这么好的兴致，开车到这里来的？"我开口问道。

　　"哦，你不知道，她出生在这里，这里有她家乡的水，不是吗？"皮德森指着海水看了看身边的她说。

"想不想一会儿开车到我出生的房子去看一看？"卡林尼娜的两眼忽然放出了光彩，红衣服使她有着不少皱纹的脸上泛出一点点红晕来。

　　"好啊。"我不假思索地说。

　　"我们先和维理一起去跳蚤市场吧，就在不远的地方。你和维理一样，喜欢看跳蚤市场的东西，这些东西，你是百看不厌的。"皮德森又看了她一眼，笑着打趣地说。我听了也笑起来，说真的，我真是很喜欢到这种市场来凑热闹。

　　我想起了卡林尼娜家里有着大大小小一整套的皇家瓷器餐具。我想，要凑齐这几十件器皿，她一定不知去了多少次旧货市场，也许花了她一生的精力。不过，皇家器皿可以在步行街的皇家哥本哈根商店买新的，一套漂亮的咖啡杯或茶杯1600克朗左右。新的器皿要比旧的贵上好几倍。要识别是否是皇家瓷器，只要看一下底部是否有"Royal Copenhagen"（皇家哥本哈根瓷器）的字样。除此以外，还有三条曲线代表丹麦三条海峡的标记，还有数字，可以知道生产年代。（见第一集《皇家瓷器的典雅》）

　　我们开车来到了跳蚤市场，路边的草坪上早已整齐地停着几排摩托车和自行车，醒目的儿童风车在蓝天下已经带动着整个跳蚤市场转动起来。一股烤香肠的气味顺着轻风飘扬在草坪的上空，欢快的马儿跟着年轻的姑娘们闻到了青草的清香，童车中的婴儿咧开了嘴跟着母亲在阳光下打转转。近年来，丹麦人越来越喜欢这种跳蚤市场，这种露天市场一般都在周末举办，所以常常是全家老小一同出动。而炭烤香肠呢，是少不了的。

　　今天丹麦人好像突然从泥地里冒出来似的，都集中在这里，好热闹。平时在郊外常常见不到人影，今天姑娘们也到这里来又吃又喝的。古董和旧货吸引着许许多多人的眼球，便宜的新货也让人们停下脚步慢慢地寻找，大家都在寻求、欣赏和收集。

摊子上的古董和旧货

卡林尼娜特别高兴。她不时地伸出手握住皮德森的手，而他的手臂轻轻搭在她的腰间。我这才注意到七十出头的卡林尼娜仍然有着一个吸引人的好身材。

卡林尼娜在三年前才认识皮德森，她的丈夫十年前去世了，她一个人孤单地守着一套三间带室内大阳台的公寓，家里虽收拾得有条有理，但孩子们都有了自己的家，空空荡荡的屋里少了一个说话的人。皮德森比她大几岁，头发几乎已全部花白。自从十年前太太突然死于肺癌后，他曾经开过玩笑说不再娶老婆。我每每听到这句话，就会开玩笑地问皮德森为什么不想再找个太太。他嘴边露出抑制不住的笑意，说，天下妇女都一个样，管头管脚吃不消。不过他也守着一套三间的公寓，天天对着前妻结婚时带过来的一套欧洲古典家具，也没有人说话。

我们找了个地方坐下来，前后左右的人差不多都在喝啤酒，卡林尼娜却要了一杯可口可乐。皮德森不能喝啤酒，因为要开车，但他眨了眨眼睛说，按他的体重喝一杯啤酒不会有问题。再说两个小时后，体内的酒精也会所剩无几了。

喝饮料吃小吃的人们

当我刚喝了几口啤酒，还没来得及环顾四周的时候，卡林尼娜忽然很平静地对我说，他们两个人已经搬到一起住了，他们找到了一套更大的公寓。我有些吃惊，因为我记得皮德森说过，他死也不离开他的公寓，那里又便宜又方便，有朝一日老了不能开车了，公共汽车站就在弄堂口，三家超市就在家对面。

我笑着打趣道："皮德森，你不是说死也不搬家吗？你原先的公寓那么便宜，又在市区，怎么现在……我看，以后你是没有机会搬回去喽！"

"我说过吗？我真的说过吗？"他装傻似的笑了笑。

"说正经的，你们什么时候搬到一起住的？" 我问。

"一个月之前。" 他看了看卡林尼娜说。

卡林尼娜微微张开了她的薄嘴唇笑了笑。今天她还抹了一点儿淡淡的口红，灰白的短头发好像也烫了烫。她看上去比我三年前遇到她时要老些，也瘦些。

我瞟了皮德森一眼，脑子里还在想他说过的死也不搬家的那句话。我心里默默地想，他在人生最后的一段路程里，突然改变了主意，看来他一定很喜欢她。不过，现在是连一点儿退路都没有了！庆幸的是，能够在人生的终点前找到一个好老伴，也算是他们俩有缘分吧。不远处传来的弹奏声使我们不由自主地走进了帐篷，嘉士伯啤酒的广告旗挂满了整个帐篷。这也算是欧洲风情，不管有什么活动，总是离不开啤酒。可卡林尼娜又只要了一杯可乐。她对着我刚想说什么，却没发出声音来。

只见有几个人在场地中央开始跳起舞来，戴草帽的小姑娘正缓步走过来兜售帽子，一群人穿着传统的渔民服装跳完了民族舞正在留影。

此时人们忘记了烦恼和孤独，只感到自己是欢乐人群中的一个。可卡林尼娜却好像感到有些累了，她微微将头靠向皮德森的肩头，皮德森张开一只手臂将她紧紧地搂住。乐队开始休息了，卡林尼娜却开始了她人生中最难开口的话：

帐篷内兜售草帽的小姑娘们

"对不起，维理，我，我累了。"她用眼睛望了一下我说。我这才注意到她脸上欢乐的神情已经消失了。

"我刚才没有告诉你，我得癌症了，没想到，我们刚搬到一起住才两个星期，我就发现，我……"卡林尼娜忽然鼓足勇气对我说。

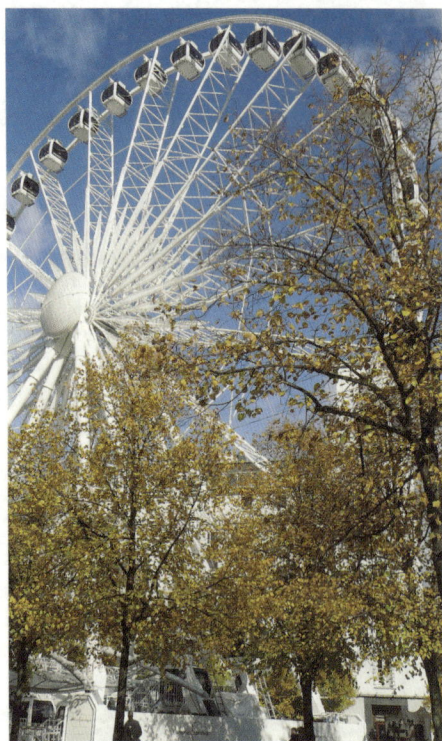
不停转动的风车

她的眼眶里含着即将涌出来的眼泪，这是一串没有掉下来的眼泪，使她人生中最后的一段路程变得模糊不清。

"哦，我很替你难受，什么时候做手术？"停了好长一会儿，我才挤出这句话。

"已是晚期了，医生说没法做手术，要化疗。"

"哦……"我拖了好长一个音节，不知说什么话好。

我看了看眼前兴高采烈的人们，在心中对卡林尼娜说："卡林尼娜，你很坚强，你没有流泪。可我知道，这有多么难，看着人们享受欢乐的人生，你却要对他们说再见。"

"哦，你会好起来的，明年夏天我们再到跳蚤市场来。"我看着她，终于找出了这样一句话来安慰她。

卡林尼娜留恋地回头望了望不停转动的风车，好像在说： 再见，人生的风车！ 不知我能否再一次在你的怀抱里，高高地眺望这美好的世界？

半年以后，我得到消息，卡林尼娜已经离开了人世，我没想到她走得这么快！那天她看上去还很健康，我甚至不相信她得的是不治之症，可是现在她已经远离我们而去。我想起了她回头眺望不停转动的风车的眼神，我甚至想起了我安慰她的那句话："明年夏天我们再到跳蚤市场来。"

记得那天皮德森告诉我，他们俩是在病房里结婚的。有一天，皮德森问卡林尼娜，她有什么愿望，他会尽量为她办到的。没想到卡林尼娜说，她想结婚。哦，这是临死前的一位老太太的遗愿吗？我听了感动了许久。不过我想，这不是因为她梦想一个浪漫的婚礼。卡林尼娜不是没有结过婚，她有过一段四十年的婚姻，还生有一个儿子，她在年轻漂亮的时候经历过浪漫的婚礼。再说，在医院病房结婚也没什么浪漫的。那她为什么要在临终前完成婚礼呢？还要兴师动众地请来医院里的牧师为他们完成婚礼见证。皮德森目不转睛地看着我继续说道，卡林尼娜想的是解决实际问题，因为结婚后，皮德森就可以名正言顺地继续住在他们两个人刚搬进去一个月的新家，而这个新的大公寓原来是卡林尼娜的儿子买下来的。卡林尼娜的儿子念着皮德森和他母亲的一段短暂的共同生活，愿意让皮德森居住下去，当然是租给皮德森使用的。

卡林尼娜去世后，我去拜访了几次皮德森。走进公寓，一切都没有改变，屋子里仍然是那样干净，卡林尼娜收集的皇家瓷器还是摆放在柜子上和玻璃橱柜里，我感到皮德森每天生活在有卡林尼娜的生活之中。

哦，多善良的一个老太太！多好的一个儿子！他们没有把皮德森赶出门。再说，皮德森也无法搬出去，因为皮德森和卡林尼娜已经搬到一起居住了，皮德森没有孩子，他把住了几十年的房屋退还给了房管部门。他没有一个属于自己的房子，对一个老人来说是件心酸的事。当然他可以向私人租二手房，但，那不是他自己的家。皮德森年近八十岁，但身体还很硬朗，他还不想住进养老院。

我想起了不停转动的风车，我在心里喃喃地说："人生的风车啊，你为什么不能再带卡林尼娜眺望一下美好的风景呢？卡林尼娜是多么希望能再像小时候一样，坐在你的怀抱里看世界呀！"

我想起了不停转动的风车，我在心里喃喃地说："再见吧，卡林尼娜，你是一个善良的人，希望你一路走好，我们都会想念你的！"

被动安乐死　Passiv dødshjælp

2008 年一项调查结果显示，有百分之七十的丹麦百姓是支持积极安乐死的。虽然积极安乐死在丹麦目前还是禁止的，违者将按刑法第 239 条惩处，但是积极安乐死的趋势正在不断蔓延开来。一位荷兰医生在 2011 年曾经在病人自己的要求下完成了对他的积极安乐死援助。英国也有医生这么做过。目前，积极安乐在有些欧洲国家已经开始合法化了。

可是被动安乐死是不是早已在丹麦成为医院心照不宣的行规呢？我不敢下定论，不过我的怀疑不是没有依据。那是 1997 年，我母亲被送进医院，今天想来，我还是觉得这似乎是医院采用了被动安乐死。

事情还得从头说起。

1997 年，母亲不幸在家摔了一跤，住进了一家大医院。这家医院修建得非常美观，走进医院如同进了一家颇大的研究中心，也像是一所世界有名的大学。站在远处看整个医院，无法一目了然，因为看到的只是正面的一个入口。左右两间小屋像是以前的门房，可这里没有围墙和大铁门，周围都是民房，仅仅隔一条马路。

没有围墙和铁门的医院

　　从人行道上走近主建筑——一个三面包围的建筑，也没有围墙和门房。我这才注意到半圆形的玻璃门窗上方外墙上刻有"København Amts syghus"的字样，即哥本哈根大区医院。因为这家医院坐落在根措夫特（Gentofte）市，所以也叫它根措夫特医院（Gentofte hospital）。走近了，玻璃门会自动打开，进去后又见一栋大楼，与主建筑的建筑设计风格一个模样，是姐妹楼，只是更大更壮观一点儿。进去了以后，一栋又一栋的建筑，有的是旧建筑，有的是新建筑，从各个方位都可以进入医院，而且都没有围墙和大铁门。

没有围墙和大铁门的医院主建筑

我哥从美国赶来探望母亲，一见到如此优美的环境，心里就感到无比的安慰。每一次在医院大院散步的时候，他总是会喃喃地赞许说："这里真美，像一所世界著名大学！"不错，看了该医院的介绍，才知道这所医院本来是哥本哈根大学的一个教学医院。除此之外，它负责着周围地区125000名居民的医疗和保健。

　　一星期前，医生说母亲要做手术，换一个人工股骨，这种手术医生每天要做好几个。我非常庆幸母亲能住进环境这么安静优美的医院，更使我心满意足的是，不仅住院费分文不收，而且一日三餐都免费，使我感激的是，连我的伙食都是免费的。医生说手术很成功，可是，在不到一周的庆幸后，不幸的消息传来，母亲手术后忽然发现脑血栓，半身瘫痪。本来医院的物理治疗师已经开始帮助母亲锻炼慢慢挪步，我乐观地想着母亲很快就要出院了，可现在却出现了生命危险。我哥急着从洛杉矶飞过来，我们兄妹俩站在母亲床边，我抓住母亲的手在她耳边轻轻地说："妈，我哥来看你了，他就站在你旁边，你知道了，就捏一捏我的手。"母亲紧紧地捏了两下。我们一下子惊喜起来，她是有意识的！我哥也抓紧母亲的手，母亲又尽力捏了两下手，我们心里像点亮了一盏明灯，我们看到了希望。

　　自从手术后，医院就破例给我提供了一间单人病房，让我能住在医院里。也许他们以前很少治疗外国病人吧，觉得我在旁边比较好一些。我从心底里百般感激医院的医生和护士。我白天黑夜都陪伴在母亲身旁，我不去大学上课了，考试现在对我来说都无关紧要了。看着母亲能用手抓紧我的手，感到她是有意识的，能表达自己的想法，其他一切都不重要了。

　　母亲单独一人住一间病房，我在医院已经住了三个星期。每天早晨，两位护士来清理房间，她们一进门就打开两扇窗户，为母亲换床单、被单、换衣裤。母亲的床紧靠窗边，她穿着单薄的病服躺在病床上，被子全被掀开，每天折腾十多分钟。母亲不能说话，但有意识，我请求护士是不是能先将母亲的被子盖好再打开窗户，或者换好床单、被单后再打开窗户，可她们哪能听我的呢？护士从一间房到另一间房，忙得满头大汗，她们不会理会病人受冻会不会加重病情。丹麦人从小就不怕冷，他们每天从冰箱里直接拿冰水喝，啤酒也要喝冰的，而我们的生活习惯是保暖、喝热饮料。我担心地看着护士，只求她们赶快干完。以后几天，护士清理房间的时候，我就被拒之门外了。母亲感冒发烧越来越严重，呼吸用氧气机。

我坐在走廊椅子上，等护士在里面换床单。想到母亲在病房里受冻受冷，我无法保护她，眼泪不由自主地像两条长线似的不停地往下淌。一位护士轻轻坐到我身旁，和气地说："你不能在别人面前流眼泪。"她接着说，丹麦人从小教育孩子流泪时要背着人，不能在大庭广众哭出声响来。可我心里好痛，眼泪止不住地流下来，我强忍着，没有哭出声音来。从那时候起我才知道，在旁人面前无声的哭泣也不是一个好表现！

我开始对丹麦的医疗观念和护理方法产生了看法，这种不顾病人的身体状况，一味追求清洁的做法，是为了达到医院的清洁指标呢，还是为了病人保持清洁无菌呢？我觉得他们这种做法是适得其反，对一个垂危的病人来说，有效的治疗才是真正的关键啊！我担心的是，医生是不是在努力抢救母亲？我不太清楚。虽说丹麦的医疗技术和清洁环境可以说是世界一流的，但说到抢救病人的观念却和我们的观念不同。

三个星期后的一天，一位男医生和一位女护士让我去办公室谈话，我就觉得情况不妙。那位男医生对我说，我应该有我的前途，我应该去大学继续读书，他们决定不再对母亲进行治疗。这是因为，即使母亲以后出院，她的生命也是一种无价值的生命，任何事情都不能自理，她半身瘫痪了，而且她现在对自己的存活全然无知觉，这样对她自己、对社会都没有益处。最后的一句话是，医院不准备再给她吸氧气了。我吃惊地望着医生。我强忍着眼泪对他说，我相信医生治病救人的职业道德，我不相信医生真的会拔掉氧气管，见死不救。说完后，医生说我应该回家去睡觉，不能再住在医院里了。

第二天清晨四点半，护士打来电话，说母亲去世了。我简直不能相信，医生真的说到做到，把我"赶"回家，拔掉母亲的氧气管！我反复回味着昨天医生的话，我在想，有一句话也许是医院的真正医疗方针，即：瘫痪病人给社会带来很大的经济负担和社会负担，特别是区政府对老人的护理和养老院的一切开支会很大。他虽没往下说，但我能理解，他是想说，这些钱都是出自纳税人的腰包，我们是否应该把钱用在更需要抢救的人身上呢，还是让病人痛苦地承受各种抢救？他最后强调了一句，这是为了减轻病人无谓的病痛折磨。

不管怎么说，我心里的不满是可想而知的。怨恨之余我想起了护士们，想起了她们微笑的脸，想起了她们有时候轻轻抚摸母亲苍老的手的情景，这曾经打动过我无数次，我心里这才有了一丝安慰。

过了一个星期，一个大信封丢进了门洞，打开一看，原来是医院的上级部门给我们家属的评估表。这是丹麦的医疗制度给予每个死亡家属申诉的权利。我对着这一厚沓纸，体会到了丹麦社会法律保护百姓的优越性，心里憋着的想法终于有地方可以申诉了。我虽然心中积聚着千言万语想说出来，最终还是选择了作罢。因为上诉得打一场持久战，丹麦虽然有多如牛毛的法律条款和相对合理的法庭程序，但是少则一两年，多则几年的上告和上诉，以及让人筋疲力尽的相关事务使许多人只能放弃这种权利。

我每天回家看着母亲以前坐的那个躺椅发呆。三间空空的房间，那样空，那样冷。房间虽然有暖气，但心里的冰凉感觉是无法用言语来描述的。我找到了母亲的社会顾问，咨询政府究竟能在经济上资助我多久，我什么时候应该搬出去。顾问说，我可以继续住下去，区政府不会因为母亲离世而削减我的房租补贴，这就意味着，我仍然可以一个人住90平方米三间房的一套公寓，而且，我可以继续拿国家每月3000多克朗的房租补贴，我心中不由得又感激起丹麦社会来。我一个大学生，能拿国家每月3700克朗的学生助学金（2013年标准为5753克朗），还能有房租补贴，还有什么不满意的呢？我对顾问说，我很感激他，不过我还是想早些搬出去，因为这里有我太多的回忆，我每天都很伤感。

离开了大公寓，我搬到了一套两间56平方米的小公寓。每天晚上回家，我会急急地往窗外对面一幢花园洋房的窗口望去，只要那里的灯亮着，我心里就感到了一丝的安宁。以后每一天，一踏进家门，我就会往那扇窗户望去。哦，有亮光！他（她）家有人，只是不知是谁住在那儿？是男的、女的、老的、少的？哦，我不是一个人在这个世界上！我心中感到了一阵温暖。虽然我不知道那里住的是谁，但那里有一盏亮灯，在黑暗中照亮了我的心扉。冬天，早上六点半天空仍然是一片漆黑，我起床后，总是急急地去看对面的那盏灯。哦，灯亮着，他们也早早起床了，我对自己说。我看到了一个影子在窗前忽隐忽现的。有几次晚上回家，没有见到那盏灯亮，窗户里是黑洞洞的，我的心一下子焦躁不安起来，我时不时地看看那扇窗户，希望那盏灯会马上亮起来。

母亲虽然常年患有高血压和糖尿病，但这种"富贵病"已经非常普遍，她不应当在 78 岁就离世的。虽然十多年过去了，我也早已搬了家，可我常常会想起对面窗户的灯光，我曾经对我先生 Finn 讲述过这个真实的故事，他听了也很伤感。有时候，他会常常提起这个故事，因为他说，这个故事深深地打动过他。

时隔那么多年，每当我想起医生拔掉氧气管的建议，仍旧不能接受。我想，这家医院的这种做法是否是一种被动安乐死呢？他们在病人生命的尽头，不采取千方百计积极抢救的措施，而是让病人死亡加速，这种做法多年来一直是有争议的。我不能断定这是丹麦医院普遍的医治观念呢，还是个别现象。

不过有一点我相信，医院不全力以赴抢救，不是因为我们是普通公民。丹麦医疗部门开后门的现象没有在媒体报道过，为特殊群体使用贵重药物或者拖长住院时间，也没有被揭露过。我现在对丹麦医疗理念的理解是，丹麦社会和百姓对生命的延续和抢救的观念和我以前的想法有所不同。他们普遍认为，生命的质量是广大公民追求的，而没有质量的生命是没有意义的，特别是，当各种病痛折磨一个病人的时候，当各种医疗方法不能挽救病人生命的时候，多数人认为，应该结束他们的痛苦，给他们一个体面的和有尊严的离世。

这不由得使我想到皇家的三起病逝事件。第一位是女王的父亲，国王弗雷德里克九世，他于 1972 年病逝，享年 72 岁。第二位是女王的母亲，她于 2000 年病逝，享年 90 岁。他们俩都在病后很短的时间里去世，没有经过长期的住院治疗。第三位是女王的丈夫，也只在国家医院住院一星期，2018 年 2 月，皇室宣布他已经安详地离世了。说起他的身体，有过一些疾病，脚被开过几次刀，但没有致命的疾病。他一个人去埃及旅游时还是好端端的，但一星期后感觉身体不适，就直接飞回丹麦住进了医院，享年83岁。想到老国王夫妇和他们的女婿的整个医疗过程，我的心平静了不少。

随着时间的流逝，虽然人们的思想已经转变了许多，可是目前，丹麦在法律上还是禁止积极安乐死。前些日子，有个丹麦家庭专程去荷兰为父亲完成了积极安乐死，这又一次引起了各家媒体广泛的争议。2018年9月，有位退休的医生被判了四十天的监狱服刑，缓期执行。因为他在网上为三位病人提供了一个网站，并指导病人和家属安乐死的方法，结果两个病人成功死亡，一个病人没有死成。

可是同样在最近，电视台早间新闻采访了一位喜剧演员，他在父亲最后住院的日子里，和母亲一起把父亲的氧气管拔掉了，当然他父亲很快就离世了。他之所以这样做是因为，他认为父亲本来就已经死了，只是用仪器在维持他的生命，他一方面是解救父亲的痛苦，另一方面也减少了社会医疗资源。电视台请他来说这段故事丝毫没有责怪他的意思，相反，因为他在父亲故世后不久，把这段经历编成了喜剧段子，在台上演出了，台下观众居然还不断地发出笑声。我看了这个采访和他台上表演的片段，真是有些五味杂陈。当然，他父亲的故世比我母亲晚20年，社会反响是不一样的，不过，病情是一样的，也是脑血栓后出现半身瘫痪。

看来，今天人们对被动安乐死已经容易理解和接受了。我在想，这种被动安乐死，以后会被更多的人所接受，积极安乐死则会在丹麦社会逐渐地合法化，只是时间早晚而已！

生父、亲子和养父
Biologisk far, søn og adoptivfar

2010 年我接受了一份新工作，要到哥本哈根南部地区省政府家庭民政部当社会顾问。省政府在尼克宾法尔斯特（Nykøbing Falster）市。该市建造于中世纪，原先是一个古镇。从这里到丹麦边境小镇勒兹比（Rødby）有 40 公里，到盖瑟（Gedser）仅 23 公里。从这两个小镇坐渡船到对岸就可以到达德国边境。可我家住在哥本哈根市区，离尼克宾法尔斯特有 110 公里。想到每天起早摸黑坐车到离德国不远的城市去工作，我就很担心。来回要花四个小时，我不知道如何打发时间。

可没想到，今年的冬季却给我带来了意想不到的美好享受。每天清晨，当太阳在一大片田园上空冲破模模糊糊的晨雾时，我就忘记了这漫长的旅程。一些高高低低的树如同摇篮把农屋围在怀中，童话般的烟囱上冒出了袅袅的炊烟。 二月下了好几天的大雪，天刚蒙蒙亮，我就坐在暖气开得热烘烘的车厢内。只见一片片白白的农田和屋顶"嗖嗖嗖"地飞过。

阳光在田园上空冲破了晨雾

当夜幕早早来到人间的时候，一幢幢房屋在一片白色中亮起了暖暖的烛光，很多家庭还留着圣诞节各种各样漂亮的星灯，烛光和星灯带着我一路走进了想象中的一个个温暖的家庭。可我知道在这些温暖的屋子里也唱着使人伤感的曲调——一种贫困国家的人们没有听到过的另一种悲泣。

到省政府工作已经好几个月了，每天一踏进办公室，就见到桌上一份份申请书，我就会想起田园中一幢幢白色屋顶的农屋和别墅，当我打开申请书仔细翻阅的时候，就"听"到了从申请书中飞出来的辛酸歌声。

这是一位父亲痛苦的表白，让我们叫他 N 吧。我没想到他给我们办公室的人写了好几封动情的申诉信。他写道：

"亲爱的安娜顾问：

当我今天写下我儿子马丁的名字，我无法抹去伴随着我十几年的心中深深的痛楚。我有一个儿子，但我没有机会像其他父亲一样给他一个问候的拥抱。虽然我一直想方设法和他在一起，但我的前妻对我的投诉得到了区政府的同情，我成了一位殴打儿子的坏父亲，不仅如此，我还被说成是吸毒者和酗酒者，儿子在他

6 岁时判给了母亲，和他继父生活在一起，我失去了抚养权。

今天你们又给我带来了一个更不能接受的事实，我儿子的继父申请政府批准领养我的儿子。你们说，丹麦的法律有规定，假如生父 8 年没有和孩子见面，而继父和我儿子生活了 3 年以上，就可以在法律上正式领养我的儿子。难道你们看不出来，这是我的前妻蓄意编造的罪孽强加在我头上吗？她的目的就是把儿子和我的亲情割断，不是吗？"

这是 N 写给处理这个事情的顾问的申诉信，看到这里我不得不停下来深深地吸一口气。一个月前我开始处理一份又一份领养申请，想不到会读到这样一个令人痛苦的故事。我看了一下窗外明媚的阳光，我的精神这才放松了许多。我不由得回头望了一下 N 写得密密麻麻的五张纸，我不知道怎样才能看完它。这不仅是因为他写得长，更是因为他痛苦的每一个字使我看到了世界的另一个侧面。现在大家都用电脑打字，他却还手写这么多字，也许他认为这能够反映是他亲笔写的，这里面有着他对儿子真诚的爱。

我走出办公室，在自动咖啡机里倒了一杯咖啡提提神，浓浓的咖啡香气伴随着我来到了我的想象世界，我仿佛看到了他乱七八糟的头发和像板刷一般的灰白胡子，一个站在中心火车站外面拿着啤酒瓶的失业者。

我回到办公室后一个人静静地又翻阅起这几张白纸来，我好像又听到了他颤抖的声音："我怎么也不会忘记，当我亲手抱着才几个月的儿子在神圣的教堂里给他洗礼时，神父问，你给他取了个什么名字？我骄傲地说，他姓我的姓——Nielsen，叫 Martin。难道这不是一个庄严的宣誓吗？"

N 没有到此结束他悲哀的述说，他忏悔地写道：

"几年前，我做出了我一生中最错误的决定，我停止了和儿子间少得可怜的会面机会。

我知道法律保护孩子的权利，我作为生父必须每月给儿子国家规定的抚养费，这个我也认了，但省政府做出决定，我的探望权是每星期两个小时，而且还要在有政府工作人员在场的情况下让我们父子会面，说是因为我曾经在儿子很小的时候揍过他。那位儿童心理顾问还在记录中写，儿子在与我会面后情绪紊乱。我抗议这种有监视的父子会面，所以停止了这种会面，也停止了支付抚养费。我很后悔……我希望儿子长大后能听我述说我心中对他的爱，也希望他理解我这位父亲所受的侮辱。今年他已年过 18 岁，我没有放弃我最后的一丝希望……"

哦，可怜的 N，我开始同情他，他为什么每星期只能和儿子待上两个小时？我知道按常理是可以在星期五下午去接孩子，然后星期天下午或晚上把孩子送回前妻那里的。当然，如果夫妇双方没意见，随便住几天都没关系。桌上的咖啡已经变凉，我喝了一口，很不是滋味。苦苦的味道使我尝到了 N 的痛苦。我现在想象着一个年轻潇洒的 N，穿着西装，戴着领带，笑容满面地站在神父面前，手中抱着一个披着白纱，闭着双眼的小婴儿。轻轻的白纱犹如一张飘扬的白帆，一年四季冬去春来，它将带着年轻父母的希望飘扬在宽广的海面上。

可 18 年过去了，N 没有在蓝色的大海中和儿子、妻子共享欢乐，他在大海上孤零零地漂泊，他在狂风暴雨中不停地挣扎，他手中的白纱已经随风飘去，越飘越远。

当我终于看完他写的长长的几页纸后，我开始整理我们审批此申请的所有材料，连一张小纸片都没有放过，我在想，不知他儿子马丁有没有在同意领养的声明上签字呢？丹麦法律规定，如果被领养的孩子年满 12 岁，一定要让孩子自己表态并签字。我很快翻到了那张声明，我开始默默地读了起来。

马丁短短的叙述使我听到了这个真实故事的另一个侧面，这是马丁用电脑打的字，纸上面还有他的亲笔签字，字里行间清晰地述说了他小时候的不幸生活。

"今年我已 18 岁了，我虽记不起我生父长什么样，但我还能记得我小时候被他打的事情，我真恨他，我常问耶稣，我为什么会有这样一位父亲呢？但那时候，当省政府儿童顾问问起这件事的时候，我又无法告诉她这些，N 毕竟是我的父亲啊。他不生气的时候还是我的好父亲，我们曾经有过欢乐的时光。以后许多年我就再也没有听到他的声音，也不知道他能不能记得有我这样一个儿子。

彼得，我从小叫他爸爸，我虽知道他不是我的生父，可我为什么要去想这些呢？我妹妹虽是他和我母亲所生，可他爱我和我妹是一样的。当我有一天问他愿不愿意领养我的时候，他流下了眼泪，他说他终于等到了这一天 —— 我向他提出这个请求。"

我看了看马丁签的字，好像看到了高高瘦瘦的他，有着微微卷曲的黄发和白嫩的皮肤，说话时有些腼腆的样子。我想象着他的模样是因为我曾经有过一个丹麦"黄毛"小伙子邻居。16 岁时他离开继父和生母，一个人在哥本哈根租了一间房间。说起继父，他并不开心，因为继父批评他不上高中也不工作，天天宅在家。记得有一次他忽然对我说，他有个生父和哥哥，但从来没有来往。他说话时很平静，看不出有半点伤感。我有些吃惊，没想到亲骨肉住在一个城市却从不来往。前几年，"黄毛"的母亲因癌症故世，没想到他却和继父成了好朋友，每年圣诞节都和继父一起度过。我总在想，假如他母亲在世该有多好，知道他和继父是好朋友，一定会心里很安慰的。

如今"黄毛"已变成了"灰毛"，却一直没有想过要去联系自己的生父和兄长。想到这里，我也悟出了继父母领养继子女的益处，他们毕竟每天生活在一起，是一个真正的家庭。不过我之前没有听说过生父、亲子和养父间的悲惨故事，虽然常常有小孩子主动告诉我，他们的父母离婚了，他们和继父母生活在一起，但是他们说话的神情告诉我，他们没有什么心理阴影。现在忽然听到了以前听不到的呼声，心情很沉重。中国有句古话："清官难断家务事。"今天，政府的官员就是清官，究竟孩子判给继父领养，还是拒绝他们的申请，真不是一件容易的事。

我没有多想什么，将所有的材料装进了一个大的档案袋内，包括 N 的申诉信和马丁同意领养的声明。这是我唯一能为 N 做的事，我按规定程序将他的申诉信向上级机构递交。当我寄出他的申诉信后心情轻松了许多，N 的故事将会由其他公务员去聆听，我相信上级机构会按法律条文正确处理这件事的。假如 N 的申诉被驳回，最终同意马丁被养父领养，我就负责给马丁颁发领养证明。虽然这个决定会给 N 带来沉重的打击，但是，我给了双方阐述他们理由的权利和机会。一张领养证书是人生的重要文件，我没有忽略每一个细小的环节。

我抬头仰望着窗外融化的冰雪，忽然想起丹麦电视台一年来一直在播的一个节目，叫《寻找失踪的脚印》。当年的一些越南、朝鲜等国家的战争孤儿被丹麦家庭领养，如今已经成人，但是他们没有忘却自己的出生地，千里迢迢回国寻根。虽然他们在丹麦的生活条件很好，有着疼爱他们的养父母，但他们还是想方设法去寻找他们的生父母。

　　想到这里，我默默地为 N 舒了口气。不管申请的结果如何，我希望 N 能冲破冬天海面厚厚的冰层，在海浪中扬起五彩的风帆。也许有一天他的儿子马丁也会像其他孩子一样去寻找他这位生父呢！

谁剥夺了她的生命?
Hvem tog livet af hende?

2011 年的一天,我走过一家报摊,一个醒目的报纸标题使我大吃一惊,有人在海里捞上了一具少女的尸体,警察已查明少女的身份。我一看照片,死者不就是那个"小造反"吗?!哦,活泼可爱的小姑娘,为什么有人那么恨你,在你刚走上人生道路、青春焕发的时候杀害了你?可怜天下父母心,不知她的父母没有她怎么活下去?

说起"小造反"这个群体,在丹麦还真有一些。我刚到丹麦的时候就隐隐约约感到了这个社会问题。我经历过一件事,至今还记忆犹新。

那是 1992 年,我在语言学校学习丹麦语。课间休息时,我们来自各个国家的学生坐在一起,老师带来了一些丹麦饼干和一个生日蛋糕,那天是老师的生日。坐在我旁边的一个男生来自伊拉克,坐在我对面裹着黑头巾的妇女来自黎巴嫩。我们边吃边聊,不知怎么谈到了孩子教育问题。因为我在国内是搞幼儿教育的,所以没多想就提了一个让中东人很恼火的问题,可是我当时一无所知,因为我活到四十岁才第一次走出国门。

"嗨,苏茜,你是不是自愿把头包起来的?还是你们的教规,你们的丈夫要求你这样做的?"苏茜的脸色一下子难看起来,她瞪了我一眼没好气地说:

"当然是我自己愿意的。"我看了她好长时间,忽然想起幼儿教育的问题,我鼓起勇气问:"假如你孩子长大了不愿意包头,你怎么办?他们从小在丹麦社会成长,我想他们接受了丹麦社会的思想意识,假如他们拒绝,你怎么办?"我压低了嗓门,小心翼翼地提出了我的观点。

让我没有想到的是,坐在我旁边的那位伊拉克男生忽然对我骂道:"你是笨蛋!"我被这突如其来的骂声吓了一跳,怔了一下,脑子里忽然间有千言万语无法表达出来。我不知道用什么理论能跟他辩论,我的眼泪从眼眶中慢慢地掉了下来,最后,我竟然止不住地抽泣了起来。我从来没有被人在大庭广众之下骂过,况且对方还是我的同班同学。

老师走过来轻轻地安慰我,她让我明白,也许我说的话击中了那位男生内心的焦虑,也许他已经遇到了家庭中两代人的思想危机。我觉得很委屈,特别是,这件事发生在言论自由的丹麦。

虽然这是发生在多年以前的事了,但对我来说还是"刻骨铭心"。不过我希望,经过这么多年,这两位同学可以意识到,在子女的教育问题上,有个重要环节是我们不能忽略的,那就是,怎样让孩子融入他们生活的社会中去。

今天报上登载的外国移民小孩"小造反"被害的事,就是一个活生生的血的教训。

其实,我和"小造反"有一面之交。1999年我刚从哥本哈根大学毕业,像无头苍蝇似的拼命找工作。我几乎每天坐在经济法律协会的电脑室里,和其他同病相怜的人从网上寻找招聘信息。和我一起找工作的还有一位中东小伙子哈里德。(见本集,"百姓故事"第三篇,《特别的酒吧》)他找工作找了4年,毫无结果,他说他知道自己所做的一切都是无效劳动，不过，即使没工作还能拿生活费，毕业生没有工作但是每月税前有一万六千克朗（税后将近一万一、二千不等），想想这一点还是很幸运的。不过他已经拿了四年失业救济金，到了最后限期，所以他现在是热锅上的蚂蚁。这个鼻子下留有小胡子的人幽默开朗，常常教我修改申请书寄到不同的单位去。

一个周末，他请我去他的朋友家做客，我们刚坐下不久，说话间，从里屋跑出来一个年轻的小姑娘，看上去十岁模样，假如不看她的黑头发，我还以为她是丹麦人。小姑娘活泼可爱。哈里德对我说，这个小姑娘的父母是他的朋友。小姑娘人小主意大，是家里的"造反派"，据说她和班里的丹麦男同学玩得很开心，读书不太认真。有一次父母教训她，她大发脾气说，我是政府抚养的，你们管不了，我爱怎么着就怎么着，可把她的父母气得半死。我知道"小造反"指的是丹麦给每个家庭的福利。丹麦孩子一出生，每个家庭每月可以拿到孩子的生活费 1700 克朗，随着孩子逐渐成长递减，到 18 岁为 700 克朗。可这真是好事变坏事，没想到吧，国家的好心，却助长了孩子的叛逆心理。

我看了一眼这个可爱的小姑娘，她全身上下穿着打扮都是丹麦服饰，说的是一口标准的丹麦语，原来她出生在丹麦。我不理解她究竟做了什么事使她的父母看不惯她。我嘴上虽没作声，但心里想，这难道不是她父母自己造成的吗？既然远离家乡移民到丹麦，说明他们向往丹麦的生活，但对孩子融入丹麦社会却很反感。吸取了上次的经验，我没有把心中想说的话说出来。我虽然很想说："你女儿出生在丹麦，她不应该入乡随俗吗？"但想了好一会儿，我还是忍住了。

我随意看了看女主人头上裹着的黑头巾。以前，我并没有想过裹着头巾的女子与其他人有什么不同。每个国家都有他们自己的民族服装，他们把自己国家的民族服饰带到丹麦来，给这个社会增添了五彩缤纷的气息。不过，我曾经不止一次地在内心问过自己，妇女把自己的头包裹得连一根头发都不露出来，有的甚至只露出两只眼睛，长长的黑袍直拖到地面，这是一种什么意识呢？可话到嘴边，还是没有说。哈里德见我没怎么作声，坐了一会儿就对主人说我们有事去办，就出了门。

　　有一次哈里德带我到了一家同性恋酒吧，这真使我大吃一惊。当他带我走进同性恋酒吧之前，我并不知道他是同性恋者。后来才隐隐约约听他说出了他的秘密，但是刚说出来，他就后悔了，其实，他也没有找到他中意的男人。我听了不禁笑出声来，他既没有男朋友，也没有女朋友，他只是思想上很开放而已。喝完咖啡，他又开车带我去了一家舞厅，可这家舞厅要晚上 11 点半才开放。我们终于等到了开放的时间，我才有机会体验了一下。假如不是他，我这辈子不会知道哥本哈根有同性恋酒吧，假如不是他，我也不会深夜去舞场，那里全是年轻人。我当时决定跟他去是因为我想写文章，想要有第一手资料。

　　我觉得我的中东同事完全融入了丹麦社会，不仅是融入，他甚至比丹麦人更"丹麦化"。有一天我好奇地问起他的家庭情况，原来，他的父母和兄弟都在英国，他十年前孤身一人到丹麦来是想上大学，读法律。如今他已经三十岁出头，一个人在丹麦生活自由自在，不过几年前他又回伦敦去了，我没有再见到过他。我真希望，来自五湖四海的人能没有隔阂地生活在丹麦的大家庭里，不过这只是一种愿望，生活往往不尽如人意。

那年的夏天天气特别好，一连好几天气温在三十度以上，沙滩上躺满了人。有一天，没有风，感到有些闷热。我抬眼一望，无意中发现东西方文化的显著差异。我们东方人撑着太阳伞，躺在阴凉的大树下，可西方人却几乎剥光衣服，躺着晒太阳。我笑着问旁边的丹麦朋友有没有发现什么特殊的现象。他说："没有呀！"我悄悄地指着远处树荫下的一群黑发人和一群戴着遮阳帽的日本妇女。他这才恍然大悟地笑了笑。他忽然问我，为什么这些人不愿意晒太阳？

　　"你不认为皮肤被晒黑难看吗？"我直率地问。

　　"难看？你觉得难看？"他不理解地盯着我。

　　"我们不喜欢晒太阳，因为怕被晒黑，我们觉得黑皮肤没有白皮肤好看。你没注意很多东方女子用粉底把脸抹得白白的？"我看他没反应，就接着说：

　　"我认识的一位中国姑娘嫁给日本人，她告诉我，假如日本妇女不化妆就出门，她们的丈夫就不喜欢她们，还说别人的太太多好看，脸白白的。"

　　"哦，真的吗？我们丹麦人认为皮肤黑黑的才好看呢，这是一种健康的美嘛。"他笑着说。

　　"所以你们都脱得光光的，不过你们丹麦男人比较保守，看，他们的短裤都到膝盖了，花花绿绿的，蛮好看的。"我也笑了。

　　我们虽然对这些文化差异都付之一笑，但从内心来讲，大家都希望差异能减少一点。东方人应该多晒晒太阳，西方人不要脱得那么光光的。沙滩上的差异只是一个小小的现象，近年来，生活中的文化差异越来越困扰丹麦社会。各区政府和团体常常举办外国公民与丹麦人一起的聚餐会，烧各个国家的传统菜，彼此交流各个国家的文化和语言。

可是差异是客观存在的，正在潜移默化地影响着社会。一想到"小造反"我就思绪万千，不知怎么能减少差异。没几天，听说警察已经有了线索，大家都庆幸很快就能找到凶手了。但谁会相信，警察怀疑的凶手不是别人，正是孩子的亲生父亲。见到"小造反"的父亲在镜头中出现的时候，我很难相信这样的人会杀害自己的女儿。他是一个戴眼镜文质彬彬的中年男子，穿了一套西装，还打了一条领带。此时此刻，就在警察抓着他的手臂的时候，瞧他这副样子，没有人相信他会做这么残忍的事情。

我心里为那位可怜的母亲痛心到极点，见到电视画面的刹那间，我已经回忆不起她的脸来，那天哈里德带我去的朋友家，原来就是"小造反"的家。我的呼吸沉重起来，失去孩子已经够悲惨了，谁能承受得了杀死孩子的凶手竟是孩子的亲生父亲！哪一个母亲受得了这样沉重的打击呢？当我还在为那位母亲痛心的时候，却听到电视新闻说，母亲也是犯罪嫌疑人，她的罪名是窝藏杀人犯！原来她明知丈夫杀女，不但没劝他去自首，还包庇他。

活泼可爱的"小造反"离开了人世，她只是一个花季少女啊，但她却走完了她的人生道路，她只活了二十个年头。她曾经是父母的掌上明珠，她曾经是一朵含苞欲放的花儿。如今一朵鲜花却早早枯萎了，此时她的父母，是否在狱中感到悔恨呢？

不幸按响了"陪读太太"的门铃
Uheldet bankede på hendes dør

　　我今天要讲的故事发生在 2012 年。

　　我认识了一位北京来的女士，那是一次不愉快的相遇，我认识她是因为她生了病，我被叫去为她当翻译。

　　幸运曾经是温暖的阳光陪伴着她来到了梦幻中的世界，可病魔如同可怕的鬼神追踪着来到了她温暖的床边。面对这突如其来的残酷现实，她虽然得到了社会最好的治疗和帮助，但是笑容从她的脸上消失了。

　　三十岁出头的北京杨小姐在来丹麦之前是个幸运的女人。她相貌一般，看上去很文雅。她幸运地嫁给了一个才貌双全的男人。幸运好像和她还很有缘分，好机遇就像海上的波浪，一浪高出一浪。两年前丈夫被派到丹麦大公司当高级技术员的时候，她也来到了丹麦当起了"陪读太太"。

　　到了丹麦，什么事都很顺利，六个星期以后，一张免费医疗卡就像是上帝的恩赐一样飘进了她的家，现在她既有丈夫的经济后盾，又有国家的医疗保险，没有什么事可以使她担心的了。有时候她感到很寂寞，她没工作待在家，不知如何打发时间才好。可是幸运之神在她来到丹麦以后忽然变了主意。在国内，有一段时间没有医保，她倒没有半点疾病，如今有了免费医疗卡，毛病却反而接踵而来。

　　我被叫去医院为她当翻译是在她来丹麦两个月之后。年轻的丈夫和她一起坐在椅子上等待医生叫号。

"您是翻译？"他们俩朝我看了一下问。

"是啊。你有病？什么病？"我看了他们一眼，随便问了一下。

一张秀才脸的丈夫看了我一眼，没有接话，沉默了几秒钟。我看了一下他身边的太太，她也没有反应，好像没听到我的问话。两个人既年轻又健康。大家沉默了好几秒钟后，太太张开毫无笑容的嘴巴，一股冷空气一下子吹到了我的脸上。

"医生说我得癌，是乳腺癌。"她说得很平静，没有悲伤的语调，没有盈眶的泪花，也没有绝望的神色。

可我被这突如其来的回答震得头脑嗡嗡直响，足足有好几秒钟我没有眨一下眼，也没动一下嘴唇，甚至没敢喘一口粗气。

她是那么年轻，看上去那么健康！我真想对她大喊"不会搞错了吧"！可我没有发出一点声音，好像一根鱼刺卡在喉咙，不知怎样安慰她。

我到医院里去当翻译，最怕翻译两个字，一个是"死"，一个是"癌"。我怕看病人惊恐的双眼，我怕他们号啕大哭。今天幸好她自己用了这个可怕的词汇。我知道丹麦医生不向病人隐瞒病情，这是他们的医疗观念，所以她对自己的病情一清二楚。

一个笑容可掬的白发医生忽然站在我们跟前，我们三个人慌忙站起身。医生伸出手和我们依次握手。

"我叫拉森姆斯，我是你的主治医生。怎么样，你已经决定手术了？"

"我听您的，医生，只是……"杨小姐想了想，停顿了一下，还是那张刻板的脸，眼睛死死地望着我说。我赶紧用丹麦语翻译她说的话。

"有什么顾虑，说吧。"

"医生，我手术后要做化疗，那我的头发，都会掉光吗？"她终于说出了憋在胸口难以说出的话。此时我看到了她忧伤的眼神，我知道，痛苦的眼泪正在从她的心底里冒出来，可她在极力克制自己。是啊，一个女人没有了头发，怎么能见人呢？我也是女人，我能理解她。我不由得朝她乌黑的不长不短的头发看了看。

"是的。不过以后会慢慢长出来的。"医生强挤着微笑，点点头，好像想起了什么似的接着说："我们会给你一个漂亮的假发套，你会比现在更漂亮的。"我知道他正在努力调节气氛，他的笑声在静静的房间里显得特别响亮。

听他这么一说，我们的神经放松了许多，可杨小姐脸上依然没有表情。

"我，我还有一个问题。"她看了丈夫一眼，脸上泛起了一阵红晕，没等丈夫反应过来，她又说：

"我能不能保留……" 她停顿了一下，又看了丈夫一眼。

"保留什么？"医生很亲切地看着她问，又朝着我耸了两下肩膀。他想起了病人不懂丹麦语。

"我的，我的乳头。"她睁大着一双期待的眼睛问。

"哦，这看来不行。"他摇了摇头。

"不过，我们会介绍你到一个专门的卖塑料乳房的商店，给你配一个假的乳房。"医生比画着。

"你也可以挑一个大的乳房，这么大。"医生接着又用双手放在胸前，好像抱起两个大西瓜一样。他笑着看了看她，又看了看我。我看着他滑稽幽默的笑脸，想起了现在欧洲许多年轻爱美的女子让整容医生在自己好好的身子上动刀子，装两个大得出奇的硅胶乳房，重得像两个铅球。

"是免费的？"杨小姐挤出几分高兴的神情问。

医生连连点头，他的双眼一直停留在她的脸上，直到她慢慢露出不自然的喜色。

大家站起来和医生握手告别，他握着杨小姐的手说："不要怕，现在做这种手术没什么危险，我们每天都要做好几个，放心吧。"杨小姐又挤出了几分高兴的神情。

我望着杨小姐慢慢远离的背影，只见她的丈夫伸出一只温暖的手，拉住了她没有血色的小手，她的步子是那样缓慢，头微微靠向丈夫的肩膀，脑袋好像很沉重。想来她是有千头万绪不知怎样才能理清楚。

半年后的一天，我在公共汽车上见到一个黑发女青年，她长长的直发披在肩膀下，刘海儿自然地盖住了额角，这个中国人好面熟啊。

"张翻译，您好，我是小杨啊，就是那个……"

还没等她说完我已经认出她来了，我想起医生逗她的话："你会比以前更漂亮。"我仔细端详着她的脸，真的，漂亮的长发使她变成了一个摩登女郎。

"噢，我差一点没认出你来，你的头发真漂亮啊！"我克制不住自己的惊讶，脱口而出。

"是啊，我也觉得。我以前一直不会打理自己的头发，花时间也没用，我的头发很硬，不听话。烫了头发吧，像个狮子头，不烫吧，像个洋葱头。"

"噢，是啊，和我的差不多。你现在的发型像个模特儿，很自然，你看我的头发……"我指了指自己的头发，极力安慰她。

"我有两个假发套，可以换洗，还有两个假乳房胸罩，也可以换洗。"

"真的？！丹麦医疗条件这么好啊，不要你掏一分钱？"我睁大着双眼问。

她点点头，话没说完，就到站了，她朝我笑笑说了声再见。

我看着她轻快下车的步子，生病的痕迹已经全然从她身上消失了，我相信她已经快步走出了鬼神给她画的阴森森的圈子，绚丽的阳光会像以前一样照耀到她的身上。

我为她第二次当翻译是在癌症心理门诊，这是我第一次见到她开心的笑容。她手拿一本妇女杂志，安静地坐在蓝色的沙发上。一位中年女医生微笑着握着我的手说：

"我叫安娜，是心理医生，国家医院把你介绍到这儿来，我们可以帮助你做很多事情。"

一听说这个医生可以帮助她，杨小姐脸上的笑容更加灿烂。

"医生，我现在最大的问题是……"

"我知道，癌症病人都有很多很多想法，很多很多痛苦，讲给我听听吧。"女医生望着杨小姐，等待着她叙述她忧伤的故事。

"我，我开了刀，拿掉了一个乳房…… 我丈夫说，这没什么关系，老夫老妻了，他不会嫌弃我……"她好像很累地在选择词汇，忧伤和庆幸的感受交替出现在她的话音里面。

"你没孩子？"心理医生打断了她的话。

她只是摇摇头，不想对这个问题多说什么。

"你们的性生活现在怎样，有什么问题吗？"

她盯着医生，只是摇摇头，不想对这个问题多说一个字。医生奇怪地看了她一眼，好像在说，那你想让我帮什么忙呢？

杨小姐又回到了她的忧伤中，痛苦一下子从心底冲了出来。好几个月了，她一直将自己的悲哀深深地压在心底，今天遇到了心理医生，渴望被拯救的心情使她揭开了悲哀的盖子，我第一次见到她流出痛苦的眼泪，浸透了她手中一张又一张纸巾。

　　"医生，我在中国是科学院的研究员，可现在，我一直没工作。"杨小姐擦了一下眼泪。

　　"噢，这个嘛，我没办法帮助你，再说你还在治疗中啊！"女医生将"门"关得很快。

　　"我，我不工作，老是东想西想的，我受不了。"杨小姐又开始抽泣起来。

　　"找工作嘛，可以找电话簿，上面有工厂、公司的电话，你可以打电话向他们问问。也可以写工作申请书，投简历啊……"

　　杨小姐本来抱着很大希望，以为心理医生会帮助她解决实际问题，可没想到只是空欢喜一场，现在看来，丹麦优越的医疗制度在某些环节上也只是停留在形式上。国家免费医疗卡支付心理医生每小时好几百克朗的咨询费，但他们好像只是带着耳朵听听你悲惨的故事。那位医生说没有办法就是没办法，不必多纠缠。

　　一个小时差不多过去了，女医生拿出了一本电话簿，说帮助她找找工厂和公司的地址，杨小姐真是哭笑不得，谁不会找地址呢？还要国家付那么多钱请心理医生来找？

　　几个月来，杨小姐本来已经渐渐从痛苦的深谷中爬了出来，如今一下子又跌到了谷底。没有心理医生，心理的忧愁已渐渐地消失了许多，见了心理医生后，除了使她回忆和叙述痛苦的病情之外，没有得到任何帮助。唯一庆幸的是不要自己出钱。医生说杨小姐一共可以免费到她那里去九次，这是国家卫生部规定的。不知杨小姐会不会因为免费一次又一次地去经历痛苦的回忆，还是放弃这个好机会，靠自己的努力和坚强去寻求新的欢乐和机遇？

　　不过我还是相信，心理医生有专业的理论与实践，他们手中会有打开人们心结的钥匙，也许经过多次心理治疗后会让杨小姐减轻心理负担，会使她不断地坚强起来面对病情。我衷心希望微笑会再一次浮现在她文雅的脸蛋上！

税务局的权力　Skattemyndighedens magt

　　丹麦的税务制度有着它非常悠久的历史，差不多有 1000 年。最初的时候，海外船只经过丹麦海域时，船上的财物得向维京人（海盗）付税，否则会遭到殴打和抢劫。1100 年，丹麦农民开始向基督教会上交收成的十分之一作为税收，而后，国王为了一场战争，向百姓狠狠地征税。1600 年之后，丹麦的税务制度已经到了比较健全和完善的程度。

　　500 年前，向全民征税的制度几乎渗透到骨子里，名目繁多的税收可以说是无孔不入，而且每年不断修订并增加法律条款，税收制度变得日趋烦琐，税额也不断递增。百姓的抱怨声如同起伏的波浪，一浪高一浪低，从未间断过。许多百姓抱怨这些烦琐的税收条文使他们头脑发胀，有的百姓认为，连政府办事人员都搞不清楚有关条款，因为条款一直在修改。这不是瞎说，大家都这么说，只是心照不宣而已。

　　不过不管怎样抱怨，大多数百姓头脑还是很清楚的，要保持世界一流的全民高福利，全民缴纳高税是不可避免的。平均 50% 的税收对每个百姓来说虽然心疼，可是大家也认了。再说，工薪阶层无法违背，因为工资发到银行卡的时候，税款已经被扣除了。正规的企业、公司和事业单位不会用现款发工资。不过上有政策，下有对策。偷税漏税的现象从上到下，防不胜防。小企业、小饭馆、小商铺和小旅店偷税的现象不奇怪，可跨国公司，利用丹麦对外企业的优惠政策，少交和免交增值税，"拐"走了很大一笔丹麦国家税收，使丹麦百姓心理不平衡。有些企业甚至编造子虚乌有的子公司来骗取退税，已查出的国际大案不少。其中有一家公司就牵涉到几亿退税，并把丹麦的一位即将退休、一身清白的税务官员拉下水，此案正在审理之中。

2012年我有幸到国家税务局去工作了一段时期，我被分配到催税部门，具体的工作是向小企业催税。我们三十几个人都是有专业法律文凭但没有税务工作经验的人，所以跟着有经验的同事从头学起。大企业的催税工作由有资历的人员去办，因为牵涉到大笔款项。

税务局的权力究竟有多大？我不能一下子了解得清清楚楚，因为我经办的是普通百姓的事务。不过，我的权力说大不大，说小不小，我站在国家的立场向百姓催税，每天的心情是百感交集，思绪纷飞。

那年，平安夜即将到来，家家户户逛街买圣诞礼物，办公室里也充满了圣诞节的氛围。走廊长桌上点燃了红红的蜡烛台，果盘里放着曲奇饼干、糖果和干果。每当我走过那儿，红色的烛光忽悠忽悠，一闪一闪的，它点燃了我们每个人欢快的内心。我拿了一块糖果放到嘴里，从嘴巴一直甜到心窝。

可当我静下心来坐回到办公桌前时，这种欢快的心情却消失了。我望着电脑上的名字和身份证号码，焦虑一下子涌上了心头。我禁不住在心里反反复复地念叨着："你们这些小业主啊，为什么账目不清，迟迟不交税呢？我们税务局写了一封又一封信，你们为何不理睬呢？你们不要敬酒不吃吃罚酒！你们明明知道每年4月底是补交税款的最后期限，你们怎么当它是耳边风呢？"

电脑上显示出很长一串名字，我的任务是想方设法让这些人尽快补交税款。我的目光停留在一个小运输公司的老板身上。嗯，这个人有三辆小面包车，他有三个银行账户，一个账户上有存款。我看了一下他公司去年和前年的收入、支出和交税的情况，我拿起了电话，拨通了他的电话号码。

"喂，你好，我是税务局的。"我向他报了我的名字。

"噢，有什么事吗？"他迟疑了一下。

"你没有申报去年贵公司的税务情况，你收到我们的信件了吗？"我很客气地问。

"我知道，我知道，可是我的公司去年没有什么利润啊，相反还亏了本，　呵呵。"他不好意思地笑了笑。我虽看不见他，可他最后的几声勉强的笑声，使我为他担心起来。

"哦，亏本也好，赚钱也好，你实事求是写上数目就好啦。你的公司开了有几年了，你也知道，今年亏本，税务局会将你去年赚钱所付的税款退还一部分给你的，不是吗？"

"嗯，是的是的。"他没有往下说。

"你去年买了一辆新车，车牌号是……"我停了下来，没说下去。我相信他明白我的意思。

没有利润怎么会添置一辆新车呢？不学法律的人也能看出破绽来。

"你有一张银行卡，上面有存款。"我不得不向他摊牌。

他不吱声。

我虽然不想逼他，可这是我的职责，我坐在催缴税款的部门！

"你过几天会收到一封信，上面会告诉你我们什么时候去你单位拜访你，有日期和时间。如果你那天没时间接待我们，请及时告知，我们可以改日拜访。记住，千万不要不把这封信当一回事！"

"好的，好的……你能不能告诉我，我欠了多少税款？"

"这样吧，我们今天可以商量一个分期付款的办法。你说，你愿意分三次付清呢，还是一次付清？请你决定吧。"我如释重负，悬着的心一下子放松了。

第二天，我接到了他的电话，他告诉我他准备分三次付清，第一次 3.5 万克朗已经汇到税务局的账号了。听到他在电话里开怀的笑声，我真想见见这个明理的丹麦小业主。

今年的大雪持续了好几天，厚厚的白雪覆盖了去税务局的一长段路。虽然扫雪车已经清扫过了，可人行道上被人踩踏得很难行走，我小心翼翼地往前走着。我一边走，一边在想，前几天我们又寄了催税信件到那些有税务问题的小业主家中。没地址的就寄到单位。今天，有几位约好要来税务局的小业主，到时候我要下楼去接待他们。不知这么大的雪他们会来吗？不过我记得，对屡教不改者，信中还添加了一句，假如到时不来，税务局可以通知警察将他们强制带到税务局。我不知道那是不是真的，还是吓唬吓唬他们。

一走进税务局的大楼就感到一阵温暖，办公室里温暖如春。眼望窗外蓝天下的一片白色尖屋顶，我不禁被冬天这般美丽的景色所迷倒。远处一大片白色的树枝上，密密麻麻挂满了一朵朵棉花似的白雪球，如同年历上的一幅幅油画和摄影作品。我看了看手表，走下了楼梯。接待室里见不到窗外迷人的景色，这里有着被隔成一小间一小间的房间，这里坐着一排穿着冬衣焦急等待的人，他们正在等待叫他们的名字。

一个毛头小伙子走进了我的小房间，他像是一个中东人家的孩子，刚满 19 岁。我看了看他，母爱涌向了我的心头。这么一个勤劳的小伙子，刚成年就开了家小饭馆，自食其力，不依靠父母。他长得又是那么可爱，虽然他已经不是孩子了，可我还是要用"可爱"

这个词汇来形容他，因为他确实是那样可爱。一头黑色卷曲的头发，有些黝黑的皮肤，一双幼稚的眼睛，看上去是那样无辜。可是，他为什么不好好开店，却打法律的擦边球呢？难道他的父母和亲友没有告诉他要交企业税吗？

"哎，小伙子，你开店有一年多了吧。"我微笑着问他。

"嗯，差不多。"他也笑了笑。

"你知道每年要自觉向税务局报税吗？"

"嗯，知道，知道。可是我一点儿钱也没赚到啊。"

"你应该知道，每个季度你可以在税务局的表格上填写你的财务情况，网上填写也可以啊。"

"可是我真的没有赚钱啊，怎么写啊？"

"这个季度没赚钱，就在这个季度的报表下写个0，会写吗？"我不知道他了不了解这些情况。难道以前没有人告诉过他吗？每个季度写个0，一年就是四个0！要开业，不了解报税流程怎么行呢？

丹麦企业交税和个人交税是一样的，企业注册后，税务局按该公司估计的盈利情况计算一年的税收。每一季度业主自己可以按实际情况更改估计数。到年底税务局按上报的真实盈利或亏损征收税款。估计税款比实际高，就在第二年4月后退还，反之就要补交。

所以每一个企业有责任及时填报真实的年收入报表。从年底到第二年4月，一共有4个月充足的时间递交或修改报表。可这个小伙子没有理会这件事，于是出现了今天的局面。因为按税务局估计，他一年的收益将会是一笔不小的数目。假如他每季度在利润上写个0，那他一年下来就是没盈利，当然他就可以不交税或者退税了！可是今天他却大吃一惊，让他补交一年的企业增值税。再说现在已经是第二年的年底，拖着不缴，明摆着是不行的。

"你现在补写也不晚，只是，你还得先交税，就是说，按税务局估计的利润交税，明年 4 月后再退税给你。"我不知道他听懂了没有，我反复说了好几遍。我看了一下他幼稚的表情，又叮嘱了他一次。

"小伙子，听着，我们寄给你的信不要不理睬！我们每寄一封信给你，就在你的欠款上加上 150 克朗。假如写给你 10 封信你不理睬，那你就又多了 1500 克朗债务，知道吗？"我苦口婆心地对他说。

小伙子连连点头，笑嘻嘻地向我道谢后走了。

我默默地看着他的背影远去，陷入了深深的沉思。你是那么年轻，生活才刚开始，可你还没发财就差一点儿卷入偷税漏税的事务之中。你知道吗，税务的烦心事会让你一辈子在旋涡中不能自拔的。

我上了楼，不声不响地坐回到我的办公桌旁，不过，心里还在想着刚才那个幼稚的中东小伙子。"丁零零"，一阵电话铃响。

"喂，你是哪一位？"我问。

"你好，我就是刚才跟你谈话的那位。"小伙子在电话里对我说。

"哦，有什么事不明白吗？我们可以再约个时间谈。"我只想多给他一点法律方面的指导。

"是这样的，顾问，你刚才说的一席话我听懂了。我刚才打电话给我母亲了，她说她会替我先缴纳所欠的税款。"他开心地在电话那头说。

我没想到他这么快就把麻烦的税务问题一下子解决了。我在电话里不停地表扬他。我还对他说，你有一个好妈妈，她在经济上支持你，你不要忘了把钱还给你母亲，他连声说好。

漫长的冬天过去了好几个月，冰冻的大地早已换上了绿装。听说我们要到小业主家去催税，因为到目前为止，还有一些人没有缴付去年的税款。我们早在一个月前就写信告知我们上门的日期和时间，希望他们务必在家。假如我们还是没有收到他们的回音，也没收到他们的汇款，我们就上门，每个新手跟着一个老顾问。领导布置任务时说，我们每个小组到访的家庭，假如主人不在家，我们可以请一个开锁匠去开锁。我有些不相信我的耳朵，家里没人，我们可以把门撬开？

　　我们现在是上人家家里去"抄家"吗？转念一想，我们去的人家是那些屡教不改，写过多次信件无回音的人。我们去他们家的目的是什么呢？一、如果他们按信件约定时间在家，我们就面对面跟他们商谈补交税款事宜。二、如吃闭门羹，就看家里有哪些值钱的东西可以拿去拍卖或抵押。当然，要留一张字条说明我们的来访，还要给一张清单，哪些东西被拿走了。我们被告知，要拿有价值的东西，否则拿了也无用，不能拍卖。当然，假如当事人补缴了税款，那就退还被"抄家"的东西。

　　那天，我虽然跟着同事去了，可总觉得这种做法似乎超出了底线，我不知道被撬门者回家会有什么反应。再有，门锁被撬坏了还让他们支付撬锁的费用，他们会不会大吵大闹呢？媒体知道了会不会把问题闹大呢？

　　我坐进了同事的小轿车，去了一个小业主家。我们在一幢公寓楼前停了下来，按了门铃没人回答，我们无法进入那个小业主家，只能打电话请了开锁匠。开锁匠用一张小小的硬板纸，插进大门的门缝，不费吹灰之力就将大门打开了。上了楼梯，我对着小业主的门敲了几下，没人应。开锁匠从门上信箱的洞里将一根长长的铁丝伸进去，对着门锁捣鼓了几下，门就被打开了。我吃惊不小，原来门锁那么容易就能打开，特别是大楼的门。可是那个人家里没什么有价值的东西，既没有值钱的画和古董，也没有名牌的大电视机。桌上一封打开的信件引起了我的注意，一看，信纸上还有我的签字。我知道他收到了我们税务局寄去的信，我的心平静了许多。我们留下了一张纸条和交税单就走了。

第二天我们又去了另一个小业主的家。那是一幢在市中心湖边的一套三层的联排小屋。主人刚巧在家，我有幸见到了房屋的里面，我曾经不止一次地站在马路边拍摄过这种房子，这种五颜六色的小屋，屋外盛开着艳丽的花朵，这常常使我想起安徒生童话世界里描绘的温馨小屋。

踏进了小屋，我的浪漫想象消逝了一大半。主人把这个家做了彻底的现代化的改建，我好像来到了瑞典宜家商场里搭建的样板屋。开放式的厨房和客厅里都是简洁明亮的器具和家具。两个小孩子正在楼梯上乱跑，然后在屋子里兜圈子，开放式的设计把家变成了幼儿园。

主人是一位中年人，头发梳得一丝不苟，把整个后脑勺都包了起来，衣服穿得整整齐齐，好像有些绅士风度，只差嘴上没有叼着一支雪茄。这个中年人怎么像 60 年代的生意人？可他的家却是那样的现代化。我看了他好几眼，脑子里有些想不明白。

我同事拿出几张复印纸摊放在厨房桌上，问他为啥到现在还没付税。主人粗粗看了一眼那几张纸，不住地点头说他知道纸上写的都没错，也知道要交多少税，可是他出差了一个月，后来又全家出去旅游了一个月，所以他忘记了缴付企业税。他匆匆打开笔记本电脑，看了一下他企业的账目情况，说管账目的职员没有向他汇报这件事，然后马上打了电话到公司，与那位管账目的职员讲了几句话。

同事看了一下手中纸上的欠款数，与主人交谈了几句后忽然看了一下窗外，问：

　　"外面停着的那辆宝马车是你的吧？"

　　"是的，买了才两年。"

　　"你还有一辆旧的，是吗？"同事看了一下手中的纸说。

　　"是的。"主人点了点头。

　　"那辆宝马你同意我们税务局拿去拍卖吗？当然，我是说，假如你没钱交税的话？"同事和气地问。

　　"可以，可以。"主人淡淡地笑了一下。

　　同事动笔记下了他说的话，然后我们握了握手离开了他的家。没想到这种"抄家式"催债方式那么和平友好地结束了，没有吵闹，没有动武。我回头看了这幢童话般的小屋，今天这里没有安徒生童话的浪漫故事。可是，这里有着现实版的百姓故事。

　　几个月来，我一直注意社会对税务局做法的评论。可奇怪的是，没有媒体谈论到这件事。有几次我与丹麦人谈起这件事，从他们平静的表情上看，他们觉得税务局的做法很正常。他们好像在说，活该，谁叫他们不缴纳税款呢？遵守法纪的人默默无闻地为社会做贡献，偷税漏税的人可以让他们逍遥法外吗？几年过去了，一直没有听到媒体对这方面的评论，看来，虽然百姓普遍认为丹麦的税收已经达到了世界的顶峰，但是，偷税漏税的行为是得不到多数人同情的。

继承父母房产的烦恼
En arving hænger på huset

　　他，一位五十岁左右的丹麦男子，在他家的大草坪旁，微笑着接受电视台"勒住脖子的房子"节目组对他进行采访。今天看到这集节目，使我再一次回忆起前几年欧洲经济危机丹麦私人房屋卖不出去的情景。此人继承了父母怎样一幢房子呢？我好奇地想看个究竟。他热情地打开了他家的那扇大门，我看到了漂亮华丽的走廊和螺旋形的楼梯。

　　镜头拉回到进门的小路口，我抬眼见到了一幢不大的老房子建造在好几千平方米的树丛和草坪之中，旁边零零落落的花卉点缀着这幢老屋。它既不是一个小庄园，也不是现代式的别墅，但在周围房屋映衬下有着它特殊的色彩。因为它有着不同一般的设计——古老坚实的木桩与砖瓦结构的结合。它告诉人们，房屋的主人有着不同一般的审美。不仅如此，房子和它的主人一样有着一段美好悠久的历史。假如这幢房子建造在哥本哈根市区，那就值上千万克朗，可是，在日德兰岛的乡村，房子只值 350 万克朗。

乡镇老洋房

房主微微发胖的身上随意地穿着一件灰色西装，他在门口脱下了他的一双高帮套鞋。看得出来，他刚在院子的泥地里干过活。记者们跟随着他走进了宽敞的大客厅，一幅一幅带金框的特大的人像油画和风景油画挂在家中每一面墙壁上。有一边的墙上还挂着好几个装饰鹿头和一个带头的虎皮，一排长长的鹿角突出墙壁，看来他的父母喜欢打猎。这种打猎运动起源于中世纪，曾经风靡欧洲，许多城堡的主人喜欢把狩猎得到的大型动物的头颅锯下来，经过加工处理，挂在客厅的墙上，以此向客人炫耀主人的勇敢和狩猎技术。

墙上的装饰

　　长长的大餐桌两头放着两个特大的银质蜡烛台，每个蜡烛台的五支蜡烛正忽悠忽悠地闪着它的亮光，桌上的白色台布铺得整整齐齐，皇宫式的大吊灯挂在餐桌上方，它耀眼地照耀着客厅每个角落。

他开始慢慢地向来访者述说他继承房产的故事，那是发生在四年前的事了。

他叫马汀，在远离家乡的首都哥本哈根工作。父亲在十五年前就去世了，留下母亲一人打理这座像小城堡一样的房子。五年前母亲也去世了，她曾经有一个心愿，希望儿子能继承房产，他是父母唯一的儿子。因为父母把家中最值钱的东西留给了他，所以他无须多考虑，觉得是理所当然的事。再说，这里有他童年和青年的无数回忆，他对这里的一草一木有着深厚的感情。他在遗嘱上签了字，房子就名正言顺地转到他的名下。他拥有了一幢小城堡，外加几千平方米的树丛和草坪！他多有福气！朋友们都来祝贺他，可是，麻烦事儿却接踵而至。

父母的房产还有一部分贷款没有付完，当他继承了父母的房产之后，也就意味着继承了父母所欠的房贷。也许因为他母亲是一个家庭主妇，对这些并不太了解，所以母亲的好意给他带来了一个沉重的经济包袱。现在，他拥有两处房产，一处在哥本哈根，一处在老家，他得还两处房产的贷款和利息。几年来，他不得不经常在两地来回跑，老房子的维修使他不得不从银行再一次贷款。他的借款像滚雪球一样，越滚越大，这就是他向电视台"勒住脖子的房子"栏目求助的原因，他希望将他的老房子尽早地卖出去。

以前在丹麦买房，首付 10% 房子就可过户了。也就是说，价值 100 万克朗的房子，支付 10 万克朗首付之后，买房者就拥有产权了，然后慢慢还贷款，20 年到 30 年不等。十年前，房子比较贵，政府为了鼓励公民买房，甚至无须出一分钱，连首付也可以从银行贷款。后来银行推出一个新的贷款方式，允许10年内不还房贷，只还利息，100万的房子，10年之后还。这对许多新组建家庭的人来说是一件大好事，一家人高高兴兴地住进大房子，10年后，等孩子长大了，有了积蓄再开始还钱。所以，许多拥有房产的人，发了工资后不是勒紧裤腰带去还贷款，而是像以前一样，保持生活的高水准，每年还能全家周游世界。有的人还了几年的房贷，就又向银行或房屋借贷公司借款来维修或扩建房屋。在丹麦，不动资产是借贷的许可证，只要不断还，就可以不断借。因为房屋和汽车有它的价值，银行或借贷公司可以拿去出售或拍卖抵债。马汀的父母就是这样，在世时，生活得很好，可惜没有把房贷还清。马汀说他挂牌卖房4年了，没有几个人来看过房。

　　说到这儿，马汀停顿了下来，皱起了眉头。我琢磨着，想卖房子，那就卖呗，有什么大问题使他这么愁眉不展呢？许多人一辈子梦想有一幢房子呢！可这个人有了房子却愁眉不展的。

　　事情是这样的。2007年到2009年世界经济开始出现了下滑，整个欧洲包括丹麦也跟着经济不景气。持续了好几年，形势没有好转，有几家银行甚至倒闭了。2008年罗斯基勒地区的银行倒闭，2011年阿玛岛地区的银行也倒闭了。几年前，很多居民都买了这两家银行自己发行的股票，每股为600克朗，如今每股只值260克朗。银行之所以倒闭，是因为银行将大量钱款借给房地产商，当欧洲出现经济危机的时候，许多建房规划泡汤，地产商的资金链断裂，无法偿还银行贷款和利息，使银行损失了51亿克朗。虽然政府实行了许多保护百姓存款不受损失的政策，但对于购买股票还没有相应的政策出台。虽然居民们集体起诉银行，但法庭调查工作细致而缓慢。马汀初步估计，他在银行买的股票损失将近 50 万克朗，假如房价再跌下去，他的损失就更惨了。马汀的房子 2009 年挂牌出售至今已经四年了，从 350 万降到 250 万也无人问津。

他现在是焦头烂额，筋疲力尽。他也真够倒霉的，早不卖晚不卖，非要现在卖！他本来想用股票增值的钱来还借款，可如今股票损失更惨重。他看了看坐在对面的记者，两只手在大腿上来回拍了几下，像是在等待记者的发问。他轻轻挪了挪身体，伸手拿起桌上漂亮的咖啡壶，问对方是否再来一杯咖啡。

记者开始了："马汀，我们栏目组为你请了一位有经验的房屋销售公司的雇员。听听他有什么好的建议。"

"噢！欢迎欢迎！"他走到客厅门口把那位销售员迎进了屋。

"你的房子真不错，不过太大了，房屋内需要现代化一点儿。"那位四十岁出头的销售员环顾了一下四周。

"对，对。"马汀不停地点头微笑。

"我们请了一位室内设计师，帮助你改建一下房子的内部结构，再精装修一下，好吗？"销售员指了指站在他身旁的一个中年人说。

"你的房子上下有很多房间，适合一家五六口人住，所以厨房要大一点儿，我们把这面墙拆掉，再在厨房里造一个吧台，你以前见过这种开放式厨房吗？你站在这儿看，环视一周，从左至右，视觉范围将有多大！"摄影师将镜头从客厅的沙发慢慢移到壁炉，再移到大餐桌和有一墙之隔的厨房。

马汀的喜悦心情是可想而知的，他搓了搓手，好像马上就要动手一样。今天有两个专业人员来帮助他，看来他的房子一定能尽快出手，只希望亏损不要太多。可是他虽很兴奋，脑子里却在想改建的费用怎么解决。他脸上的表情像天气变化一样，很快出现了尴尬的微笑。

销售员看出了他的担心，接着说："四年前你房子的售价是350万，按你出售四年未成的情况，现在房价降到250万也不知道行不行。不过我们愿意帮你装修，你出20万，我们会发动邻居来帮忙，减少你的开支。装修后房子风格现代化了，适合中青年家庭的口味，房价也许可以卖得更高。"销售员用手松了松脖子上的领带结说。他说得有些兴奋，头上有些冒汗。

听了他的计算，大家都觉得很合理，马汀也看到了希望。他的房价虽然比四年前损失了100万，再加上装修费20万和股票损失50万，听起来是损失了170万，但小城堡这个不动产可以换来250万的流动资金，这笔钱可以还大部分借贷，那他就无债一身轻了。只见他边听边不停地点头，他将胖胖的身子往沙发背上靠了靠。刚才他一直很担心，坐在沙发上一直没有放松过。销售员接着又热情地对他说，所有的宣传资料由他们房屋公司做，看房的准备工作由他们来负责。最后，还答应由他出面与银行和国家房屋贷款机构商量，给马汀一个非常优惠的借款方式。

节目结束了，大家为马汀松了口气。这个节目每星期播放一次，在以后的节目里，我见到了这位房屋销售员在电话里与银行商谈的实况，他并不是说说而已，我们见到他在超市前分发卖房宣传单。看房的那一天，他不仅送去了鲜花，还和马汀一起准备了一些点心，长桌上两个烛台上又点起了长长的蜡烛，看房的人挤满了整个屋子。

仅仅过了两个月，2013 年，马汀就卖出了他的老房子，售价是 250 万。这达到了他预期的最好结果，而且银行重新评估了他余下的一小部分借款，延长了还款期，这样，他每月支付的贷款金额就减少了许多。更优惠的是，他可以在卖出房屋一年之内不用还贷款。他父母留下的遗产——这根紧紧勒住他脖子的绳索，终于在四年以后解除了。不过还有很多像马汀一样的人，他们至今还没有跳出房屋贬值的经济困境，他们有的是因为要离婚，夫妇俩各有一处房子；有的是因为孩子大了，又买了一处房子；有的是因为 10 年免还款期已过，无钱还房贷。经济危机牵涉所有欧洲的国家，房屋贬值持续了好几年，所以，这个节目连续拍了 6 期。

生活在美人鱼故乡的人们，在经济危机之际，有着他们不同的烦恼。社会底层的百姓虽有高福利、社会养老保障和免费医疗，但有的面临失业的危机，有的长期找不到工作。社会中产阶级的百姓虽然有股票、车辆和房产等，但有的面临财产贬值，有的面临经济泡沫的冲击而无能为力。

幸运的马汀丢掉了沉重的包袱，但是也丢掉了他的房产和美好的过去，不过如今他的脸上反而露出了开心的微笑。也许他想通了，财产生不带来，死不带去。摄制组在他卖掉房屋之后，来到了他哥本哈根的家，那是一套三间房的公寓。公寓虽然不能与他的小城堡相比，但还是很温馨，特别是他将小城堡的文化遗产带到了他的公寓，使这个小家延续了他家的悠久历史和文化。

2013 年以后，经济危机渐渐过去了，不过像马汀这样陷入困境的家庭有几万个。"勒住脖子的房子"栏目组如今已完成了它的使命，没有再拍摄下去，因为危机已经过去了。房价现在开始慢慢出现了回升，大城市的房价已经恢复到经济危机之前的水平，但是有些地区，特别是远郊地区还是没有翻过身来。这个节目曾经帮助过许多家庭跳出困境，2017 年电视台又重播了这个节目，这让人们又一次回忆起几年前惨痛的教训，看来，社会想让大家不要忘记过去，房奴的日子不是好过的！

失去抚养权的父母
Forældre, der har mistet forældremyndigheden

  我们中国有句古话说得好："子不教，父之过。"可在丹麦，教训子女会惹出"大祸"来。刚来丹麦的时候，曾经和几位中国朋友说起教育子女的事。他们说，在丹麦孩子不听话，父母不敢大骂孩子，更不能打孩子，因为孩子一哭，邻居会打电话给区政府告状，假如孩子告诉老师或同学说父母打他们，那学校有责任报告区政府。我的中国朋友告诉我的时候，他们一边说一边苦笑，我没有把这当一回事儿。我想，这是言过其实吧。他们说的"一哭"当然不会是哭一会儿，肯定是孩子撕心裂肺地哭个不停。

  以前只在电视、报刊上听过父母被剥夺抚养权的事，我也认为这些人没有资格当父母，因为他们有的是吸毒者和酒鬼，有的是性侵者，有的则是把政府每月给孩子的抚养费去赌博或挥霍。

  近年来，我遇到几位中国父母，他们也有同样的经历。他们不是吸毒者和酒鬼，也不是生活上不照顾自己的孩子，但是，他们的孩子却要交给别的家庭来抚养。你以为这是他们情愿的吗？哦，绝不是！区政府强行把他们的孩子交给别人抚养，这是为什么呢？

  我第一个故事的主人公是一位 30 岁出头的年轻妈妈。那是 2013 年，在区政府社会顾问办公室里，我见到了她。她是一位瘦弱的女子，看上去还不到 150 厘米，据说她 6 岁的儿子长得出奇的小，我就叫他"迷你萌"吧。有一天，"迷你萌"坐在楼道门口的石阶上东张西望地看邻居孩子在远处玩耍。这位年轻的妈妈不知为什么让他坐在台阶上两个多小时，这引起了周围居民的注意。这个无人看管的孩子是谁家的？人们开始注意起这个皮包骨头、个子小的中国孩子来。不一会儿，居然来了两位警察，他们看着这个拖着两条鼻涕的小孩，打趣地问：

"小朋友，你在干吗呢？在数天上有几只飞鸟，是吗？"

"噢，不是的，不是的，我没做什么呀。""迷你萌"回答说。

"没做什么？我们不信，你坐在这儿好长时间了！"

"嗯，我哥哥常常欺负我，我爸爸妈妈不喜欢我，我就坐在这儿和自己说话。"

"呵呵，你真有意思。你跟自己说话，还讲故事给自己听，对吗？"一位警察笑着说。

"嗯，对！太对了！""迷你萌"用手胡乱擦了一下流下来的鼻涕，高兴地拍手笑道。

瘦弱的妈妈闻声从公寓楼梯上跑下来。

"嘿，晚上好，你叫什么名字？我叫波尔，他叫米凯尔。你别怕，我们只是问一下，这个小男孩是你家的吗？"警察客气地问。

"哦，是啊。有什么事吗？"

"他怎么一个人坐在外面？听说，坐了两个多钟头了，你有什么困难吗？家里没人照看他吗？"

"我刚下班回来，他想坐在外面看别人玩，没事儿。"年轻妈妈没觉得事情有多么严重，有些无所谓的样子。

"哦，这哪能行呢？邻居反映，这个孩子常常一个人坐在外面，你们不是体罚他吧？瞧他，长得那么瘦那么小，没病吧？外面不冷吗？他的衣服那么单薄。"警察认真地看着孩子妈妈，又摸了摸小孩的头。那位叫米凯尔的警察微笑着说：

"听着，你不能长时间像放鸭子一样将孩子一个人放在外面不管。天色已晚了，小朋友们都回家吃饭了，他怎么不吃饭？"

"哦，没事，没事，他饿了自己会上楼的。"那位妈妈说。

"听叔叔说，小淘气，你肚子不'咕咕'叫吗？可我们的肚子都在叫呢，快，快回家吃晚饭去吧。"警察语气非常和蔼地说。

警察把孩子送上楼，向年轻的妈妈叮嘱了几句，然后向男孩挥了挥手道别。

过了几天，孩子妈妈把这件事忘了，没想到忽然收到区政府的一封信，让她去一次。

这就是故事开头说的，我被叫到区政府办公室为她当翻译。原来，警察履行公务，打电话联系了孩子的幼儿园，幼儿园负责人又联系了区政府。

办公室里坐着两位年轻的金发女公务员，一位代表区政府，一位是保健医生，在丹麦，她们的头衔是社会顾问。她们开口很客气，但口吻却很令人担心。

"你好，我是顾问玛丽亚，她是保健医生，叫路易斯。你知道我们为什么叫你来吗？幼儿园老师说，你没给儿子准备好每日的午餐和水果。"

"噢，是这样的，孩子不喜欢吃丹麦黑面包三明治，他喜欢吃中国饭菜，可是带去的饭都凉了，吃了胃疼。能不能放在微波炉里热一热？"年轻妈妈问道。

两个人你看看我，我看看你，好像在说，微波炉的事可以跟幼儿园商量嘛，不过，孩子不想吃就不吃，你这位妈妈就不着急吗？

"你能不能详细告诉我们每天给他吃什么饭菜？ 我们去幼儿

园看过他了，他长得好像只有 3 岁的孩子那么大。这是怎么回事儿？"那位保健医生迫不及待地问。

"他最近回中国待了半年，回来就更不愿意吃面包和肉片了，还有那些生黄瓜、生胡萝卜和生菜，他都不喜欢吃。我逼着他吃，他就哭，我骂他，他就号啕大哭，我真拿他没办法。"孩子的妈妈缩在椅子上，很无奈地说。

我以前很少见到这么瘦小的女人，她的头发胡乱扎了个马尾辫。看来，她每天为儿子不吃饭的问题伤透脑筋，使她无心打扮自己。我甚至怀疑她是不是有厌食症，她自己也长得皮包骨头！我不得不为她开脱一下，我说："玛丽亚，她说的是实话，我们中国人都吃热菜热饭，吃冷的肚子疼，我也和她的孩子一样，喝凉水就会肚子疼。"

此刻，我仿佛看到了那个可怜又古灵精怪的孩子。他，一定是个"小人精"，整天像花果山上的小猴子一样跳来跳去，嘻嘻哈哈地和比他高半截的同班小朋友一起打闹，他好像不怕那些在他面前狐假虎威的大孩子。

我有些担心地看了一眼孩子的妈妈，心里嘀咕着，她难道不心疼自己的儿子吗？他比别的孩子要矮半截。她说孩子总是吵着不想吃饭，我听了心里嘀咕着，这孩子从出生到现在已经六年了，吃饭的问题还没解决？

"你还有个大儿子，他今年上小学三年级，是吗？"停了一会儿，那位顾问又开口了。

"是的，他长得还可以。"年轻妈妈松了一口气说。

"他有一天告诉老师说，你的丈夫动手打他了。"

"噢，不是的，他瞎说。他那天不想去上学，说因为已经迟到了，就不想去了。他爸爸急着要去上班，想赶快开车送他去学校。可他死活不肯去，他爸向他吼了几声，连推带拉把他拖到小汽车里。我们总不能让他旷课吧？！"

"可是他的手被拉得脱臼了。医生为他做了检查，他身上有瘀青。你知道，在丹麦，是不允许父母打孩子的。"这位顾问盯着孩子妈妈的双眼好一会儿，非常认真地说。

年轻妈妈没注意过孩子身上有瘀青，有些瞠目结舌。不愉快的谈话持续了一个钟头。在后面的一连串谈话中，我才知道，这位父亲不是大儿子的生父。

最后，顾问和保健医生拿出一张纸，上面有正确的每日作息制度、喂养和教育方法。她们对孩子妈妈说："你回去后，先按第一条所说的做，然后按第二条做，要做完上面的四条，写下日期。下次来，你要告诉我们，每一条你是怎么做的，看得懂吗？请翻译一下吧。"她们很认真地交代了事项，我很快用中文向这位妈妈解释了一番。我不自然地向那两位公务员堆着笑脸连声说谢谢，然后告别离开了。

刚离开办公室，年轻妈妈就憋不住向我抱怨起来："丹麦区政府管得太多了，我丈夫虽说不是大儿子的生父，但管教管教儿子，在中国，什么问题都不会有，可这里，丹麦人就是多事。那个小儿子，我问过幼儿园能不能用微波炉热一热饭菜，可幼儿园说没有先例。"

我不知道怎么安慰她好，抱怨区政府是没有用的。丹麦有个原则叫一切为孩子着想。只要对孩子有利，哪怕剥夺父母的抚养权，都是没地方告状的，即便告状，法官也是按这个原则来判决的。区政府现在为孩子出面跟家长较真儿，不就是为那些不会为自己说话的孩子说话吗？我叮嘱她，微波炉热饭的事一定要尽快与幼儿园妥善解决。至于那张纸，一定要认真按上面说的去做，而且要能复述出来，就当它是作业吧，因为一个月后，区政府还会再叫她去回答问题的。我问她，假如有一天她失去了抚养权，孩子被送到丹麦人家里去抚养，她会怎么想？她目光痴呆地看着我，嘴里重复说着一句话："我丈夫只是轻轻揍了他两下，管教管教孩子，有什么错？"她开始愤愤不平起来。我心里默默地想，希望今天的谈话能给这位年轻的妈妈敲响警钟。可我下面要讲的故事却是大动干戈了。

我故事里的第二个主人公是一位中年男子，那是 2014 年，当我被叫去当翻译的时候，他已经没有抚养权了，他的女儿才刚满三岁。见到他时，我觉得此人面熟，原来几年前我曾经为他当过翻译。那个时候，他有点儿抑郁症。听说他在工厂上班时被一个同事打了，好长时间不能去上班。也算是不幸中的大幸，顾问们对他都不错，帮助他解决这样那样的赔偿和疗养事宜，不仅让他在家长期休假，拿病假工资，还为他找到一套便宜的政府公寓，房租由政府补贴。

可这次见到他，他好像是变了一个人。他一踏进接待室就大吼大叫，像一头雄狮，在房间里跳到这儿又跳到那儿。我有些不知所措，忽然感到有些紧张。他不会拔出刀子吧？不会对着我们三个妇女开枪吧？幸好丹麦是不允许私人持有枪支的，想到这儿，我的紧张心情才有些缓和下来。两位顾问悄悄安慰我说，不要怕，没事儿，他不会做什么的。我看着她们，见她们俩丝毫没有慌张，只是极力想让他安静下来。

我之所以想得那么可怕是因为丹麦这个高度文明、无忧无虑的社会，在 21 世纪的今天发生了许多变化。街上出现过多次青年与警察发生冲突的暴力事件，枪击事件也屡有发生。近年来，社会顾问被开枪打死的就有好几个。有人说，高福利国家的弊端是养成大家有事就伸手求助于国家的习惯。当欧洲经济出现危机之后，丹麦也受到了很大程度的冲击，居民的有些需求就不能像以前那样爽快地给予满足了。于是，被拒绝的人就记恨他们的社会顾问，以前我从来没想过这些问题，现在当顾问也有生命危险呐！

他终于一屁股坐了下来，但他的吼叫声像机关枪扫射似的向房间的每个角落射去。他气愤地说："你们为什么抢走我女儿？我为什么只能每星期看她一次？你知道，我所有的亲戚都骂我是窝囊废，连自己的女儿都看不住，被你们抢走了。我女儿的脸是怎么磕破的？你们说，他们比我这个亲生父亲照顾得好？那她脸上的伤是怎么回事？我什么时候可以把她带回家？我怎么对我的老婆说呢？说我女儿被区政府抢走了？为什么我不能自己带孩子，啊？为什么？说呀！"

他几乎是在绝望地吼叫，他的声音引来了一位神色紧张的保安。高个子保安推开门，问有什么事。"没事。"两位顾问把他打发走了。

忽然屋子里有好几秒钟没有声响，不知他是不是被气疯了。我趁机小声地问顾问他女儿脸上的伤是怎么回事。她们解释道，小孩子在花园里玩，不小心摔了一跤。这是难免的，即便是自己带孩子，也是会出这种事的。

"这家人没照顾好我女儿。我要把女儿要回来，要回来！"他忽然从椅子上跳了起来，头也不回地冲出房间。我们拦不住他，望着他的背影，只听到"砰"的一声关门声。大家这才回过神儿来，顾问叹了口气，慢慢地叙述着他的故事。

原来，他几年前回国娶了个老婆，不久就有了个女儿，可妻子的丹麦居住证一直没有批下来，他只能带着宝宝一个人回丹麦。他每天下午三点去饭店打工，晚上十点才下班。虽说女儿白天放在托儿所，但是，从托儿所回家后，谁来带孩子呢？他说他的兄弟姐妹都会抽空来帮忙带孩子，可全家人开了几家饭店，连周末都要营业。他既当爹又当妈，有时把宝宝一个人留在家中，虽说是很短的时间，但这足以使邻居们受惊不小。托儿所教养员发现女孩两岁了还不会说什么话，脚也站不稳，走路摇摇晃晃的，整天又哭又吵，常常哭得像断了气似的，衣服常常不换，屁股常常通红。我听了没作声，也没法作声。因为我知道，区政府这么做是为孩子好。可我也理解，哪个父母愿意宝宝离开自己，交给别人抚养呢？俗话说得好，"金窝银窝，不如自己的草窝"。再则，亲生父母给孩子的爱是别人不能替代的，不是吗？

起身告辞前，顾问又告诉我说，区政府认可的那个养父母家条件非常好，有独立的房子还带花园，夫妇俩受过很好的教育，知道怎么教养孩子。他们几年来陆续带大好几个孩子，有的都已是成年人了。我会意地笑了笑，对她们表示感谢。

离开了区政府，我的脚步很沉重。"一切为了孩子"是丹麦社会各部门处理问题的原则。想到那些极端不负抚养责任的家长和那些长期残酷虐待孩子的犯罪行为，我觉得孩子应当尽早离开那些施暴者，给有爱心的家庭来抚养。

不过任何事情都有个尺度。我真心希望，丹麦的社会顾问要拿好手中的这把尺子，怎么衡量合格父母不是一件小事，不要轻易剥夺父母对孩子的抚养权。不过对家长来说，在丹麦，即便是气得无法承受，当你想打孩子的时候，你一定要想一想，失去孩子的抚养权怎么办？暴力教子的方法在丹麦是不会被社会同情和认可的。

生活在美人鱼的故乡应该感到幸福，可现在，这两个家庭的父母有着说不完的困扰和痛苦。也许只是几个月，也许是几年，甚至十几年，他们要与政府不断交涉和理论把本该属于自己的抚养权要回来。不要以为这只是两个家庭的故事，其实，这种将孩子交给区政府选定的家庭来抚养的状况并不罕见。丹麦各个区政府都有社会顾问和心理专家专门来评估这种家庭状况，所以剥夺父母的抚养权对丹麦人来说不是什么新闻。

从另一方面来讲，丹麦有许多有爱心的家庭，愿意接纳别人家的孩子，把他们如同亲生孩子一样养育，当然，这种家庭要在各方面得到区政府的认可。区政府也会在经济上给这种家庭适当的补助，并给予教养方面的指导和监督。不仅如此，丹麦有许多政府办的寄宿学校和集体养育机构，孩子会被强制安排在那里生活，当然，出发点是"一切为了孩子"。

我真心希望能很快听到宝宝们回到父母身边的好消息，我也衷心希望父母能成为合格并具有抚养能力的好父母。我默默地祝愿他们全家团圆。

丹麦老公病故后
Efter den danske ægtemands død

　　娃妮是一个可爱的泰国小女孩，两颗大大的门牙，中间有一条小小的缝隙，笑起来就露出一排白牙。她虽不算漂亮，可这排有缝的门牙给人一种天真烂漫的感觉，只要看她一眼就能记住她的模样——一双东方人的黑眼睛和一头乌发，加上红脸蛋很引人注目。她与尖鼻子、长脸蛋、蓝眼睛的丹麦姑娘不同。

　　她今年刚满 10 岁，妈妈四年前嫁到了丹麦以后，她就来到了丹麦这个非常宁静的小镇。聪明伶俐的女孩很讨丹麦后爸的喜欢。不光是后爸，她的丹麦爷爷奶奶也把她看作是自己的亲孙女，她每天放学回家后就先去爷爷奶奶家，两位老人得到了前所未有的天伦之乐。不仅如此，学校的同学和老师们都非常喜爱她。自从 2010 年她离开了故乡以后，她的命运就有了翻天覆地的变化，好运接踵而来，打破了这个小镇一向的宁静。

　　小镇在丹麦的大岛日德兰（Jylland）的西北部，几乎每家每户都认识。泰国小姑娘娃妮和她的年轻妈妈给小镇带来了东方面孔和新的欢乐。这位妈妈一看就是泰国妇女，一双大大的眼睛和一张大大的嘴巴，头发高高地盘在脑后，微微黝黑的皮肤和不高的个子，散发出一种东南亚妇女妩媚的气息。左邻右舍都用羡慕的目光看着这个新家。意想不到的是，在短短的四年里，这位泰国妇女使这个小镇几乎变成了一个泰国老婆村。因为自从她来以后，这里的丹麦男人很多都找了泰国老婆。她们一个介绍一个，从泰国一下子来了好几个。有时候这些人聚在一起，男的互相交流与泰国老婆生活的体验，女的则在村里和其他泰国女同胞交流，好不热闹。

乍一听起来好像是天方夜谭。众所周知，近年来丹麦给非欧盟家庭团聚的机会越来越少。即便一方是丹麦人，如不能证明有经济条件供养对方的，是没有可能申请家庭团聚的。可这个小镇的丹麦老公，既不是拿高工资的职员，也不是有千万家产的企业家。他们大多是普通百姓——个体户、小业主、技术工人、开卡车跑国际运输的。他们的太太能在丹麦长期居留，想必一定是老公能达到国家的"夫妇供养"条件。为防止丹麦老板雇用外国的廉价工人，不让他们压榨这些劳工应有的劳动所得，丹麦各工会要求被雇用者必须加入该行业的工会，这样工会会出面保护劳工（会员）的起码工资和福利。所以，如今不管是白领还是蓝领，老板给的工资都不能少于国家的规定标准。

可这种家庭，一方由另一方来供养，日子总是过得紧巴巴的。庆幸的是，泰国老婆各施才能，有的做清洁工，有的自己开推拿所，日子还能凑合着过，不仅如此，她们还不忘每月寄钱回老家。丹麦电视台为此拍摄了一部纪录片，使我们有机会看到泰国老婆在异国他乡的美好生活。说到该村的泰国人，不能不提及一对特殊"夫妇"——丹麦五十多岁的渔民和泰国三十多岁的男子。他们在泰国邂逅。随着摄影镜头，我们看到了泰国男子在泰国的家和他活泼可爱的儿子。如今这位泰国男子得到了他梦寐以求的丹麦居留权，与那位丹麦渔民结了婚，他还帮忙出海捕鱼。老渔民呢，自从与妻子离婚后一直没有再娶，虽然这次与一位泰国男子结婚，也总算能改变他多年来孤独寂寞的生活（丹麦是世界第一个允许同性结婚的国家）。而下一步就是为泰国人的儿子申请来丹麦长期居住。从那位丹麦渔民的口中得知，他是心甘情愿的。

娃妮比那位小男孩儿幸运得多，因为她母亲改嫁时就带着她来丹麦了。如今她已经有了许多丹麦好朋友，说的是一口流利的丹麦话。她的房间布置得如同小公主的卧室，粉红色的墙壁，配上白色的家具。带圆镜子的梳妆台上和床上都放满了各种各样的毛绒玩具。电视纪录片不仅让我们看到了她父母组建的温馨的新家，还跟随着她回了一次泰国外婆家。从记者的采访中了解到，她的生父是个毒贩子，至今还被关在监狱里，不知哪年哪月出监狱。哦，小姑娘是多么幸运！怪不得她每天笑嘻嘻的，她一笑就露出两颗大门牙，天真烂漫。我想，她一定和其他的小姑娘一样，从小就做公主梦。如今梦幻已成为现实，她怎么会不高兴呢？

在整个纪录片中我只见过一次她的丹麦后爸，他一眼看去就是个善良体贴的好丈夫，而且他一定是个大好人，因为他非但没有嫌弃妻子泰国的平庸家庭，还发自真心地爱着这个女儿。想来，重组家庭也给他带来许多人生意想不到的快乐。

娃妮和妈妈在丹麦生活已经三年多了，一切是那样幸福和顺利。可半年前，丹麦丈夫突然被查出患有淋巴癌，而且已经扩散到其他器官。这真是五雷轰顶的消息，刚建立起来的温馨小家瞬间坍塌了！娃妮多么渴望她的爸爸能像以前一样，每天睡觉前给她一个亲吻。她多么想再坐在他的腿上听故事。虽然有时候她也知道，她已经不是个小女孩了，也有些不好意思，可是，爸爸是个多么好的爸爸呀！娃妮总对自己说，"世界上没有一个爸爸比我的爸爸更好了"。平时，娃妮总是喜欢向爸爸撒娇，可她不太跟妈妈撒娇，因为妈妈有些严厉。她总是对自己说，"明年我又大一岁了，我不能再坐在爸爸腿上了"。不过虽然心里这么想，她还是会常常坐在爸爸的大腿上。"就坐这么一会儿"她对自己说。然后，她伸出纤细的小手摸摸爸爸满脸的胡须，再在他的面颊两侧各亲上一下。娃妮虽然已经十岁了，可她长得如此娇小，像个可爱的东方布娃娃。而她母亲呢，也比普通丹麦女子矮。

娃妮的爸爸终于撒手离开娃妮母女俩而去了。他这一走，唯一牵连着这对泰国母女和丹麦爷爷奶奶的绳子突然断裂了，就如同风筝断了线似的，在天空中随风飘来飘去，最后重重地摔到了地上。谁也没有想到，自从娃妮的爸爸死后不久，他们祖孙三代的命运就有了变化。

一天，娃妮家收到移民局的一封来信，说，娃妮和母亲不能延长在丹麦的居留期。原因是，当初同意给母女俩居留权的前提是"家庭团聚"。如今她的丈夫死了，家庭团聚的前提不存在了，所以就不能继续延签了。这如同当头一棒，将母女俩打得喘不过气来。她们还没有从失去父亲和丈夫的痛苦中挣扎出来，就将被迫远离她们在丹麦的亲人 —— 爷爷和奶奶。这对爷爷奶奶来说打击也很大，唯一的儿子已经离世了，剩下的一点儿欢乐就是能每天看到娃妮的笑脸和她活泼的身影。三年来，娃妮天天在他们旁边转来转去，一会儿跳到客厅，一会儿跳到厨房。儿子不在了，孙女也将被夺走，二老整天以泪洗面。"哦，爷爷奶奶，抱抱我！我想爸爸！"娃妮常常哭着对爷爷奶奶说。"哦，好爷爷，好奶奶，我不要离开你们！"娃妮哭得很厉害。爷爷奶奶把她抱起来，让她坐在他们两人中间。他们想安抚她小小的心灵，可他们的心也如同刀绞。

2014 年 4 月，小镇的人们开始行动起来了，学校和居民组织上街游行，反对娃妮和妈妈被遣返泰国。他们说，娃妮是个好孩子，在学校认真学习，融入丹麦社会，说一口流利的丹麦语。这里有她朝夕相处的同伴和邻居。她的继父死了，为什么要她离开她的爷爷奶奶呢？难道爷爷奶奶不是她的家庭成员吗？难道她不能与爷爷奶奶团聚吗？百姓的声音传到了社会部，部长不得不在镜头前说上几句。部长说，他不能干涉移民局的决定，也不能用权力去影响移民局的处理结果。他冠冕堂皇地回答出了一个原则，即部长在任何案件中不能跨越自己的权力范围、以权压人、给人以特殊照顾，他给这次自发运动打上了一个凄凉的句号。

娃妮和妈妈离开丹麦的日子不久就到了，学校和邻居们无奈地流着泪和她们告别。在飞机场，娃妮对着镜头向大家告别，妈妈向丹麦同学和家长深表感谢。我们在电视里见到了送别的爷爷和奶奶，白发苍苍的二老吻别了孙女。

转眼一个月过去了，我们却意想不到地在新闻中又见到了娃妮，不过这次是在她泰国的外婆家。娃妮笑嘻嘻地对着镜头，领着摄影师进了客厅，屋里似乎有点儿热，一台落地电风扇不停地转。她露出两颗大门牙，大方自然地回答记者的问话。年轻的妈妈没有责怪丹麦政府的决策，不过她们仍然希望，有朝一日能再回到丹麦，回到爷爷和奶奶的身旁。

有人说，法律是无情的，也不应该有"情"，在法律面前应该是人人平等的。有人说，法律是人制定的，也是人判决的，法律应该符合社会现状。我听说，在丹麦的爷爷奶奶没有放弃与政府的交涉，他们还在社区寻找同情和支持他们的人。

一个前所未有的情况发生了！社会部长在舆论的压力下重新审

阅了有关法律条文。他发现了一个漏洞，即，有关法律没有提到假如丹麦公民死去，如何处理遗孀和她的孩子的居留权问题。社会福利部因此修订了法律条文，喜讯从天而降，娃妮和妈妈又可以回到丹麦了！

当记者在泰国告诉了娃妮和她妈妈这个消息的时候，她们简直不敢相信。一个微不足道的家庭可以让部长深思，从而修改法律。一个小小的修改，改变了娃妮和妈妈一生的命运，也给类似的家庭带来无限的光明和希望。

我心中的小姑娘艾玛
Emma, den lille pige i mit hjerte

"张老师再见！张老师再见！"亲切响亮的声音划破了蓝色的晴空，谁在跟我打招呼呢？哦，我见到了一张小小的脸紧贴在学校二楼一扇窗户的玻璃上，短短的金色头发和一双大大的眼睛，以及一张小小的嘴巴，她拼命地挥动着右手。我强打起精神，露出了满脸的喜悦和惊讶。艾玛，你不知道你长得有多可爱！你的中文学得那么好，字写得甚至比中国学生还端正。你还知道中国唐朝伟大的诗人李白！我心里想着，朝着她也拼命地挥了挥手。

我刚退休不久，有一家私人学校让我去当代课老师，教中文，艾玛的班级是我教的七个班级中的一个。可今天我没想到，我要告诉学生我即将离开他们。今天校长把我叫去，说那位放产假的老师要提前回来。我是代课老师，不用来学校了，不过工资按合同支付到下个月底。我白拿一个月工资，有什么理由不走呢？只是几个月来，我花了很多心血教学生，看到学生那么认真地学中文，心里很欣慰。但学校没有给我时间和学生们道别，有些班级今天没课，我没法向他们道别，不知学生会怎么想呢？这是一所私人学校，他们这种说让人走就让人走的做法是非常少见的。不过，我本来就退休了，也就不去多想了。

一小时前我突然告诉学生我将不再教他们中文课了。学生们都很惊讶，他们围上来和我拥抱。我从来没有在学校里拥抱过学生。

虽然我知道，在丹麦大家见面或告别时互相拥抱一下是常事。有时候，我也很想拥抱他们，特别是当他们在走廊里见到我，高兴地喊"kinesisk, kinesisk"（中文，中文）的时候，我确实很感动。但我是老师，为了课堂纪律，我只能与他们保持一些距离。

今天是唯一的一次，我不需要教什么课。艾玛和其他学生一样上前和我拥抱，有些女孩子过来拥抱了好几次。我不知道和她们说什么好。这是我第一次真正地把学生搂在我的怀里。一个男孩忽然走到我跟前说："张老师，艾玛说她在你怀里感到很温暖。"我知道那个男孩和艾玛是好朋友。艾玛曾经对我说过，他是她的男朋友。假如在中国，我听了会说，你们是不是过早谈恋爱了？他们只是六年级的小学生！但在这里，我只是慈爱地笑了笑。有时候我会问："你们父母知道吗？""哦，知道就好。"我听后就放心了。男孩也确实很讨人喜欢，忠厚老实，和艾玛是一个类型。

我看了看那个男孩，"哦？真的吗？艾玛说在我怀里很温暖？"他笑着点点头。我的心略略颤抖了一下。我不知道艾玛的意思是指我的毛衣厚很暖和，还是她感到在我的怀里心理上感到很温暖。我望了望窗外，接连好几天下大雪，虽然屋里开着暖气暖烘烘的，可外面真的很冷。"艾玛，天气那么冷，你出去要多穿衣服！"我走过去摸着她身上单薄的毛衣笑着张开双臂说："来，艾玛，我们再抱一次。"我把她再一次搂进怀里，轻轻拍拍她的后背。我忽然感到她是那么弱小，那么娇嫩，她刚好到我的胸口，我几乎把她的全身裹进了我的身体。

"艾玛，你上个星期感冒，谁在家照顾你呢？"我忽然想起她有一星期没来上学。

"我外婆和外公。我和他们很亲近，我是他们带大的。"我听了有些惊讶，她父母怎么不照顾她呢？但话到嘴边又缩了回去。

"我从来没见过我的父亲。" 艾玛接着说。

"哦……"我的心猛地紧缩了一下。

这么可爱的小姑娘，居然父亲对她无所谓？艾玛说得虽很平静，但我心里替她难过。她接着又告诉我，她生父有好几个孩子。原来艾玛有好几个同父异母的兄弟姐妹呢。她的母亲与继父也生了两个孩子。她与母亲和继父生活在一起。我知道丹麦社会这种现象并不少见，心里虽为她感到一阵心酸，可想到社会对这些孩子的无限关怀和保护，就不去想象他们的心理创伤了。

她是个聪明的孩子，而且很用功！记得有一次我让学生回家在网上找唐朝诗人李白的生平，因为我们课本上有他著名的诗《静夜思》。我讲解了诗中每个词的意思，希望他们都能理解，也能背诵，我还要求他们用丹麦语写一篇简短的感想。第二天，许多学生都急匆匆地告诉我，他们在维基百科上找到了李白的生平，有的是英文版的，有的是丹麦文的。艾玛和往常一样，不时地举起小手，示意要回答问题。

"张老师，张老师！再见，再见！"我忽然从回忆中清醒过来。只见她还站在窗边，小小的脸蛋贴在窗户上。"外面多冷啊，你一定要多穿衣服！"我在心里对她说。

踏在刚下完雪的小路上，我回头望了一下我刚刚踩踏出来的一个个脚印。这是我一步一步走过的脚步，以后这里不会再留下我的脚印了。不知艾玛和其他孩子是否会记得我，一个中国老师，教他们中国语言，传播中国文化。

之后我虽然没有再见到艾玛，但我见到了一位酷似艾玛的女孩。2012 年以后，汉语和中国文化在国际上热起来，2017 年，许多中学生也来我教书的成人夜校里学中文。因为哥本哈根有几个中学开设中文课，在高中毕业时要考中文，有人想得到好成绩，就在晚上来接受中文辅导。有位酷似艾玛的姑娘，也有着金色的头发，不过头发比艾玛的齐耳短发要长得多。

2017 年秋季班，右边是酷似艾玛的女孩

每当我见到这位面带微笑的可爱女孩时，就会想起艾玛，也许艾玛这几年也留起了长发。这个金发女孩和艾玛一样聪明伶俐，瞧她那天笑得多欢！那天在班上，我看到她穿着厚厚的大毛衣，忍不住讲给她听艾玛的故事。她很喜欢我把她当作艾玛，她说，她一定会像艾玛一样好好学习中文，争取早日到中国去学习和工作。

没有防护栏的国境 Grænser uden hegn

　　丹麦几乎所有的大中城市都有令人向往的海滨和沙滩。人们说，不管你走到丹麦哪个地方，只需半个小时的车程，就能到达最近的海边。丹麦的国土几乎是由海水自然分割而成的，它由三个主要岛屿组成，其中只有日德兰半岛最南部与德国边境陆地接壤。

　　说起国界线，其实现在连防护栏都没有，既没有警察站岗也没有过境收费站。汽车来往丹麦与德国时，如果不注意路牌的文字变化，还不知道自己已经到了邻国。在车辆将要进德国时，我注意到路边有欧盟旗子标记 —— 深蓝色底带 12 颗黄色小星星，这才想起大概快要过边境了。我回头看了一下这个标牌，发现后面就是德文，图案和颜色与前面的一模一样。如今跨越一个国家如此便捷，人走过去就行，车和游轮开过去也行。

　　2015 年年末，我们突然在电视节目中看到一群一群的难民从德国边境到达丹麦边境城市。丹麦警察开来了一辆大巴，按照申根

欧盟旗子标注的边境

协议登记他们的国籍，并对个人信息进行登记。但这几乎是不可能的事，因为他们小孩大哭，老人大叫，还有人躺在地上拒绝上大巴，不愿被登记。男人们大呼："我

们要去瑞典，我们的亲戚朋友在瑞典！"

欧洲几十年来一直有接收世界难民组织分配的难民的政策，条约规定，难民先踏入欧洲哪个民主自由的国家，就应该在哪个国家申请避难。可现在这些条约都乱了套。无国界的欧洲面临史无前例的难民潮挑战。难民们到达了一个自由国不愿在那里申请庇护，要继续穿越许多欧盟国家到达目的地。

欧盟以德国为首的领导们一直呼吁要出于团结友爱的精神接纳难民，几经商讨，希望能通过合理分配使各国收留一定比例的难民，但通过各种渠道到达德国的难民已超过2亿。

我们纳闷，不知这些人为什么不愿在德国和丹麦申请避难，这两个国家都是民主自由国家，不是吗？

这使得丹麦百姓出现了两种想法。有一种声音认为，战争难民在经过了战争的恐怖和苦难后，到达一个自由王国后却不愿意在这里留下来，他们似乎不是为了逃离水深火热的环境和政治迫害。联合国难民政策的初衷是两个，其一，收留战争难民是出于人道主义，其二，收留政治难民是保护他们不再受政治迫害，且政治难民是联合国和欧洲历来最关注的群体。

另一种声音认为，出于人道主义，我们应当帮助他们。有些丹麦人甚至自愿从丹麦边境城市开车二百多公里到哥本哈根，再送他们到瑞典的城市，还有人开自家游艇或划船送他们去对岸。

下午时分，只见浩浩荡荡的难民大军拖儿带女，从德国边境的城市进入丹麦海港小镇勒兹比。他们在高速公路上徒步走向哥本哈根市区，然后过海去瑞典。高速公路此时已不能正常行驶，坐在电视机前的我几乎屏住呼吸看这种危险的场景。想到他们要徒步二百多公里，并且在危险的高速公路上行走，不是生活所逼谁会这么做呢？也许正是出于这种同情，有一些丹麦人在半路上把这些难民接上自己的车子，想方设法送他们到瑞典。他们冒着"风险"就这样明目张胆地帮助难民偷渡。

大批难民沿着高速公路去哥本哈根

这种情况持续了两天，想不到丹麦警察最终放弃了他们的职责，没有再让这些人登记，就放他们走了。不管他们是愿意徒步还是坐火车，一切都随意。当警察在电视采访中说出了他们放弃的理由时，瑞典外交部开始向丹麦政府提出抗议，批评丹麦人没有遵守联合国难民条约，没登记就放人过国境。

瑞典人态度的转变也使我们大吃一惊。因为就在昨天，瑞典内政部长还与丹麦内政部长在电视节目中争得面红耳赤。瑞典女部长说，瑞典和丹麦一样都是世界上最富有的国家之一，瑞典有条件接收更多的难民，给他们一个美好的未来，难道丹麦就不能吗？她指责丹麦近年来越来越严厉的难民政策，使得难民难以获得居留。丹麦女部长也不示弱，她声明，丹麦是个小国，全国只有五百万人口，按人口比例丹麦是欧洲接收难民最多的一个国家，也是按人均比例每年给予难民经济支持最多的一个国家。丹麦的政策是就近援助的政策，即在经济上给予最大的支持，帮助这些难民就近建立和改善居住条件。真是公说公的理，婆说婆的理。

百姓也是各说各的，有人说丹麦警察在没有可能说服难民在丹麦申请避难的情况下，既不能用刀子逼他们说出自己的身份，又不能关押他们超过 48 小时，警察还能怎么对待这些本来就命运悲惨的人呢？让这些难民实现他们的梦想到瑞典去呗。

还有些百姓认为，各国遵守国际条约是不能有半点妥协的，放了这批人还会来更大一批人。当难民们知道瑞典和挪威申请庇护比丹麦和其他国家容易时，就会涌向这两个国家。

经过几天无效的相互指责，瑞典政府突然宣布，外国人从丹麦到瑞典，包括丹麦公民都要出示护照。没几天，丹麦与瑞典接壤的城市道路上就有醒目的几个大字写道："记住带好护照进入瑞典。"坐渡船和火车到瑞典都要出示护照，假如丹麦火车乘务员没有检查乘客护照，有人无护照在瑞典站下车，瑞典将向丹麦火车站罚款。有意思的是，从瑞典进入丹麦却不用出示护照，也没有人站岗检查。至于丹麦与德国边境设防检查的事宜，丹麦政府曾经表示过，假如形势需要的话，丹德边境会恢复护照和边境检查，不过暂时看来还不需要。原因是，从德国涌入丹麦的人，极少有人愿意在丹麦申请庇护，他们是想穿过丹麦去瑞典。所以丹麦政府此时选择坚持遵守申根签证无边境检查的协议看来是很明智的。

取消边境防护栏和边防检查的真正目的是欧盟国家之间的共同利益，即：开放市场贸易与自由竞争，开放人力资源与自由流通。

让欧洲公民叫好的这个政策不是与生俱来的，它经过了几十年盟国领导们的争论、协调和不断磨合，一步一步扩大范围才最终形成的。2005年，欧洲许多国家终于签订了申根协议，至今已有十多年历史。申根协议成员国如今已发展到了26个国家，包括东欧几个新成员国。成员国之间没有防护栏似乎是一件很自然的事，护照几乎是多余的证件。

湖边的养老院
Plejehjemmet ved Københavns Indre Søer

　　多年前，我认识了一位来自上海的博士生萍儿，我在那年中国新年聚会上遇到了她。她穿着丝绸的舞装，脸上涂脂抹粉，活泼欢快地和一群女生在台上跳起了花伞舞。晚宴时，我们聊了起来，她不知不觉地讲了许多她在丹麦遇到的趣事。当说到她五年前来丹麦的时候，她忽然关了滔滔不绝的话匣子，脸上的表情有些怪异。

　　她满脸堆笑地对我说："张阿姨，我告诉你一件事。"我看了看她怪异的笑脸，问：

　　"小姑娘，是什么事？"

　　"你知道吧，我第一次来丹麦时，我的房东是位丹麦老太太。有一天她打电话去区政府，你猜，她要区政府帮什么忙？"

　　"派人来打扫？"我问。

　　萍儿笑着摇摇头。

　　我说："派人帮她洗澡？"

　　她又使劲地摇头。

　　"帮她送饭？"

　　她还是摇头。

　　"帮她送药？打针？"

　　"不对，不对。张阿姨，你说的都不对。"她"咯咯咯"地笑个不停。

"你这个小丫头，卖什么关子？不就是这些日常家务事嘛，还会有什么事？"

"我说你猜不出来吧，她让区政府派人买一盒牛奶送到她家。"萍儿忍不住哈哈大笑起来，两只眼睛睁得大大的。

萍儿有张圆圆的脸，化妆时把眼圈用青蓝色涂得大大的。我望着她那双特大的眼睛。

"哦，真的吗？就为送一盒牛奶？"

"丹麦区政府这么关心体贴人啊，比家里人都好，她怎么不打电话给她女儿？让她女儿买呗！"萍儿睁大着双眼天真地看着我。她一边说，一边还对我做了一个鬼脸。然后她摇了摇头，像是很不理解的样子。

我也觉得打电话去区政府就为了替她买一盒牛奶，这听起来确实很夸张。我不觉也"咯咯咯"地笑了起来。不过我还是找了点理由给这位老妇人开脱了一下。

"你知道丹麦人是怎么说的吗？他们普遍认为，一生工作四五十年，为社会大家庭交了一辈子税，现在老了病了，社会理应从经济上和人力上来照顾他们。子女嘛，应该让他们安心地为社会工作，照顾好自己的小家庭。"我解释道。

"不过我的房东住在自己家里啊，她也没什么大病，我见到许多老人都在街上坐四轮代步车自己去买东西。"

萍儿没有听我的解释，她还是饶有兴趣地叙述她没讲完的故事。

"那天，我见区政府有人开了一辆小面包车来，我这才相信这是真的。张阿姨，你不觉得这太夸张了吗？就为了送一盒牛奶，兴师动众的！"萍儿觉得丹麦的社会对老人的关心有些不可思议。

不过，这是十几年以前的事喽。我刚到丹麦的时候确实是这样的。时隔多年，变化不小，好事也渐渐减少。

　　不久萍儿回国了，不过她没有忘记一盒牛奶的事。有一天，她说她单位的领导想组织代表团到丹麦来参观老人院。我告诉她，丹麦的养老福利已经不如以前了，打电话送一盒牛奶的事情也许不会再有了。许多区政府开始缩减老人的开支，减少免费上门服务的次数和时间。

　　时隔多年，丹麦养老院的情况究竟怎么样了呢？2016年，萍儿和她的同事们果真来了，我带他们去了一家养老院。养老院有几栋六层楼的房子，它就坐落在市中心，露易斯皇后桥下的五段湖（哥本哈根内湖）边，那里风景很美。

　　我们刚跨过门槛，就见到两位老人正在走廊边的休息厅休息。坐在轮椅上的那位老太太很热情地向我们打招呼，我向她说明了来意，问可以为他们拍一张照吗？她非常高兴，并领我们坐电梯到她住的六楼房间去参观。

两位老人在走廊边的休息厅休息

这是一室单元房，网上显示的面积是 46 平方米，可是实际面积感觉没有 46 平方米。进门走廊右侧是壁橱和冰箱，左侧是厕所，客厅连同卧室空间不大，一目了然。除了

一室单元房

一张有特殊装置及按钮的床以外，三人沙发和五斗橱就是她的家具。我环顾了一下房间，觉得居住面积不大，最多 20 平方米，也许他们把走廊、厕所和厨房的面积都算在内吧。她说，养老院有比她住的房间更大的，客厅里面套着一间小卧室。除此之外还有两间的单元房，是供夫妇俩住的。不过大多数房间都和她的房间大小差不多。

这家养老院的建筑设计有它的特点，窗户突出呈尖三角形，它能最大限度地吸收阳光，不仅沿街的那幢楼每个单元都能看到街道和湖水，后面的楼也能多多少少从不同角度看到美丽的街景和湖。

养老院外景

我琢磨着，不知她满意不满意这里的条件。我看过许多电视节目，很多养老院的房间都比这儿的大。很多养老院有两间一套的单元房。

"进这个养老院需要排队登记吗？"我问她。

"嗯，我在几年前就登记了，因为我的身体状况越来越不好了。我的户口在哥本哈根市区，所以才有机会住进来。

"你运气真好啊，这里的风景多好！房租多少？"我一边问，一边走到窗口。她让我打开窗户看美景。我下意识深深地吸了一口气，哇，多清新的空气啊，湖面上还有一群鸭子和几只白天鹅在慢悠悠地游来游去。

"我没有付过钱。"

"啊？怎么会不要钱呢？"我脱口而出。

"丹麦是这样，有钱自己负担，没钱国家负担；钱少的有房租补贴，钱多的全部自己出。"她说。

我第一次听说有人免费住养老院，不过我了解丹麦的社会福利，知道房租可按收入多少加以补贴。

说起她的家和丈夫，她忽然有些哽咽。她说她卖掉了公寓，因为丈夫几年前故世了。她和丈夫开了30年的牙科诊所，她是助理，丈夫是牙医。我见她差不多要哭出来，慌忙伸出手在她的手臂上来回抚摸了几下。她止住将要掉下来的眼泪，就像听话的小孩子一样，没有哭出来。

"他出多少房租？"我转头望着她旁边的老先生。老先生是她的邻居，住在同一层里。

"他也不付房租。他有轻度的阿尔茨海默病，一个人搬来这里，她太太还住在原来的公寓里，所以他也没钱，因为他太太要支付他们公寓的开支。"

"哦，丹麦社会福利真好啊，百姓不愁没有钱。"萍儿和她的同事们深有感触地说。

　　她忽然想起了什么，说："房租大约每月1700克朗。我刚搬来两个月，没有付过房租，不太了解。"

　　"哦！"我恍然大悟。怪不得，原来她才搬来不久，所以还不知道要付多少钱。我听后笑着对她说，1700克朗是很便宜的，再说这里是市中心，还是一线湖景房！许多养老院虽然房间比这儿大，但每月要付4000到7000克朗，甚至更多。她听后脸上浮现出了非常欣慰的笑容。

　　"嗯，这里很好，虽说房间小一点儿，但周围环境好，又很方便，我很满意。吃饭有大餐厅，看电视有休息室，24小时有人值班，每周工作人员还帮我们洗两三次澡。真的，我很满意。你们想去看看我的阳台吗？"

　　我们跟着她向走廊尽头走去，此时已是下午三点半，十月的阳光正斜斜地照射在阳台上，我眺望远处的湖面，见到了望不到尽头的哥本哈根内湖，好一个一线湖景房！

从阳台上往外眺望

我想起了美国作家欧·亨利的著名短篇小说《最后的一片叶子》。年轻的女画家琼西病重，躺在病床上对生命失去了希望。当她看到窗外的常春藤树叶一片一片掉下来，只剩下四片的时候，她拒绝喝汤，她想在黑夜中等待最后一片树叶掉下去，然后她的生命也就随之结束。可是出乎意料的是，经过了一夜寒冷漫长的风吹雨打，她发现在高高的藤枝上还挂着最后一片叶子，于是她重新对生命有了希望，顽强地活了下去。她不知道这片树叶是六十多岁的老画家贝尔曼用画笔画出来挂在常春藤上的，因为老画家知道有人因为树叶而失去生存的希望，他就冒着严寒爬上梯子，但是他自己却不幸得了肺炎，去世了。

　　这个寓意深长的故事使我想到了"窗"对人的重要性。于是，我又把头伸出窗外往楼外看去，我看到了舞动的树叶和飞翔的鸟儿；我望见了碧蓝的晴空和飘移的白云，我见到了街头的行人和来往的车辆……此时此刻，我觉得窗外的一切给我带来了生活的美好希望。现在我更理解故事中病重的女画家琼西。她想，窗外的叶子经过凛冽的寒风依然可以存留下来，自己为什么不能坚强地生存下来呢？于是她就有了活下去的勇气。

　　我们告别了老人，走出养老院。我抬头望了一下窗口，她还站在窗口不停地在向我们挥手。"我会再来看你的。"我比画着对她说。她打开了窗户，脸上充满了欢乐，她目送着我们，直到我们消失在人群之中。

　　第二天，我们又参观了小城的一家养老院。热情的工作人员让我们参观了一位老太太的房间。我看了一下屋里的家具，都是欧式柚木老家具，墙上的油画和博物馆珍藏的差不多，她和先生的结婚照也挂在墙上，像是对着我们不停地微笑。一位清洁工正在为她吸尘和擦家具。

我们禁不住问这位老太太，这些家具是否都是从自己家里搬来的。"是啊，当然啦。"她自豪地说。她指了指沙发说："这张沙发是我过世的先生买的，我们以前在家天天坐在这上面看电视。"她的嘴角露出一丝微笑，她的眼角有些湿润，好像回忆起许多往事。萍儿赶紧安慰她说："哦，丹麦的养老院真好啊，你们可以把自己的家具搬到这里来。这对你来说很重要，不是吗？"萍儿满脸堆笑地说。

看着萍儿天真的笑脸，我下意识地望着她清澈明亮的双眼。我又下意识地看了一下那位丹麦老妇人，她的眼皮已经沉沉地往下垂了，几乎把双眼遮去了一半。我不自觉地用力睁了睁我的双眼。哎，岁月不饶人。哪一天我的眼睛也像这位老妇人一样睁不开，我也该进养老院喽！

我心中思绪万千，我想，夫妇俩总有一个要独自一人走完人生的最后一段路程。虽然孤独的余生是难免的，但如果能像这位老妇人一样，生活在一个大家庭中，有人聊天下棋，和伙伴一起吃饭，一起喝咖啡，一起过节，一起唱歌，生活会热闹和喜悦得多。不仅如此，在养老院，生病有人照料，吃药、打针都有医生护士治疗和护理。我忽然想起我母亲最后一段时间住在医院时的情景。护士们常走到母亲身旁，用手轻轻地拉着她的手，来回抚摸几下。丹麦护士的爱心给我留下了非常难忘的印象。我想，养老院的护理人员也一定不例外。今天让我印象最深刻的是，老人们可以把自己的家具带到养老院来，这不仅是伴随他们一生的家具，更是他们一辈子的回忆和家庭的温馨。

"前几天，我隔壁那个女的上了电视。"老太太兴奋地告诉我们。

"真的？什么事啊？"我们不约而同地问。

"她有一个小茶几，本来放在进门旁边，可是工作人员要挪动它，说是妨碍她们打扫房间，工作起来不方便，要么就拿走。"

"哦，我看了电视新闻，我看到了那张茶几，好像是一个很精致的欧式古典家具！"我忽然想起来了。

"听说这件事闹到市政府，我的邻居就是不愿意挪动这个茶几。"老太太又加了一句。

"她挪动一下不可以吗？我看，她自己坐在轮椅上转来转去也不方便啊。"我忍不住说。

"问题不在这里，关键的问题是，养老院的居民是否有权利使用属于自己的东西。"

我们听了都很感叹，原来小小的争执关系到一个大问题，即，老人们的自由和权利问题。

萍儿走了，他们带走了丹麦养老院的样板。老总们雄心勃勃，决心在上海打造一个丹麦式的养老院。有一天萍儿发来电子邮件，问起茶几的事，问最后究竟是谁赢了"官司"？那还用问吗？我对她说，当然是那位养老院的老妇人喽！因为丹麦有一个组织叫"老人的事宜"，他们不仅为老人呼吁，还为他们打抱不平。我想，养老院在这件事中也得到了一个教训，不要以为老人无力辩解，在工作中就可以对他们"为所欲为"。

参观了这两家养老院后，我不禁好奇地在网上查了一下，究竟养老院的房租要多少？一打开哥本哈根市政府的网页，在养老院一栏中就看到了所有的养老院信息，除了标明房间的面积、空置房间之外，最令人瞩目的就是"房租按收入多少计算"这几个字。虽然明码标价每月4000克朗，甚至7000克朗，但不必担心。也就是说，收入少的人房租支付少，反之就要多负担。房租原则上是10%的个人收入，另外每人担负10%的公用面积和管理费。这样加起来，收入最低的人，差不多支付1700克朗，而收入多的就会超过2000克朗。另外，养老院都是单独居住的整套单元房，除了夫妇，没有合住的。

看到房租只占收入的10%，我真是大吃一惊，哇，太便宜了！然而，伙食费却使我吃惊不小。就拿湖边的养老院举例，伙食费套餐：一日三餐，包括饮料，每月3811克朗，即每日119克朗，一日两餐，包括两次点心，每日52克朗。以前的免费餐到哪里去了？记得有一次电视台讲到养老院一顿午饭要50克朗，而且批评饭菜的质量，才使我注意到这些巨大的变化。这些老人餐，有的养老院是向外面私人公司预定的，这种公司当然是要盈利的。可丹麦大多数养老院有厨房，为什么养老院自己烧的饭菜也如此贵呢？不过转念一想，工资不停地在涨，伙食当然也就越来越贵了。近年来，工会屡屡领导工人、护士、老师罢工。2018年，普通工人的工资已经增加到了每月19679克朗（税前）。

很显然，伙食贵不是因为食品贵，而是人工贵，那么，老人是不是能够自己烧饭呢？这不就节约很多了吗？记得有一次我一个人在家，买了一只鸡，花了40克朗，吃了将近四天。我很感叹，人老了，胃装不下多少食物。15个鸡蛋只要23克朗，牛奶也不过8克朗一升，素菜虽然贵一些，但9克朗一棵卷心菜也能吃上几天啊！

从丹麦一刀切的退休金来讲，每月税后基本是7000多克朗。（这里是指政府养老金，有的退休人员每月还有公司养老金）老人在养老院支付了住宿、暖气和伙食等基本开支后，还要支付洗衣、洗床单和擦窗等费用，这样，养老金也就所剩无几了。当然伙食套餐是自选的，但是，有的养老院老人单元房内的小厨房只是一种简单的厨房，只能烧烧开水，热热东西，所以，老人们只能买伙食套餐。至于免费住养老院，我还没有看到相关信息。

　　湖边的养老院不是世界一流的养老院，小城的养老院也不是田园风光的养老院，但是，它们为普通的百姓提供了安定舒适的生活环境和医疗上的帮助。虽然，我和一部分人对养老院的认知有些误区，以为养老院的费用基本都是免费的，但是，我心里还是为丹麦老人感到欣慰。

丹麦成人学生二三事
To danskere lærer kinesisk

　　米卡尔是个三十岁出头的小伙子，头发剃得短短的，眼睛大大的。2013年秋天，我退休后在成人夜校教中文，他是我的第一批学生。当年有十二个人报名，四年以后只剩下他一个人。卡斯滕是第二批十个学生中的一个，遗憾的是，现在也只剩下他一个人。记得那时候，我在黑板上写了"半途而废"四个大字，我希望他们不要半途而废。这四个字我几乎每学期都会在黑板上写上一遍，虽然对他们这两位老学生来说已经是老生常谈了，可是他们每次都端端正正地在笔记上写下这四个字。他们一丝不苟，一笔一画的字深深地打动着我，也使我心中感到无比的欣慰。当他们写完这几个字后就会齐声说："我们不会半途而废！"然后我们全班新老同学都开心地大笑起来。

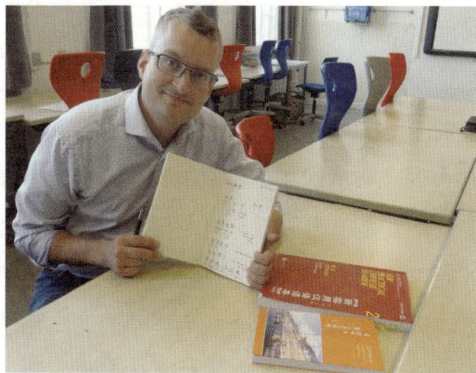

米卡尔（Michcal Thumand）

让我先来讲讲米卡尔的故事吧。

我不知道为什么米卡尔要学习中文，他的工作与中文八竿子打不着边，他一学就学了四年，八个学期！不知他的动力是什么？我常常在想，他为什么要下班后骑着自行车来学习中文？虽然只是每星期一个晚上两个小时，但要坚持下来不是一件容易的事。当然，他无疑是一个上进的好青年。他拥有两个法学硕士学位，先获得了丹麦奥胡斯大学法律硕士学位，继而又取得了苏格兰阿伯丁大学的硕士学位。所以，一份好工作对他来说并不是梦想。他的第一份工作是在丹麦格陵兰岛律师事务所当律师，之后在交通部从事法律事务工作，现在在丹麦科技大学法律办公室工作。想必这个三十岁出头的小伙子是父母的骄傲，工作不久就在哥本哈根买下了一套两室一厅的公寓。

有一天课间休息时，我问他：

"米卡尔，你为什么要学中文？"

"哦，这个嘛，是因为——"他停了下来，瞪大了双眼望着我。

"没什么，我随便问问。"我不好意思地说。

"没关系，我以前在苏格兰读大学时认识了一位中国女生。"他有些不好意思地微微一笑。

"哦，是这个原因啊，你想学了中文可以跟她谈恋爱？"我听了哈哈大笑起来。

我嘴上这么讲，心里却在想，原来有人不惜从头学一门外国语言好跟人谈恋爱，真是值得佩服！可是学一门语言有多难呀，特别是，中文与丹麦语相差十万八千里，无论是发音还是语法都毫无相同之处。当然，假如女朋友以后会成为妻子的话，那学中文是非常必要的。可不知他的中国女朋友现在在哪儿呢？

"那位中国女生现在在丹麦吗？"我无法掩饰自己的好奇心。

"她回中国去了。"米卡尔不假思索地回答。

"哦，米卡尔，你的回答使我很伤感，你们怎么分手了？她不喜欢你，还是你不喜欢她？"我追问。

"不是的，张老师。其实，其实我们不是什么男女朋友，只是，只是……"他考虑了一会儿，慢慢吐出这几个字。

"米卡尔，你知道，我们中国有句俗语叫'没有缘分'。我看你们两个人没有缘分。"我打趣道。其实，我是想让他对这件事想开一点。

"缘分是什么意思？"他傻笑着问。

"就是机遇的意思。你们有机会相识了，可你们错过了上天给你们带来的机遇，中国人说，命里注定你们没有可能成为夫妻，这就是没有缘分。"

"命里注定是什么意思？"他脱口问。

我不知道怎么跟他解释"命里注定"这几个字。我其实没有宿命论的思想，可是这四个字无法用科学的观念来解释。再说他是丹麦人，又是年轻人，我灌输他这种命里注定的思想好吗？我觉得我会越说越糊涂的，就不好意思地对着他笑了笑，说以后再跟他解释这个词。他没说什么，用手轻轻地扶了一下他的眼镜，我见到他的一双大眼睛正盯着我，若有所思的样子。

听了他的故事使人很遗憾，两颗离得那么远的心，忽然间碰触在一起，刚想点燃爱情的火花，却又要遥遥相对。米卡尔那么喜爱中国，好不容易在苏格兰遇到了他梦中的中国姑娘，可是他们两个却最终回到了各自的故乡，没有结成良缘。我想起了牛郎织女的传说。我告诉米卡尔，七月初七快到了，那天是中国的情人节，想跟中国姑娘说心里话，就看着天上的月亮说吧。因为在地球的另一面，他所思念的人，也在那天，对着月亮倾诉呢！这是中国的节日，叫"七夕"。他好像听懂了我讲述的中国爱情故事，不过他说我是在编织一个新的罗密欧与朱丽叶的爱情故事，其实，他和那位中国姑娘只是普通的朋友。我听了后，激动的心情才慢慢地平静了下来。

第二年暑假，他发电子邮件告诉我，他去中国旅游了。回丹麦后他给我看了几张合影，他指了指照片上坐在他左边的一个女子，说她就是他以前在苏格兰一起读书的女同学。我睁大了眼睛想看清楚他的那位没有缘分的女同学究竟长什么样。可我怎么也看不清她的脸，不过我下意识地露出了欣喜的笑脸，我想庆贺他俩的重逢，但愿这次相见他能抱回他的中国新娘。我望着他，还没张口，他却忽然冒出一句话：

"她已经结婚了，这是她的妈妈。"他指了指照片上坐在右边的那位中年妇女说。

"噢——"我无法克制自己的失望之情。我刚想说"没缘分"这个词，可马上就闭嘴了。

"哈哈，你知道我见到了什么？我见到了世界上最可爱的孩子。呵呵，中国的孩子是你无法想象的，他们是一群，一群……"他最终没有找到一个适合的词汇，只是一边大笑，一边摇头。

我无心去听他的笑声，我知道他没有把那段感情全部忘掉。他千里迢迢去中国想见一面同窗女友，可她却已经属于他人了。我猜想他们俩之间曾经擦出过星星点点的爱情火花。这个勤奋好学的丹麦小伙子如今仍然是独自一人，而她，早已是孩子的妈妈，并有了一个安稳的家。

在我眼中，米卡尔会成为一个丈母娘喜欢的女婿。他有一个稳定的好工作和属于自己的二居室公寓。但是他没有豪房和豪车，不是富二代，也不是明星，没有万贯家财和显赫的背景。我想告诉他，如今许多姑娘择偶的标准就是这样，但我欲言又止，我不想他受这种思想的影响。转念一想，好姑娘在中国还是不少的，但愿他在不远的未来能找到一位与他一同航海的姑娘！

又是一年过去了，米卡尔没有半途而废。有一天，我在黑板上写了"下定决心，不怕牺牲，排除万难，争取胜利"几个字，大家都认认真真地把它记在自己的笔记本上，还写上了拼音。我告诉他们，这十六个字是我生活在美人鱼故乡的曙光，没有它，我不可能在 50 岁的时候拿到法律硕士文凭。我讲起自己的故事：

我不会忘记那一年的冬天，大雪一连下了好几天。有一天早上6 点多，我刚推开大门，一阵刺骨的冷风朝我迎面扑来，雪一下子打在我脸上，我一看，门外小路上覆盖着白白厚厚的雪，只有一排小小的猫脚印。我忽然怜悯起自己来，我下意识地关紧了大门。噢，人家都在暖烘烘的被窝里睡觉，我为什么要出去呢？大学没有签到制度，我不如自己放自己一天假吧。躲在走廊大门内的我开始了激烈的思想斗争，究竟是去上学，还是不去。这时，我想到了这几个字。我，一个幸运的中年人，有机会上丹麦大学，但丹麦语却很差劲，所以上法律专业课几乎有一半是听不懂的。但我如果不去听课，那连剩下的一半也没有了，那怎么能毕业呢？于是，我默默地在心中一遍又一遍地念着："下定决心，不怕牺牲，排除万难，争取胜利。"我终于在雪地上踏出了一排长长的坚定的脚印，冒着风雪一口气走到了公共汽车站。

学生们听了我的故事不住地微微点头，他们的脸上浮现出欣赏、

米卡尔在中国校外书法班学写毛笔字

赞许的微笑。

暑假一转眼又到了，米卡尔又去了一次中国。我收到了他从微信发来的照片，当然，他又见到了那位没有缘分的中国"女友"。这次，他去了"女友"儿子的校外书法班，还尝试了写毛笔字。他的这几个毛笔字虽然无法用书法艺术的眼光去评论，可是他向我们表达了他的一颗热爱中国文化的心。

好，现在让我来讲讲卡斯滕的故事。

那是2014年，卡斯滕报名参加了中文学习班。他是一个又高又大的中年男子，学习认真，话语不多。有一天，我发现他也和米卡尔一样，没学多久就写了一手好字。我一直以为汉字对一个外国人来讲是很难学的，所以他的一手好字让我很吃惊。不仅如此，他还能记住笔画的顺序，写起来又快又好，他做的课外练习几乎没有一点儿错误。

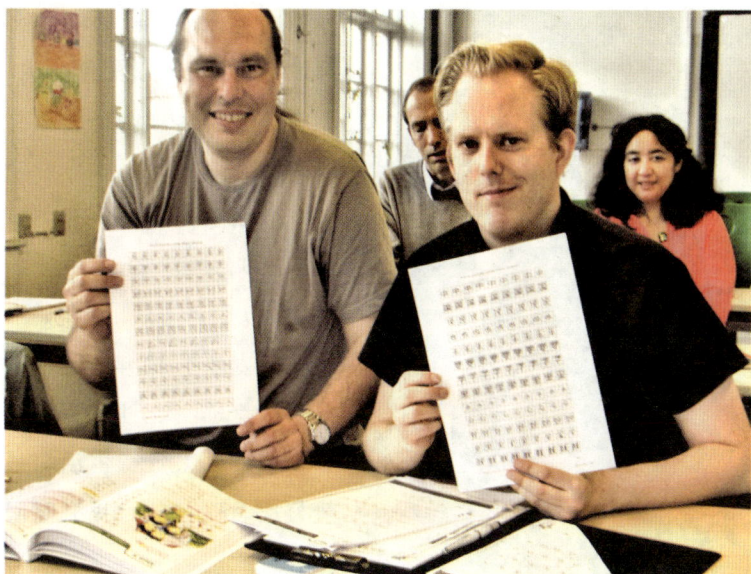

左边的那一位是卡斯滕（Karsten Dromph）

    卡斯滕告诉我，他之所以要学中文是因为他正在学习打太极拳，我听了有些惊讶，一个星期要学习两次太极拳和一次中文，他究竟有多少业余时间呢？他是有老婆、有工作的人。我嘴上虽没说什么，可对他的雄心壮志并不看好，我想他肯定会像其他学生一样，三天打鱼两天晒网。学中文有那么容易吗？尝到苦头就会知难而退了。

    可他没有半途而废。说真的，几年下来，我对他也有了感情，假如他不报名，我会很失落的，但我不会去说服他报名，毕竟学中文是一种爱好，没有兴趣逼了也白搭。再说，不仅要花时间，还要自己掏腰包。（半学期，3 个月，12 次课，1200 克朗）。每个学期，我都怕见不到他的名字，因为我觉得他和米卡尔不一样。人家米卡

卡斯滕每星期学习两次太极拳

尔想找个中国老婆,学好中文可以与女朋友谈恋爱,可他呢,已经有了老婆,而且,他老婆是个英国人。

卡斯滕的老婆不在英国生活,却跟着他来到了丹麦,还要从头学丹麦语!听说她已经在丹麦住了10年,刚通过丹麦语考试,入了丹麦籍。

"你太太觉得生活在丹麦好吗?"有一天我突然问他。

我知道这是我偏执的思想在作怪,一种顽固的想法总是盘旋在我脑海深处。我总觉得英国是大国和强国,英语又是国际语言。为什么他精通英语,不跟随太太去英国生活,反而让太太来丹麦这个小国,不仅要从头学一门只有少数人能听得懂的语言,还要去考试才能入丹麦籍,难道丹麦比英国好吗?他笑着满怀自信地点头,对我说他太太喜欢住在丹麦,他们俩在几年前买了一幢联排屋,房子虽不大,但有三四间房,还带着一个小院子。他的英国太太很满意,觉得丹麦的福利比英国优越。

那天我请他们夫妇和米卡尔到我家做客,我终于见到了他的英国夫人。他的夫人也长得又高又大,看来,他们俩真有缘分。我们上海有句老话叫"大饼配油条 —— 再合适不过了"。可不知他们的爱好一样吗?卡斯滕告诉我,他们俩是在英国认识的,当时他在兰卡斯特大学工作。

世界说大很大，说小也很小。记得那时候，当我听说卡斯滕学太极拳时，我就告诉他，我母亲的二伯是杨氏太极拳的传人，叫陈微明，我叫他二外公。我拿出一本丹麦杂志给他看，封面上有二外公戴西瓜帽的半身照，还有中丹文字对照。我不能想象，是哪个丹麦人或者中国人在30年前就把杨氏太极拳带到了丹麦。最珍贵的是，这个清朝老人就是我的二外公！

二外公一家住在上海永嘉路，我小时候每逢春节，父母带我去他家拜年，可我从来没有见到过他，因为那时他已经过世了。我只知道，他家二楼亭子间有他的灵堂，我外公也在60岁时去世了，所以我对他们是没有半点记忆的。我见到二外公的照片还是在来丹麦之后，那是一个偶然的机会。

我母亲1994年来丹麦与我同住，我经常送她去区政府活动室活动，那里有许多免费学习班，我让母亲参加学做陶器的学习班，母亲居然学会了做小动物，还做得非常逼真。有一天，有位丹麦小伙子用手势和中文词汇与母亲攀谈，他是帮助教员辅导学生的老师。"taiji,taiji"，小伙子高兴地对母亲说。母亲虽懂一些英语，但对小伙子突如其来的这个词听不懂。小伙子用手势做了老半天，我母亲还是不懂是什么意思。小伙子跑进办公室，拿出一本杂志，母亲看到封面上的老人照片就叫了起来："我二伯，我二伯！My uncle, my uncle！"母亲用"洋泾浜英语"说出了"他是我伯伯"这句话。没想到小伙子用拼音叫着："Chen Weiming, Chen Weiming！"这是多么熟悉的名字呀！我母亲听了连连点头，嘴里也重复说着："陈微明，陈微明！"陈微明是母亲二伯的名字。

小伙子听后手舞足蹈起来，他居然兴奋地跨出了大步，在母亲面前打了一整套太极拳。我母亲也跨出了大步张开了双臂，在空中慢慢地舞动起来。我母亲的太极拳是二外公亲自教出来的，可是，母亲小时候不认真学，没有坚持下去。可丹麦小伙子呢，认认真真学了一年多，老小两个人的姿势和动作都差不多，不过，还是小伙子打得好多了，是正规外国"杨派弟子"。原来，刚才小伙子手舞足蹈说的是"太极，太极"。

卡斯滕听了我的故事后很感动，不过因为他个性比较内向，我只看到他脸上的一丝笑意。他告诉我，他已经练了好几年太极拳了。有一天卡斯滕带来了许多复印件，是陈微明著的太极书，还有一套一套的动作绘图。第二年我回上海时，特意去了二外公的家，他的孙子比我年长和我同辈，仍住在二外公的房子里。他最近整理出版了一本他爷爷编写的太极书，赠送了我两本。我带回到丹麦后，把一本书赠给了卡斯滕，我觉得他是最值得拥有这本书的人，特别是封面上有中国民主促进会创始人之一、著名书法家、作家和诗人赵朴初老先生的题词。朴老说起来是我母亲的堂姐夫，所以也是二伯家的亲戚，他为这本书题了词。卡斯滕告诉我，他的太极拳老师是一位丹麦人，是上海著名杨氏太极拳传人何功德的弟子，而何功德是从陈微明——我母亲的二伯那里学到的杨氏太极拳。

某天，卡斯滕不但没有暂停太极拳训练，而且把太太也带进了太极拳班。听说他的太太居然在太极拳班里当起了辅导老师，真是让人吃了一惊。卡斯滕呢，因为要上中文课，不能去教拳。不过，这还不是真正的原因，原来他又报了一个书法班。记得有一次，我在上课时送了每人一支毛笔和一些习字的方格宣纸，没想到，他真的爱上了中国书法。后来，米卡尔配合书法为大家做了主题为"文房四宝"的演讲。卡斯滕还拿了练功的大刀，为大家演示和讲解太极拳。

这就是我想讲的普通百姓的生活故事。它没有惊心动魄的情节，也没有让人羡慕的奢华，但它有着平淡而有意义的人生情趣。

米卡尔的生活中似乎少了一个与他志同道合的妻子，但他不缺少生活的欢乐。有一天我问起他的工作，他抑制不住心中的激动，说他正在起草一份合同，而这份重要的合同是公司与20多家合作单位将要签署的。说起他的三辆自行车，他更为此感到骄傲，不是因为他花了很多钱值得向人夸耀，而是因为它们具有各自不同的功能。（丹麦普通自行车2000到4000克朗不等，好的将近1万克朗或更贵）有时候他下班，特意骑车兜两个钟头，周末，他会骑自行车在森林里与大自然赛跑。每一天他都享受着这个世界带给他的欢乐。

卡斯滕和米卡尔一样，都算得上是中产阶级，他的生活虽然不缺少什么，但夫妇俩的精神财富令人羡慕。当我那天问起他太太的时候，他掩饰不住内心的欢喜，说他的太太很满意在丹麦的生活。我真想问，"难道你们不想买一幢大一点儿的别墅或者一辆豪车？"我们常说，人的欲望是无止境的，追求富贵的心是不会停止的。可不知道我身边的这些丹麦人为什么能够做到适可而止呢？

我想，丹麦社会的稳定和全民富裕确实给百姓带来了丰衣足食的美好生活。不过，满足，是一种很好的心态，它让我们远离攀比和炫富。平淡的生活到处有着点点滴滴的幸福，健康的身心才是世上最有价值的财富。

好，这一次我就讲这两个丹麦人的平凡故事，以后让我再一个一个道来吧。

疯狂达利历险记
Salvador Dali's eventyr i Kina

世上真有这么巧的事。

2016 年夏天，有家公司打电话去翻译公司预约一个翻译，翻译公司通知了我，我却意外遇到了我以前的公司总裁。原来是总裁打电话去预约翻译的。

15 年没有见到他了，感觉他还和以前一样，丝毫没有变老。他总是笑嘻嘻的，和蔼可亲。只是有一点，从照片上无法想象他是怎样一个充满活力的人。他出国如同出城市一样是家常便饭，以前频繁去美国，现在频繁去中国，差不多每月都要去一次。

联合展览公司（UEG, United Exhibis Group）总裁Feit Ritzall

联合展览公司（UEG, United Exhibits Group）是一家丹麦展览公司，在欧洲是最有名望的展览公司之一。总裁创业至今已有二三十年的历史，如今在欧洲展览行业中赫赫有名。在丹麦我们都直呼其名。我心中一直觉得亏欠总裁，因为，成功的狂想旅程——大师达利互动展在中国北京、上海、广州和武汉四个大城市巡回展览了一年，但是这么红红火火的展览却没有给公司带来利润。我们

中丹两方为文化交流做出了巨大的努力，可社会效益没有带来双方的经济效益。当我拿到一厚沓报纸的表扬和赞许之后，一个个艳丽的光环只停留在这些纸张上。使我无法向总裁解释的是，我曾经多次提醒各报记者，写文章的时候不要忘了总裁和公司的名字，我还把他的半身照片交给了记者们。可我在报上没有找到总裁的大名，更没有看到他微笑的照片，却看到了好几处我的名字。报上写的展览公司名称都是译文：丹麦联合展览公司，没有 UEG 字样。我没有脸面把厚厚一沓报纸给总裁看，我的内心只有亏欠。我最后迫不得已离开了为之付出全部爱心的 UEG。

这次偶然的相遇使我一下子想起了 2001 年我在这家公司工作的情形，所有的一切就像是电影一样浮现在我的眼前，我说的那个疯狂的达利，究竟是何许人也？

那天我看到办公桌上放着一本广告画册，上面用英语写着 Dali（达利）的字样。

萨尔瓦多·达利

"谁是达利啊？"我看着画册上一个有八字胡的人问。

"你不认识他？"贡讷睁大了双眼说道。

贡讷是我的顶头上司。一个三十六七岁的中年男子。高高的个子，不胖不瘦，戴着副眼镜，斯斯文文的。听说他的母亲是德国人，父亲是丹麦人。

"这么怪的人，谁认识啊？"我不由

得大笑起来。

"你不认识他？他是世界上大名鼎鼎的超现实主义画家！他的全名叫萨尔瓦多·达利，是西班牙人。"贡讷看着我说。他耸了两下肩膀，脸上一副不可理解的神情。

"超现实主义？怎么个超法？四个眼睛，两个嘴巴，就算超现实主义？"我笑得合不拢嘴。

贡讷看着我，但他脸上毫无笑意，忽然对我说：

"维理，你能把这个展览办到中国去吗？"

"办到中国去？谁认识达利？要说抽象派，超现实主义，中国人只认识毕加索。"

我在丹麦联合展览公司工作已经好几个月了，公司的新目标是要打开中国市场。我每天反复看着公司的广告小册子，真想把所有的展览都办到中国去。但按常规，要中方先付钱来租我们的展览，而中国的做法，要丹麦方先付钱去租中国的展厅，这种生意规则不同，怎么能谈到一块去啊？！但我确实很想把展览办到中国去，因为互动展在中国还不多。

我心里想着，嘴上说："嘿，贡讷，老实告诉你，什么展览都可能到中国去，就是这个展览到不了中国。"

贡讷听了淡淡一笑。幸好他没有八字胡，否则他也会像达利的胡子一样往上翘的。

有一天，美工设计师从英国广播电台拿到了一盘介绍达利生平的录像带，我一个人在音像室欣赏起来。我有生以来没有看见过像他那么疯狂的人物，当然除了看卓别林的喜剧片之外。看到达利用绳子将自己捆起来，绑在椅子上，一直滚到窗边，差一点掉下窗口；看到他在街上仰着头，鼻子和额头上顶着好几个碎鸡蛋，蛋液一直往下流；看到他被崇拜他的人抬着在街上狂欢，和他一起被抬着往前走的是世界最长的棍子面包，长达几十米，由几百个人扛在肩上游行。这些疯狂举动迷住了我。

我看，不仅是达利很疯狂，西班牙老百姓更是疯狂，达利就像是他们的上帝和至高无上的神一样。

哦，怪不得他会创造出那么离奇古怪的作品啊，原来他的个性是那么奇特，他的思维和举止就是那么不寻常。他怎么会创造出大象的形象是四条细细的长腿？他怎么会创造出一个钟像一块融化的冰块？有人说，他常常是做梦后想出超乎寻常的画面来。我开始喜欢起达利的作品来，特别是他的雕塑。他的雕塑常常是一个主体与许多细小的环节构成整体，这些超现实想象的组合使人进入无穷无尽的梦幻之中。

2001 年，我开始了一年的疯狂旅程，想把疯狂的达利和儿童互动展介绍给国内广大的观众。我说自己疯狂是因为我来来回回从丹麦飞往中国，向展馆豁出命地介绍各种各样的展览。我心里总是充满信心，哪个孩子不喜欢恐龙啊？！我们的恐龙展，一个个大恐龙和真恐龙一样高，还会晃来晃去的，还会发出叫声。我在德国看我们的互动展时，就被幽幽暗暗中倒挂着的蝙蝠吓了一跳。我甚至也和年轻人一样去试玩了好多次大型互动玩具。这就是互动展啊，用声、光、电的高科技将整个展览包装一新！每一次我都信心百倍地期待中方的合作，因为家家展馆无不称赞互动展的新颖，但是一算钱，没有一个展馆愿意出钱买下我们的展览，我是到处碰壁，气得发疯。

有个展馆的领导对我说："张经理，你想，不要钱的展览我们都办不完，还要我们来出钱买你们的展览。假如亏了本，我不是要丢饭碗了？"

有人对我说："你们老板怎么这么笨？要打开市场就要先投资。你先给人家免费看嘛，人家看了你们的展览，觉得好，下一次就会排着队来抢你们的展览喽！"

我听了这些话啼笑皆非。这些肺腑之言好像把我当孩童一样数落，难道我不知道这些"生意经"吗？不过，既想马儿跑得快，又要马儿不吃草的好事哪儿会有呢？我差不多变成了神经质，老想着达利和恐龙，想着怎么可以将国外形式新颖的展览引进中国。但是，有哪个老板，哪个国家，会白白送一个世界名展给别人，既要担风险又要亏血本呢？当我有一天被介绍到北京中华世纪坛的时候，真是时来运转。

记得那天，我几乎拿出所有精美的儿童展览广告画册，最后试探着拿出达利广告册来。当我还没将达利展的画册放稳，姜总就说，"哦，你有达利展啊，太好了，这本画册让我看看。"他翻了翻，连声说，"很不错，很不错。"他像是有透视眼，我刚从包里拿出杂志，他就看到了封面上达利的头像。

姜建秋，我称呼他姜总，那时他是歌华文化中心的董事长。他中等个子，结结实实的身子，这种精干老练而且对艺术熟知的老总，使我有些无地自容，我没想到遇到了一个"东方慧眼"。

我忽然灵光乍现。因为我曾对我的上司贡讷说过，在中国没人认识达利，可现在看来，办展览的国内同胞对西班牙的达利并不陌生。记得在上海和广州博物馆，甚至在昆明，只要晃晃达利的八字胡照片，就会有人惊叫起来："哦，达利！"

就这样，疯狂达利在中国的历险记开始了它的第一个篇章。

歌华集团下的中华世纪坛艺术馆要承担一个很大的风险，作为在中国的承办商和四大城市的巡回展览组织者，要担保展览的顺利开展，首先要作为总代理和我们丹麦公司签一个合同。

谁会想到一个合同就修改了23次！每一次将二十几页的合同传真到北京时，我都以为是最后一次。那天贡讷坐在我对面说：

"我看我们也要发疯了，每一次都好像是真的一样，修来改去，咬文嚼字，但还是在……"

"还是在纸上谈兵！你没听说过这个中国成语吗？"我笑着解释给他听"纸上谈兵"的意思。贡讷听后笑得眼睛眯成了一条缝，说："纸头上打仗？很形象，很形象！光纸头上谈兵法有什么用？"他摇着头苦笑。

当贡讷和我代表 UEG 最终在北京签下合同的时候，我们真想在宾馆里发一次疯，和达利一样。

达利展在世界上已经办了 62 次，但互动展还是第一次。互动展就是要设计一些活动，让观众和达利作品能相互交流，也就是说观众可以参与活动。这些互动用的仪器是我们丹麦 UEG 设计和制作的。但没想到"狂想的旅程 —— 大师达利互动展"在广州美术馆第一站就遇到了问题。

那是 2002 年 5 月，一件雕塑——《思忆中的女人》遭到了"横祸"，不仅后脑勺的头发被弄坏，掉了下来，两个眼珠也被打破了，等我看到的时候，只剩下两个空空的洞。据说是因为看的人太多，被一位小学生不小心碰到地上。假如当时每个雕塑都用围栏围起来，或者用玻璃罩罩住就没事了，但达利作品的收藏者认为，这样的话，达利就离观众太远了。

我当时听到雕塑被损毁的消息时，真是被吓到了，一件作品价值百万甚至千万，谁赔得了？虽说达利展投了保，但要和外国保险公司去要这笔钱，嘴唇磨破皮也不一定能成功。所幸的是，5 米高的大雕塑《软钟》挺立在展览馆前的广场上 3 个月，没有被大风刮倒。

一波未平一波又起，那天把所有的箱子封好运出广州时我就感到有些不妙。外面忽然狂风暴雨，后来听说公路要改道，许多地方都不能通行了。北京的展览不能延期，否则会影响声誉。疯狂的达利在广州大报小报的赞扬声中开始了它的第二次艰难的旅程。

7 月上旬展品运到了北京，可打开箱子一看，《奇境中的爱丽丝》"爱丽丝"的肩膀处裂开来了。我不由得在心中自语："美丽的爱丽丝啊，你完美的肩膀有了裂痕，现在的你还会有原来的神奇和光彩吗？"

真是祸不单行，我忽然发现电脑仪器在运输中发生了故障，我又对着上天默默地祈祷起来。本来观众可以在电脑上创作出一幅幅超现实主义的画面，特别是孩子，当他们在屏幕上看到自己的脑袋也像达利的作品《软钟》一样，歪歪扭扭的样子，一定会笑得前仰后合，但是电脑坏了。假如观众不能与展品互动，那还算什么互动展呢？

电脑出现的"险情"比损坏的爱丽丝肩膀更为惊险，我们必须在展览开幕前修复故障。可是电脑仪器是在丹麦制作的，电子软件必须尽快在丹麦重新编排新程序，还要用飞机尽快运过来。中华世纪坛艺术馆王昱东馆长本来就是一脸严肃相，现在就显得更加严肃了，但我知道他想到的是如何向观众交代。他居然在一天内找到了维修电脑程序的公司，在两天内恢复了部分电脑程序，展览才得以正常开幕。虽然他遇到了一个非常严峻的问题，但是他没有责备我们丹麦公司，今天想来，我还是很感激他的。

疯狂的达利啊，你让我们大家都跟着发疯。那几天，王馆长没睡过几个好觉，北京的电子工程师们也 48 小时没合眼，大吊车在半夜里吊起 4 条细细长长的大象大腿，许多摄影记者都在月光和强光下抢下第一个精彩的镜头。当我站在世纪坛前草坪上看着工人们把 7 米高的青铜大象竖立起来时，我的睡意早已跑到九霄云外了。哦，已经是清晨 4 点多了，我们通宵达旦地工作。

北京 7 月的清晨，凉飕飕的风吹散了我们的困意，我什么也没想，只求达利在北京的狂想旅程能给观众留下终生难忘的回忆。3 个月展览结束后，那尊 7 米高的瘦腿大象，重 4100 公斤，居然挺拔地站立在世纪坛前的草坪上，顶住了狂风暴雨，没有倒下来。

巡回展的第三站是上海，达利在上海度过了他的第一个中国年。中国的鞭炮冲走了"邪气"，我们的达利展品没有遇到"肉体"上的惊险，但却经历了精神的冲击。就在上海城市规划馆同一条马路的另一头的上海大剧院也在办达利展。虽然没有大型的雕塑，也不是互动展，但竞争使"达利的狂想旅程"在上海经历了又一次风浪。不过达利应当引以为傲，在上海居然同一时间办了两个达利展。当然，"狂想的旅程 —— 大师达利互动展"以它最新颖的形式和超级大雕塑，以及超乎寻常的展品，被评为第一受欢迎的展览。

3个月后，"狂想旅程"来到中国的最后一站 —— 武汉。在开展前一天晚上，武汉城市规划馆的工作人员接到了一个电话，一个青年在电话里急切地问：

"你们这里是不是在办达利展啊？我能不能过去买票？"

"是啊，你怎么知道的？"

"我看到汽车上的广告，就跟着追，总算追到汽车靠站，就把你们的电话抄下来了。"那人在电话那头气喘吁吁地说。

我听了展馆工作人员的描述很感动，我心想，幸亏那人是飞毛腿，也幸亏汽车在不远处停了下来，要不他满街跟着汽车跑，人家还不以为他发疯了？可惜我没遇到他，否则我会送他几张票的。我把我的想法告诉了工作人员。一个女青年笑着说：

"你知道他来了几次？他还带了朋友来。最后一次，我们没收他的门票，因为他为我们做了那么多广告。听说他在广州时没赶上展览，心里一直很后悔。"

疯狂达利终于冲破了种种艰险，在2003年夏天圆满地完成了在中国为时一年的旅程。想必达利使那家外国保险公司也发了一次疯，他们要为《永不去世的达利》支付意想不到的巨额赔偿。但愿他们仍然爱戴疯狂的达利！

对于我来说，疯狂达利留给我的是永久的留恋和无限的遗憾。

也许是上天的旨意，我在 15 年后的今天，又遇到了 UDG 的总裁。他还是那样和蔼，没有架子。最庆幸的是，他的中国梦并没有因为达利而停止。我也没想到，他正加足马力，将更多的世界顶级展览办到中国、日本以及韩国。

哦，刚想结束这段故事，又一个巧遇出现了。2018 年 11 月 21 日，我在丹麦哥本哈根市政厅遇到了当年那位歌华文化中心的董事长姜建秋，他带领全队人马将"北京国际设计周"展览带到了丹麦，我喜出望外的心情是可想而知的，我感激的心情是不言而喻的，在哥本哈根市政厅内我们留下了一张难忘的合影。

我们谈起了2002年中华世纪坛在国内四大城市组织的巡回展，那次展览包括绘画作品 344 件（套），大型雕塑 37 件，灯具、家具 6 件。无论是从作品的数量还是质量来说，都是亚洲地区达利艺术品展览中规模最大的一次，我们都很欣慰，因为这样的展览在世界上也是一个了不起的顶级大型展览。

姜总和我

我对他讲起了我的内疚，因为这几年来我的亏欠感没有减少，只要想起达利展，就想到它没有给歌华文化中心的中华世纪坛带来利润。他微笑着对我说，达利展对中华世纪坛来说是新世纪的一个展望，中华世纪坛艺术馆作为国际展览的先驱者，打造了一个国际展览的新平台，这个社会效益不是能用利润来计算的。稍稍平静了一会儿，我又向他问起当时决定引进达利展的另一位非常重要的老总，北京歌华文化发展集团董事长王建琪。我不能想象，这个亚洲最大的达利展要进入中国，如果没有他的拍板会怎么样。记得那年，我对他说："王总，希望中华世纪坛能将展览办到丹麦。"他微微一笑说："好啊！"这句话这么多年来，不时带给我一种期盼和喜悦，今天歌华集团承办的"北京国际设计周"终于在丹麦哥本哈根圆满结束了。

　　这个故事有了一个很好的结局，所有的好事和巧事都让我遇上了，我在两年的时间里遇到了中丹两方的集团老总，我很想疯狂一下，不知这位西班牙超现实主义大师达利，是不是能够带给我更多的惊喜和刺激呢？

第三章

银器的光泽 Glans i sølvtøj

丹麦几乎没有人不知晓乔治·杰生（Georg Jensen），这是一家老牌银器制作厂。有句谚语说得好："如果银子会说话，讲的一定是丹麦语。"这句谚语淋漓尽致地体现出银饰带给丹麦人的自豪感。丹麦普通家庭拥有一些银器制品是很常见的，拥有一套二十多件的银器刀叉也是比较普遍的。家庭主妇常常在圣诞节拿出全套刀叉，在大餐桌上摆放得整整齐齐。

记得很多年以前，有一次去一位丹麦老人家做客，她曾经在中国东北长大，父亲是一位到中国传教的传教士。她回丹麦居住后，用很便宜的价格买下了一幢联排屋。房子虽不大，但很温馨，孩子们都在丹麦成长，如今她一人住一幢二层楼的房子。那天，当她拉开五斗橱的抽屉，我见到了一个大布袋，里面有一个一个小袋子，每个小袋子里放一把刀、一把叉还有一把汤勺，加上大汤勺、蛋糕刀，大布袋里一共有 20 多件餐具。我第一次见到普通家庭有那么多亮闪闪的银器。她拿出刀叉，用一种银器擦洗粉末来回擦，银器变得如同新的一样。她看我全神贯注地望着她操作，就对我说，许多家庭都有一套，这种布袋在我们那个时代就是专门放刀叉的。我没有记住她说的银器品牌，现在想来，这些银器就是闻名的乔治·杰生。后来，我在别人家里也看到了这样一个布袋，不过这种布袋后来被精致的盒子代替了。

乔治·杰生在哥本哈根的主要销售店就开在哥本哈根步行街的

阿玛格尔岛广场。广场中央有个喷水池，旁边的白房子就是乔治·杰生银器店，银器的品牌以他的名字命名。该厂 1904 年创办，这家闻名一百多年的银器厂现在已经不是早年的银器厂了，它以崭新的现代设计而闻名于世。乔治·杰生将其精湛的技艺用于丰富的日常生活用品：金银饰品、白金和钻石珠宝、腕表、餐具，以及家居和办公用品。其纯粹优雅的斯堪的纳维亚设计风格征服了世界数百万用户，被公认为丹麦最著名的品牌之一。

乔治·杰生银器店

之后，我对银器就逐渐关注起来了。有一次去了市区的伯恩斯托夫宫殿（Bernestorff Slot），宫殿有个非常大的自然园林，园林中有个王后露易丝的茶屋叫玫瑰园。

那天，我坐在花园里喝下午茶，看到端上来的茶壶和果盘都是银器，这使我眼前一亮。下午茶对我来说并不陌生，但是为普通顾客提供银器和高贵瓷器还是头一次见到。两个银器大茶壶在强烈的阳光下一闪一闪的，壶里的茶好像特别醇香。当年轻的小姐拿上来一个银器果盘时，我发现上面挂着一个小纸片，原来上面还标了价格。当店主走过我身旁时，我问她这是不是出售的，她笑着点点头。

乔治·杰生（1866-1935），出生在哥本哈根北部城市，早先那里是一个工业区，他父亲是一位有名的制刀匠。乔治·杰生 14 岁开始当学徒，他热衷于雕塑和陶艺。1884 年，他在皇家美术学院雕塑系毕业后，成为雕塑大师。虽然他的泥塑和石雕很受欢迎，但优秀的艺术家谋生却很困难，后来他转向应用艺术。他首先在著名瓷器厂 Bing & Grøndahl 当制作模型工。Bing & Grøndah 建立于 1853 年，当年非常有名望，之后更是世界闻名。1987 年，该厂与皇家瓷器厂合并之后，它的产品就戴有皇家哥本哈根瓷器的桂冠。乔治·杰生在这里学艺和工作，这为他以后的艺术和设计生涯奠定了基础。1898 年，他与克里斯蒂安·彼得森（Christian Petersen）合作创办了一个小型陶艺工作室。这个工作室受到好评，但还是难以养活他的一家。

之后，乔治·杰生到意大利和法国考察，体验到艺术与生活结合带来的震撼。原来一件首饰，甚至一只汤匙都可以展现艺术之美。1904 年，成为银雕工艺家的乔治·杰生在哥本哈根新港附近的街道开设了他自己的小银铺，制作的珠宝、刀叉和银雕器皿一经推出就受到热烈的欢迎。乔治·杰生银器作品的美丽与非凡品质，吸引了无数的目光。在 1925 年、1929 年、1935 年的巴黎、巴塞罗那和布鲁塞尔世界博览会上，乔治·杰生均荣获大奖。1932 年，他成为唯一的一位在英国"金匠礼堂"展出作品的外国银器大师。他的银铺规模不断扩大，到 20 世纪 20 年代末，乔治·杰生已经在纽约、巴黎、伦敦、斯德哥尔摩、柏林以及布宜诺斯艾利斯等地广设分店。

在1935年这位银器大师去世之时，他的名字已经成为世界知名的银器品牌。

我对银器的想象力慢慢地不再遥不可及了。第二年夏天，我又去了的玫瑰园喝下午茶。白色的茅屋前，红色的玫瑰花绚丽多彩，眼前的田园风光使我又一次沉浸在梦幻般的遐想之中，我想象着王后露易丝一家欢聚在这里享用下午茶的情景。我想起了乔治·杰生制作银器的宗旨：银器及珠宝不再是奢侈品和装饰品，不用花大价钱就能享用它。不是吗，后人继承了他的观念，在玫瑰园延续了皇家饮茶的文化传统，所不同的是，普通百姓在这儿也能享用银器和皇家瓷器。

品尝下午茶使我对银器产生了兴趣，我常常想起玫瑰园里的银器。有一次在伦敦旅游时，在著名的露天古董集市，我真的看到了玫瑰园里的同款银茶壶，还有许多其他用具，真是琳琅满目。不过，那些都是英国老字号品牌。回到丹麦后，在古董市场上，摊主告诉我，丹麦的银器上都刻有小塔标记，三个小塔是纯银，两个小塔和一个小塔是镀银，品牌的标记也刻在银器的背面。我拿起一把餐叉，没有发现有小塔标记。摊主拿出一个小小的放大镜，像鉴赏家一样眯起一只眼，让我仔细看餐叉背后。哦，原来真有三个小塔，肉眼是很难注意到的！

玫瑰园的银器和皇家瓷器

乔治·杰生的银

器原材料使用的是纯银。说是纯银，其实为银的合金，细度为925，即它含有92.5％纯银和7.5％其他金属（通常是铜），它在893摄氏度时融化，这样合金的强度就增加了。除了铜，还添加了锗、锌、铂以及硅和硼，这可以增加产品的等级。纯银产品上印有质量和生产，比方银勺后面编号为925（925s），就是含有92.5％纯银。这些标记在抛光前已经被打成银色。每个国家都有自己的品牌，

三个小塔标记

英国银匠使用狮子作为质量的标志，丹麦则使用小塔作为标志。

　　乔治·杰生的珠宝产品有镶嵌钻石、多色宝石的铂金、18 K金首饰，当然更多的是纯银。他的设计追求干净、优雅和纯粹。乔治·杰生对银异常偏爱，他曾说过："银是最好的材质。银，美丽而有光泽，就像丹麦初夏时皎洁的月光，尤其是有宝石和水晶的银品，仿佛就是迷蒙而充满魔力的雾。"

石英石银耳环（纯银）

　　乔治·杰生的经典银雕饰品的特色是将不规则的几何流线型与细腻的铸造技术相结合。他本人偏好琥珀、月光石、蛋白石、玛瑙，以及红玉髓等，他将这些宝石镶嵌在银器上制作成各种首饰。

他的观念是，无须花费重资，让群众走进美术馆，以不同眼界欣赏乔治·杰生。

月光宝石胸针系列（纯银）

银器虽然是乔治·杰生的产品核心，但不锈钢、陶瓷、玻璃制品还有金器也被应用到了它的现代设计中，从碗碟到家居用品，种类繁多。他们的设计往往是将简洁线条和几何图案结合起来。

烛台（18k 镀金）

女式金手表，镶有钻石

当我了解了丹麦银器发展的历史之后，我对乔治·杰生的出生地也产生了兴趣，那里离哥本哈根市 13 公里。当车子在树荫下行驶时，如同行驶在一大片遮阳伞下，阳光透过叶片照射到地面上，被绿色包围的我，感到周围非常宁静。我们下车徒步游览了这个小手工业区，这里至今还有一些小作坊，看来这里的居民还延续了手制小作坊的传统。我们见到了一个 250 多年的老建筑物，外墙上方刻有 "Kniv fabrikker, 1758 年" 的字样。Kniv fabrikker 的中文意思是 "刀具制作厂"。这告诉我们，乔治·杰生的父亲曾经在这个著名刀具厂里当过大师傅。厂房的旁边有幢黄色的小屋，墙上写着 "乔治·杰生出生在这里，1866-1935"。

乔治·杰生（1866-1935）的出生地

附近的房屋院子有大有小，但都收拾得非常干净和漂亮，颇有艺术风格，有的窗台上还能看到 18 世纪的白色雕塑头像。在乔治·杰生父亲工作的刀具厂和他出生的房子外面，有一个非常幽静的小湖，只见几只白天鹅正在水中嬉戏。在街道的转角处，有个著名的客栈。此客栈建造在几十级台阶上面，吃饭时坐在里面，眼望小湖和典型的农屋，吃饭的心情非同一般。我想，这家客栈开在制刀厂的旁边，可能因为当年这家制刀厂在欧洲非常著名，来这里商谈生意的商人和参观工厂的人可以就近在这里吃饭和住宿。今天这里已经没有旅馆了，因为制刀厂已经不复存在，不过，这里有饭店，还是很受欢迎的。我们事先没打电话预定，室外的座位几乎没有空位了。等了一会儿，总算有一个空位，坐下来后，看着眼前的小湖，心情真是无比快慰和宁静，我们度过了一个难忘的周末。

这里建立了一个小小的文化馆，制刀厂和乔治·杰生的出生地已经成为当地文化馆的一个重要组成部分。我相信，这里的居民一定感到很骄傲，因为美丽幽静的天然环境，孕育了一个富有艺术天赋的人才——乔治·杰生。虽然他在成功的道路上经过多次的挫折，但最终他创建了一个世界闻名的银器品牌，并得到了女王颁发的奖状和证书。

对丹麦人来说，他和安徒生一样了不起，虽然安徒生名扬全世界，但乔治·杰生给丹麦人带来了闪亮的银色，丹麦的漫长冬天有了它，灰暗和冷酷变得光亮起来，他永远活在丹麦人的记忆中！

乔治·杰生家对面的小湖

丹麦的客栈文化 Dansk Kro

　　我了解丹麦的客栈文化非常晚，在这里居住了十几年之后才逐渐了解这种文化习俗。Dansk Kro 可以翻译成客栈。我选择"客栈"这个词汇是因为，客栈是旧时代的说法。一是想让大家和我一样来回味丹麦的文化和历史，二是想让大家把这类饭店与我们通常所说的饭店区别开来。

　　我第一次去客栈还是一位丹麦老先生带我去的。那是 2000 年，我哥和嫂子从洛杉矶来旅游，老先生当时开车带我们一行四人去郊游。那天他忽然在一家客栈门口停下来，问我们想不想进去吃点东西。我望着眼前一幢很典型的丹麦小茅屋，屋顶上一根根尖尖的木桩子将稻草扎得很牢固。我知道这些茅草屋看上去很富有想象力，也有丹麦文化的气息，但进去可能是暗暗小小的，两三百年的农屋嘛，不会比亮堂堂的餐厅更好、更舒适，我心里踌躇着。想起国内富丽堂皇的大酒店，我心中真有一种说不出的滋味。我不知道我哥和嫂子会怎么想，他们大老远从美国来，不带他们去豪华的酒店餐厅，却让他们去客栈。但我又不能让那位丹麦老先生扫兴！

　　跨进客栈，就看到墙上有一张王储的照片，客栈服务员说，大王子不久前和一群朋友来过这儿，他指着相框里王子开怀大笑的照片说。哦，王子也来这里聚会啊！我一下子觉得这个客栈身价倍增。我看了看四周暗暗的屋子，每张桌子上都有蜡烛一闪一闪的。桌子和桌子摆放得比较近，经过时，我不时要注意自己的衣角是否碰到了桌子。这里是外间，我好奇，不知里面的房间会是什么样。我探进头去，发现里面还有好几间。有一间屋子里能看到像伞骨一样的屋梁，呵呵，真是古色古香，特别是墙上一幅又一幅的大油画，使我们一下子都肃然起敬起来。我心里不觉在想，这个客栈一定有很多故事，难怪老先生会带我们到这里来。

客栈

里面的餐厅宽敞许多，有一张长桌子已经被人预定了。服务员走过来，招呼我们在一张四人桌就座。当我一幅一幅欣赏墙上的油画时，忽然发现窗外是一片蓝色的湖面，高高的芦苇在随风飘扬，白白的海鸥在夕阳下"嘎嘎嘎嘎"地叫着从眼前飞过。

天色渐渐地昏暗下来，又红又圆的太阳慢慢地躲进了屋檐下，我们坐在窗户旁，触景生情。我看着眼前头发灰白稀疏的哥哥，想起了在上海的童年生活，想起了我们一起生活和成长的上海淮海中路1285弄上方花园。这个有历史记载的花园老房子，有着我们太多的美好回忆。两年前，我们不约而同地从美国和丹麦相聚在童年的家门口，我们在前门和后门留下了好几张永生难忘的美影。现在我们早已不住在那儿了，但是，见到照片中三个半圆形的窗户，这是多么熟悉的窗户啊！我们曾经在窗外的花园里玩耍打闹，院子里还有一棵枇杷树，不知现在这棵树还在吗？

老房的后门，小时候我们每天从这里进出

老房的前门，有着围墙和花园

如今我们都已步入老年，各奔东西，但我们有幸在美人鱼的故乡再次相聚，丹麦的客栈把我们兄妹俩紧紧地牵在一起。没想到，我虽在丹麦住了那么久，但我和我哥一样，也是第一次走进这样一家客栈。

老先生叫宫德，他知道我们是第一次来客栈，就滔滔不绝地说，丹麦人喜欢到这种客栈来吃饭，特别是附近的居民，当他们举办婚礼或过生日，都会首选这里。过生日那天，客栈会在桌上放一面丹麦小国旗，餐厅里热热闹闹的，好像在自己家里一样。

宫德对我说："告诉你哥，丹麦15世纪就有客栈了。"他兴致很高涨。

"这么早就有啦，宫德，为什么你们丹麦人喜欢这种客栈？到大饭店去不好吗？"我哥忍不住问。

"嗯，这种客栈嘛，有小酒馆的味道。服务员对人非常热情。你知道我们丹麦人怎么说吗？丹麦人说，一家客栈好比是尘土飞扬路途中一个静静的池塘。"宫德解释道。

我仔细回味着这个比喻，我觉得，一个静静的池塘，在满是尘土的街道上忽然出现，会给人们带来一种非常舒适的感觉，而且会解决嘴巴干渴的紧迫感。

"你知道，丹麦是个岛国，古时候，在铁路还没有建造起来的时候，大大小小的岛屿之间交通靠渡船，所以许多客栈都开设在乡镇和港口附近。"宫德又打开了话匣子。

"噢，是吗？怪不得，我在哥本哈根市区没见过这种客栈。"我一下子恍然大悟。

"当过往的船只停留在港口时，船员和生意人要在这里过夜，然后再到下一个港口去。他们会选择这种客栈不仅因为这里可以过夜，还可以吃饱后就上路，而且吃的是本帮菜肴，价廉物美。"宫德眉飞色舞地说。

我们本来只想进去休息休息，稍微吃一些东西，没想到却上了一堂"丹麦舌尖上的文化课"。半个钟头以前，我们对客栈历史一无所知，现在我们一下子知道了许多。宫德见我们很感兴趣，忽然想起了什么，又说：

"你们知道吗，这家客栈是被皇室授予特权称号的。"

"真的吗？！怪不得你带我们来这儿。"我感激地看着他说。

"古时候，丹麦国王从一个城市到另一个城市视察，也是靠海船，所以，有一些客栈被封为皇家特权客栈，有了桂冠的客栈不仅国王会在那儿过夜，还允许销售烈性酒类。"

"皇家特权？现在还有这个特权吗？"我们不约而同地问。

"没有了，皇家特权制度一直延续到1912年5月10日，《特许权法案》取消了，不过有些客栈的外墙上，还刻有这个称号。"

宫德带我们走到大门外，指了指屋檐下刻的那些字："1771年被授予皇室特权客栈称号"，我屈指一算，这家客栈开了240多年！

自从去了这家客栈之后，我才注意到丹麦有很多这样的客栈。我常常会想起那家湖边幽静的茅屋客栈。有一次我哥和我谈起丹麦美食，他在电话里说，那家客栈的菜肴是他在丹麦尝到最美味的一餐。我有些吃惊，那么多年过去了，他还没有忘记那天吃的是什么菜。说起客栈，我们俩都没有忘记客栈特有的文化历史和温馨气氛。回忆起那天窗前轻轻吹起的晚风，我们都有感而发。我理解他为什么对客栈印象那么深刻，因为他觉得，出国旅游应当品尝当地的传统菜肴，到当地人的饭店吃饭。我记得那天，他对墙上的几幅油画看得很仔细，他若有所思地看了许久，说油画画得很不错，有些凡·高的风格。是啊，凡·高是荷兰人，生于1853年，这家客栈也是1800年左右开业的，阿姆斯特丹离丹麦又那么近，看来欧洲的文化相互影响是不言而喻的。

许多百年的客栈仍然保留着以前的老房子，有些客栈逐年扩建，这种新老建筑的和谐改造，没有失去它历史的味道。有些老客栈虽没有扩建，还是十七八世纪的老房子，但它们被保持和维修得很好，不看房子外墙写的某年某月建造的字样，还真不知道房子的年龄比曾祖父母还要年长许许多多呢！不过许多客栈已经没有住宿了，只是饭店，走进这些客栈，墙上的人像画和乡村风貌的油画，会向人们讲述该店几百年的历史，柜橱和陈设仍然有着旧时代的气息，甚至称得上是古董家具。汉勒贝克客栈（Gl.Humlebæk Kro）就是这样一个非常典型的客栈，坐落在离哥本哈根 32 公里的地方。那里有一个世界闻名的路易斯安娜现代博物馆（Louisiana Museum of Modem Art），也许这就是为什么这个客栈能延续下去的原因，因为周围有文化和历史，游客可以去那儿游历和观赏。博物馆的外观独特，周围环境宁静优美，面向大海。热爱艺术的人往往对周围的环境特别讲究，所以坐在展馆的餐厅里稍事休息，眼望蓝色的大海，心情豁然开朗。

汉勒贝克客栈（Gl.Humlebæk Kro）

　　这种传统的客栈与一般饭店不一样是因为它们保留当地的传统菜肴。有的客栈开设在渔村的海岸边，每天渔船出海捕鱼满载而归，客栈就近水楼台先得月。这种客栈的传统菜肴是最新鲜的鱼虾，比方煎鲱鱼、炸大虾、三文鱼刺身，还有各种腌制的三文鱼。

　　"真的吗？有这种客栈？就开在海边？是哪个港口啊？"那

天有个丹麦同事问我。我在电话里笑着对她说，你是丹麦人，怎么也不知道呢？原来她妈妈是丹麦人，父亲是格陵兰岛人，她从小在格陵兰岛长大。我告诉她，那个港口叫韦兹拜克港口（Vedbæk Havn），汉勒贝克离哥本哈根市中心只有 19 公里。那里每天有一到两艘渔船出海，中午 11 点左右捕鱼归来，星期天休息。当插着红旗或黑旗的渔船缓缓开来时，我们就站在渔船旁边，没多少人排队，价钱非常便宜，100 克朗可以买两条大鳕鱼，旁边一条渔船有许多欧洲比目鱼，这两种鱼基本上天天都有。4 月份有长嘴硬鲮鱼、虾，还有鳗鱼，从客栈的窗口就能看到渔船返回港口。

红色旗帜的捕鱼船停靠在港口

　　旁边就有一家小餐厅，以前的客栈已经改建成小饭店了，但它还保留着客栈餐馆的风格，特别是渔船每天带回新鲜的鱼和虾卖，所以这就是他们店的招牌菜。这家小餐厅开在海边，所以靠在窗边吃饭，真是风景这边独好。夏天坐在外面不光能眺望大海，看居民跳水和游泳，还能看到孩子们在鹅卵石上跑来跑去。冬天，也能见到冬泳爱好者在这里游泳，当然，这里还有划艇俱乐部！

大鳕鱼

丹麦人的温馨 Den danske hygge

　　假如你没听说过"hygge"这个词，这说明你还不了解丹麦。在丹麦，"hygge"是每天重复次数最多的词汇之一，人们每日不知要重复多少遍。可以这么说，没有"hygge"就没有丹麦人生活的欢乐和情趣，哪怕是在工作单位，都设法创造一个"hygge"的环境。当然，圣诞节就更不用说了，每个单位都布置得非常温馨。那么，这个词究竟是什么意思呢？英文翻译是"coziness"的意思。我曾经问过许多丹麦人，英文翻译准确不？他们总是想了许久后笑着摇摇头，说不完全对。中文翻译是"舒适、惬意"的意思，可我觉得这也很难说出丹麦人 hygge 的心理感受。那就让我用"温馨"这个词吧。

　　记得那是刚到丹麦不久，我到一位丹麦朋友家去做客。这个小伙子 30 岁出头，我去他家他很高兴。一进门，我奇怪地发现，他家客厅里几乎所有的家具上都有一盏台灯，大大小小有好几个。他见我进门，急急忙忙地打开了所有的台灯，我吃惊地想，"大白天呀，开什么灯"！我瞧了他一眼，没作声。不过我相信，他此刻一定感到屋里的气氛温馨起来了。当天色慢慢地暗下来的时候，我环顾一下幽暗的屋子，见到五六个小灯在各个角落里亮着，忽然感觉到像是黑夜里的一颗颗亮晶晶的小星星在发光。这是我第一次体会到丹麦人的 hygge。

　　以后每次去朋友家，他们都会点燃蜡烛，有长长细细的蜡烛，也有粗粗圆圆的蜡烛；有红色的，也有白色的；各种形状和颜色的都有，不管是白天还是黑夜，主人都会非常自然地把家里的蜡烛点起来。他们常笑着解释说，这样会更温馨一点。

温馨的蜡烛光

有一次大学的同学过生日，他邀请我去他家玩。他居然在每个窗台上都放了蜡烛台，他一边跟我说话，一边一根一根地挨个点亮蜡烛。有的蜡烛台可插 5 根蜡烛，有的可插 3 根蜡烛，有的只能插 1 根蜡烛。他看上去动作很熟练，一下子把整个房间的蜡烛全点燃了，然后又去点另一个房间里的蜡烛。我若有所思地看着他细腻的动作，默默地想，他，一个 26 岁的大小伙子，居然那么富有情调。我看着这些蜡烛微弱的亮光，不禁在想，他为什么要点燃那么多蜡烛呢？哦，我想他是想让环境变得更温馨一些。想到这儿，一种前所未有的感觉油然而生，在这些恍恍惚惚的蜡烛光下，我忽然感觉这里真温馨！

只见他走到房门边，随手将顶灯的开关拧暗了一些，房间里响起了轻轻的音乐声。不大的房间里坐着、站着许多人，我扫了一眼周围，不知有没有打扮得靓丽耀眼的少女？有没有西装笔挺的男士？客人陆陆续续到齐了，没有见到使人亮眼的人物，但屋里的气氛非常随意和自然。圆桌上放着好几种小糕点和水果，一个大生日蛋糕已经被切成了一小块一小块的。小茶几上放着好几种香脆的薯片和花生米，两个普通的玻璃杯里还放着手指大小的一根根黄瓜条和胡萝卜条，旁边还有土豆片的蘸酱。我可是大开眼界了，没有想到居然不起眼的素菜也能当喝啤酒的下酒菜。

大家都挨得很近，客厅里有一个烧木头的炉子，熊熊的火苗烧得旺旺的，有几个姑娘和小伙子围坐在那里，谈话声不时夹杂着嘻嘻哈哈的笑声。耳边仿佛响起了《冬天里的一把火》这首歌："你就像那冬天里的一把火，熊熊火焰温暖了我的心窝，每次当你悄悄走近我身边，火光照亮了我……"我的思绪一下子回到了遥远的过去，我想起了费翔在1987年春晚舞台上手舞足蹈优美的舞姿，耳边回荡着他富有情感的歌词，我不觉暗暗在心里笑出声音来。那时候我们年轻人对爱情都很羞涩，正如歌词里唱的那样："我虽然欢喜，却没对你说……"。我琢磨着歌词，想理解为什么作者把心中的爱情火花比作是一把大火，我凝视着火炉，想理解为什么丹麦人那么酷爱火光和烛光。

丹麦，北欧的一个岛国，冬天很长，并且常常是阴天。假如在寒冷的冬天里，能够见到烛光和红红的火光，是不是会感到心里特别温暖呢？所以，许多人喜欢看到忽闪忽闪的火苗，他们喜欢在家里烧起旺旺的炉子，喜欢感受火光的气息和温暖，他们想在冬天感受到如同夏天一般的炽热。丹麦人虽然不能改天换地，但是他们可以创建"温馨"。

离开时，大家不约而同地说，今天很hygge！我看了大家一眼，对我同学说，我也觉得今天非常非常温馨。我很想告诉他，我希望这种温馨能常在。他走过来，和我们每个人轻轻地拥抱告别，他说他感谢大家的光临。接着，他在我的耳边说，他也感到今天非常温馨，因为我是第一个到他家做客的中国人。

有个英国人写了篇关于丹麦人的"hygge"的文章，他的标题是《如何捕捉Hygge》。他这样写道："丹麦充满艺术的建筑与和谐的社会，让我感受到生活在丹麦其乐无穷。这

饭店外椅子上红、白、绿色的毛毯

次旅游使我感到很滋润，即便是秋风习习，可饭店外的取暖器（灯）照得很暖和。每把椅子上都备有厚厚的毛毯，我们披上了它偎依在一起，像在自己家里一样暖和。我们既欣赏了美丽的街景，又品尝了北欧的美食，周围充满了笑语和烛光……"

这是一个英国人对hygge的描述和体会，他感受到丹麦人处处在努力创建和捕捉温馨。一个小小的饭店，在秋天和冬天准备了毛毯，顾客在红红的取暖灯下感受到了温馨，他的文章中最后也提到了烛光，哦，他和我一样也体会到了丹麦温馨的文化。

说起灯，我想起了丹麦的经典灯具设计公司路易斯·保尔森（Louis Poulsen）的系列作品。这家世界闻名的灯具公司早在1874年就成立了，创始人是卢兹维·保尔森（Ludvig Poulsen）。1896年他安排了他的侄子进公司当总经理，他就是

路易斯·保尔森系列灯具

Louis Poulsen。虽然他们两位都早已过世了，但他们所创建的灯具公司和品牌仍然是灯具界中最耀眼的明星，丹麦人称这种灯为PH lamper。

我曾经在许多公司的会议室里看到长长的会议桌上方挂着好几盏这样的灯。我常常在想，丹麦设计大师之所以能设计出独一无二的灯具，是因为他们从小生活在丹麦特有的温馨环境里，如何创建一个具有丹麦特色的艺术环境和气氛，就变得比较自然了。记得有篇丹麦文章写道："没有灵魂的设计是没有生命的。"不是吗？国际市场贩卖这种品牌灯具的人很多，冒牌货也很多，但是买了一个仿制灯，不能把丹麦人的温馨买回家；仿制一个这样的灯，不能仿制城市的温馨，这种温馨是社会创建的气氛和环境，也是每个家庭努力想做到的事，这不仅是一种从小的文化训导，还是大家对温馨的认识和支持。

记得那时我住在公寓里，公共走廊里都不允许放东西，连一双鞋都不行，每星期有物业管理人员派清洁工来打扫楼梯和走廊里的窗台，在这之前会在每个楼里贴出一张小告示，告诉大家提前把各家门前的脚垫收起来，这样便于打扫。小小的一件事，使我感触很深。公共环境的清洁和温馨，小到公寓楼，大到街头和公共场所，就连垃圾桶的放置都设计得隐蔽、舒适、便利和美观。

几年前去巴黎，看到小店铺外面的人行道上放着一大包一大包的黑色塑料袋，那全是垃圾袋。每天清晨4点多，旅馆旁的马路上就热闹起来，运垃圾的大卡车忙得不亦乐乎，这使我改变了对巴黎的印象。虽然品牌一条街全是名牌产品，可是走出这条街，满地垃圾和垃圾袋，很是扫兴，这里没有温馨的环境。丹麦也有商业垃圾，但在街上是看不到的，五六种分类垃圾箱都集中隐藏在居民楼和商店的后院，即便是独立花园房，每家的垃圾桶也有好几个，都摆放得整整齐齐。我非常喜欢那位英国人说的"创建温馨"这几个字。对啊，有人不能没有垃圾，但可以创建一个不乱不脏的卫生环境。

讲到温馨，没有休闲也不行，丹麦人喜欢休闲，所以出现了闻名世界的休闲鞋——爱步鞋。丹麦人喜欢穿休闲衣服，所以也出现了许多休闲服的品牌。

著名设计大师安恩·雅各布森（Arne Jacobsen）的鸡蛋椅系列设计非常现代化，坐在这个鸡蛋椅里会感到非常舒适，放在家里或者办公室会使环境很温馨，所以鸡蛋椅闻名世界。Arne Jacobsen 不仅仅是闻名世界的家具设计大师，而且，丹麦很多的房屋、教堂、市政府办公厅、银行以及温馨的社区，都是他们公司设计的，可以称得上设计遍布全丹麦。中国人称他为北欧现代主义设计之父。

丹麦有个官方旅游宣传机构叫"访问丹麦"。他们的宣传资料上这样写道："丹麦的hygge如此之多，无处不在。哥本哈根拥有众多的餐厅和咖啡馆，美丽的公共花园，迷人蜿蜒

鸡蛋椅

的运河，众多的博物馆和令人心神荡漾的海边，当然还有便利的公共交通。您可以舒适地坐在火车、公共汽车、甚至地铁的车厢里，一路观赏美丽的风景，直接到达许许多多旅游景点。我们向您介绍10个hygge旅游景点……"读了这段介绍，我在想，哪个国家没有花园、咖啡厅、博物馆和海边呢？丹麦的hygge和其他国家有什么不同呢？

我注意到最后一段关于公共交通的描述。在丹麦，坐在车辆里一路观看风景，比匆匆忙忙赶到景点，花几分钟拍几张照更是一种享受。旅途中的一路欣赏和观望，其实就是快乐观景的起点和终点，而不单单是景点本身。丹麦的城市规划就是这样精心考虑的，非常人性化。你可能会问，坐在地铁里怎么能观赏风景呢？呵呵，我告诉你吧，丹麦首都哥本哈根的地铁线路不多，有很大一段路建造在地面上，而且地铁是无人驾驶的。所以，人们不是坐在黑黑的地道里，而是非常舒适和享受。每一个主要景点都有公交车辆直接到达，所以，老人和小孩，即便没有私家车，也能一路观赏风景到达景点。我深有体会的是，丹麦城市不管哪儿，也不管大小，都有欧洲风味的建筑和温馨的步行街，没有显著的贫富差别。乡村的风景更是大自然给予人们的一种令人心神荡漾的享受。当汽车在绿色、黄色和白色的农田经过的时候，一幅幅真实的油画不间断地展现在人们的眼前。

我想，你现在也许比较理解丹麦人的hygge了吧，什么是真正的Hygge，真是一言难尽。我问了许多丹麦人，他们也说不清楚。但是我还是想引用一句话："丹麦的hygge如此之多，无处不在。"看来，丹麦人的生活离不开温馨，这是一种欢乐的人生哲理，希望我们在有生之年，努力创造更多的温馨吧！

会讲多国语言的丹麦人
Danskerne taler flere sprog

　　丹麦人懂几国语言是不稀奇的。曾经有位朋友向一位马路清洁工问路，那清洁工一开口就回答："你要我用什么语回答你？英语、法语、意大利语？"我的中国朋友大吃一惊，哇！一个普通清洁工就能讲那么多语言！

　　对邻国的语言他们基本是不学就能理解，只是懂多懂少而已。因为他们从小就看邻国的电视，还都配有丹麦语字幕。再加上语言本身就很接近，许多词汇只是拼写上一两个字母有所不同，发音有些不同，有些词汇发音很接近，稍微猜一下就行。

　　有一次到图书馆去借书，站在我前面的瘦女人向管理员问了很多问题。我一般不注意听旁人说话，只想自己的事。丹麦人有个特点，你急他不急，服务员的耐性可算是天底下第一。他不管后面排队的人有多着急，他只考虑对眼前人的服务到位。等得不耐烦的我，竖起耳朵听起他们的对话来。不听还好，一听才发现新大陆。你猜怎么着，他们原来讲的不是同一种语言！

　　管理员是丹麦人，讲的是丹麦语，瘦女人讲的不知是瑞典语还是挪威语。从外表上看，谁也分不出她是北欧哪个国家的人。原来他们俩都听得懂对方说话，只是说自己的语言方便一点。你一句我一句，各讲各的语言，却没有沟通障碍。

　　仔细琢磨一下，也许他们的语种很接近，就像我们上海人听得懂苏州话和杭州话一样。想着想着，我就打开电视机，找到了瑞典和挪威两个频道。却没有几个字能猜得出来，就像上海人听不懂广东话一样。如果不看丹麦字幕，是领悟不出有什么相似之处的。之后在听新闻报道的时候，我却常常发现丹麦记者对瑞典和挪威人做采访时，各讲各的语言，他们对答如流。

几天以后在上飞机时，随手拿了张报纸，坐下后看起来。看了一会儿觉得有些纳闷，怎么今天的丹麦报纸有好些看不懂啦？再仔细一看，原来是挪威报纸！噢，原来挪威和丹麦的语言这么接近。后来了解到，挪威曾经是丹麦的殖民地。早在13世纪，丹麦占领了挪威领土，还有格陵兰岛、法罗群岛和冰岛。然而，17世纪欧洲各国的海上强权逐渐崛起，这使得弱势的丹麦开始失去在斯堪的纳维亚半岛的殖民统治权，1814年，丹麦国王弗雷德里克六世战败，挪威独立了。所以挪威的语言很接近丹麦语，就连建筑风格和皇宫城堡都很像。至于瑞典最南部的地区斯科纳（Skåne），以前也属于丹麦。但在1675—1679年，丹麦国王克里斯蒂安五世在与瑞典的战争中失去了这块土地，所以那里的瑞典人的祖宗是丹麦人，年老的瑞典人没有忘记丹麦语，丹麦和瑞典两国的语言如此接近是情理之中的事。

丹麦人可能是欧洲最爱讲英语的人了。他们只要一看见外国人，就讲英语。常常在马路上或者在商店里遇到很好笑的事儿。我用丹麦语问话，他们用英语回答我。我再用丹麦语问话，他们还是用英语回答我。常常是要来回说上好几个回合，他们才发现，原来我说的不是英语！"噢，对不起，我没注意到你说丹麦语。"等到他们恍然大悟时，都这么说。

我一直以为瑞典人也和丹麦人一样，大多数人都能讲英语。

我也一直以为大多数瑞典人都听得懂丹麦语，但几年后才知道这不全对。

自从2002年丹麦首都哥本哈根到瑞典马尔默市的大桥建成以后，许多瑞典姑娘到大桥另一头的丹麦大商场工作。因为火车从马尔默市开过来不过25分钟，且丹麦工资比瑞典略高一点儿。有好几次，我在商场碰到热情的金发蓝眼睛的女营业员，我一开始对她说丹麦语，她就对我讲瑞典语，我笑着用丹麦语说，"对不起，我不懂瑞典语"。可对方不理会，还是继续笑着对我讲瑞典语。然后我对她讲英语，说我听不懂瑞典语，可她还是微笑着用瑞典语介绍她的商品。我觉得很奇怪，难道她听不懂我用丹麦语和英语说"我听不懂瑞典语"？这时我忽然想起丹麦电视采访中瑞典人和丹麦人各说各的情形。于是我得出结论，那些瑞典女营业员是听得懂我讲丹麦语和英语的，只是她们的丹麦语和英语讲得不太流利，所以只能用瑞典语与我交流。不过，如果是丹麦人与瑞典人交往，他们就容易沟通了，因为他们的语音和词汇类似，可以互相猜测。可我们外国调的丹麦语，瑞典人就猜不出来了。

不过听说芬兰语与其他两国很不一样，我想，也许是因为地理位置离得较远的缘故吧。

我后来问丹麦人为什么他们都会讲一口流利的英语，他们说，因为丹麦国家小，要想打入国际市场就要懂英语和其他国家的语言。

噢，原来道理很简单，丹麦政府几十年来在制定教育政策时，一直积极鼓励中小学开设英语和其他国家的语言课，比方德语和法语。但是某些国家，比方法国，过去为了保护民族语言，对于在中小学开设英语课程并不十分积极。法国一直以来对于母语非常自豪，因为法语曾经一度是全欧洲的宫廷语言。

德国以前也有类似的情况，想在世界范围内推行德语，只不过被两次大战消磨了锐气，所以这些国家的人不如丹麦人那么"聪敏"，会讲多国语言。2018年，我们在德国北部的中小型城市旅游，没有想到，在很舒适干净的旅馆里，电视里播放的节目都是德语节目，换了十几个频道，只有一个是用英语解说，而且使我吃惊的是，他们居然把英语原版片都费尽心血地译成德语片。在丹麦，外国电影一般用丹麦语打出字幕来，我们既能听外语，又能看懂意思。

　　丹麦人喜欢学习各国语言。2014年我退休了，更体会到学习语言是丹麦人的一种传统。每学期，各市、各地区成人夜校开设的外语课都有十多个国家的语种，当我看到我所在的夜校居然有56个西班牙语班时，我确实傻了眼。小小的一个区，只有10万人口，每年有如此之多的成人业余学习语言！除此之外，这所学校还开设了21个法语班，20个英语班，19个意大利语班，12个德语班。（注：每班不超过15名学生，一般在10名左右）最近几年又增添了汉语班，有7个班，还有日语班和阿拉伯语班。

　　以前，丹麦学校开设英、德、法语是为了学生将来有更好的就业机会。后来，许多成人为了出国旅游就先学旅游国的语言。这在他们脑子里已经成了一个必然，想去哪国旅行就得先简单学一些该国的语言。

　　玛丽是5年前第一批到我班学习汉语的老太太，她瘦瘦的，矮矮的，全班15个人中只有她一个是老人。冬天天气很冷，有时还下雪，每星期二晚上七点开始上课，她总是坐在第一排，认认真真地听，慢慢地写笔记。她不厌其烦地张开嘴巴，一遍又一遍地重复的发音。

　　我心里为她着急，年纪这么大为何要"吃苦"呢？光发拼音

zhī、chī、shī，就够丹麦人折腾了。可是她满怀信心地说，她以前学过很多国家的语言，对学新的语言有基础。她退休后第一个愿望就是想学一种语言，一种完全与欧洲不同的语言，所以她就选择了汉语。尽管她已经是 75 岁的老太太了！

不出所料，玛丽有三次没有来上课，那天我收到了她的电子邮件，说她的脚不方便，不能来上课，但是下个学期她会继续来学汉语。春天来了，她真的又来了，不过，这次她是拄着一个拐杖来的，她摔了一跤，如今一拐一拐的，可她没有对中国语言和文化失去兴趣。

3 年前，有位叫彼得的中年男子报了名，他在报名单上写下了两个人的名字。他说他和 12 岁的女儿一起来学中文，女儿是从中国领养的孩子，他和太太准备带她回中国老家去找她的根。这几句话深深地打动了我，这位丹麦父亲为了中国养女不惜下班后坐火车从大老远赶来。

小姑娘黑色的辫子垂在肩膀上，长得很可爱，可学习语言的热情远不及养父。父亲总是比女儿先学会，然后轻轻地在一旁纠正女儿。有好几次，女儿听课的时候几乎都要睡着了。冬去春来，父女俩又报了名。最后，他们终于学会了"饭店在哪儿""这是什么""我的名字叫玛丽"，于是全家去中国旅游了。我后来才知道，这个小姑娘还有一个妹妹也是从中国领养的，那年夏天一家四口去了中国。现在想来，夫妇俩真是用心良苦，不仅从大老远领回两个女儿，还让她们学习自己民族的语言。

爸爸和女儿一起学中文

　　乔纳斯·宋（Jonas Song），一看名字就知道是混血儿。他在丹麦出生，听得懂妈妈讲广东话，可是这个大小伙子却没有学过普通话，既不会说也不会写。他人很文静，长得一表人才，一些丹麦同学都在勤奋地学中文，或多或少能说能写，可他却是"汉语文盲"。安娜（Anna），一看名字就知道是丹麦姑娘，她是商店店员，她有一个在丹麦长大的中国男朋友。每天在商店里，她跟中国旅游者开"洋腔"，可是她的中国男朋友只会说一点点普通话，能写的汉字少得可怜。于是，她就成了他的汉语老师。

　　学中文成了热潮，如今会讲多国语言的丹麦人又多了一种语言，那就是汉语，我相信不久，他们会慢慢地读懂我 2018 年出版的新书《生活在美人鱼的故乡第一集》。

　　我为祖国的强盛感到骄傲！我殷切地希望有朝一日，中文会像英语一样成为世界语言，我期待这一天的早日到来！